编辑委员会

中国知网（CNKI）全文收录　维普期刊网全文收录

探索与批评

第五辑

主编／王　欣　石　坚

四川大学出版社
SICHUAN UNIVERSITY PRESS

项目策划：陈　蓉
责任编辑：陈　蓉
责任校对：黄蕴婷
封面设计：墨创文化
责任印制：王　炜

图书在版编目（CIP）数据

探索与批评．第五辑：中文、英文 ／ 王欣，石坚主
编．— 成都：四川大学出版社，2021.11
ISBN 978-7-5690-5167-4

Ⅰ．①探⋯ Ⅱ．①王⋯ ②石⋯ Ⅲ．①外国文学－文
学研究－文集－汉、英 Ⅳ．① I106-53

中国版本图书馆 CIP 数据核字（2021）第 233720 号

书名	探索与批评 第五辑
	TANSUO YU PIPING DI-WU JI
主　　编	王　欣　石　坚
出　　版	四川大学出版社
地　　址	成都市一环路南一段 24 号（610065）
发　　行	四川大学出版社
书　　号	ISBN 978-7-5690-5167-4
印前制作	四川胜翔数码印务设计有限公司
印　　刷	成都金龙印务有限责任公司
成品尺寸	170mm×240mm
插　　页	2
印　　张	10.75
字　　数	201 千字
版　　次	2021 年 12 月第 1 版
印　　次	2021 年 12 月第 1 次印刷
定　　价	48.00 元

◆ 读者邮购本书，请与本社发行科联系。
　电话：(028)85408408/(028)85401670/
　(028)86408023　邮政编码：610065
◆ 本社图书如有印装质量问题，请寄回出版社调换。
◆ 网址：http://press.scu.edu.cn

四川大学出版社
微信公众号

目　录

广义叙述学研究

文类研究

批评理论与实践

文学跨学科研究

书　评

Contents

General Narratology

Literary Genere Studies

Critical Theory and Practice

Interdisciplinary Studies

Book Review

广义叙述学研究 ● ● ● ● ●

虚构性与叙述①

H.S.尼尔森 撰　王长才 译

摘　要： 本文区分了术语"叙述""虚构"和"虚构性"。在修辞叙述理论的广泛领域耕耘的学者们已提出一种研究虚构性的新方法。这种方法建立在类属的虚构和虚构性特质的关键区分之上，后者被理解为一种在各文类与媒介中普遍存在的话语模式。这种方法使类属的虚构成为一大类话语的子集，其中虚构性被用来交流关于编造的、想象的和非现实的事件状态。这一区分是这种新方法的必要前提，此原则意味着作为发出编造信号的交流策略的虚构性在作为类属的虚构以外也很普遍。接下来本文讨论了虚构性标记的概念，主要以自由间接引语为例。随后本文讨论了处理虚构性问题对作者、叙述者和叙述之间关系的影响，最后以几个类属虚构以外的虚构性的个案研究结束本文。

关键词： 叙述　虚构　虚构性　自由间接引语

Fictionality and Narration

H. S. Nielsen　Wang Changcai trans.

Abstract： In this article I distinguish between the terms "narrative", "fiction",

---

① 本译文系国家社科基金项目"非自然叙述学研究"（项目批准号：16BZW013）的阶段性成果。

and "fictionality". Scholars working in the broad area of rhetorical narrative theory have suggested a new approach to fictionality founded on a key distinction between generic fictions and the quality of fictionality, understood as a mode of discourse prevalent across genres and media, which makes generic fictions a subset of the large class of discourses in which fictionality is employed to communicate about invented, imagined, and non-actual states of affairs. The distinction is a sine qua non for the new approach, and the principle implies that fictionality as a communicative strategy to signal invention is prevalent also outside fiction as a generic category. Then I discuss the concept of signposts of fictionality, and free indirect discourse will be a major case here. Next, I move on to discuss some consequences for the relation between author, narrator and narrative when the question of fictionality is approached. I end the article by looking at a couple of case studies of fictionality outside generic fiction.

Keywords: narrative; fiction; fictionality; free indirect discourse

一、引言

如将虚构性看作有关非现实、明显编造之事的修辞性交流策略，而非仅属于虚构文类的特性，我们会发现它在各种话语和媒介中非常普遍。

例如，政治家经常用梦、思维实验、预测和反现实的假想打动听众。美国总统奥巴马就经常使用虚构性手法。比如他公布自己的出生证明以后，声称将进一步展示自己的出生视频。接着他播放了迪士尼动画片《狮子王》中辛巴的出生场景。奥巴马显然没有欺骗任何人的意思。相反，他把自己比作仁慈的辛巴。奥巴马用虚构性来回应真实世界的话题，即关于他任职资格的争议，而无损其诚信，他把特朗普描绘成阴谋家，而不必明说。

因此，虚构是发出信号的编造——不是为了逃离世界，而是要在这个世界达到某些目的。基于这一框架，我对"叙述""虚构"和"虚构性"进行区分。我认为并非所有叙述都是虚构的①，有许多但并非所有具有虚构性的都是叙述。另外，我从修辞的角度认为区分虚构和虚构性是有益的。虚构性理

---

① 参见玛丽－劳尔·瑞安（Marie-Laure Ryan）对"泛虚构性论"（panfictionality thesis）提出的质疑（Ryan, 1997）。"泛虚构性论"是瑞恩对一种错误假设的命名，即认为既然所有叙述都是人为的话语建构，那么，它们必然都是虚构的。

论在文学研究、哲学及相关领域有着悠久而丰富的历史。① 自 2007 年理查德·沃尔什（Richard Walsh）的《虚构性的修辞》（*The Rhetoric of Fictionality*）出版以来，在修辞叙述理论的广泛领域耕耘的学者们提出了一种虚构性的新方法，它基于虚构与虚构性特质的关键区分：像小说、短篇故事、虚构电影这样的类属的虚构，以及被理解为广泛出现在各文类与媒介中的话语模式。对虚构和虚构性的区分使类属的虚构成为一大类话语的子集（通常具有某些叙述维度），其中虚构性用来交流编造的、想象的和非现实的事件状态。在我看来，这一区别是这种新方法的必要前提，它意味着，作为发出编造信号的交流策略的虚构性在类属的虚构以外也很普遍。

首先我想区分叙述和虚构性。粗略地讲，人们常从以下几方面确立叙述：a）主要根据情节和因果关系［从亚里士多德、保罗·利科到彼得·布鲁克斯和其他人的方法（参见 Kukkonen，2014）］；或 b）主要根据弗卢德尼克（Fludernik）的"体验性"（experientiality）和赫尔曼（Herman）的"什么样子"（What it is like），因而作为人类经验的再现；或 c）作为某人在某个场合、出于某种目的讲述某事的修辞行为［特别参见费伦（Phelan）］。

无论倾向于哪种看法，首先，人们都要理解：所有叙述都是人为的、建构的，是涉及排序和省略的叙述选择的结果。其次，一些但不是所有叙述（大多数小说、动作电影、连续剧等）并不直接提供实际发生事件的信息来让接收者理解它们，而另一些叙述则声称再现历史现实（包括但不限于传记、自传、历史记载和见证叙述），还有些叙述故意模糊二者界限（某些自传小说、历史小说等）。这并不意味着我们可以直接进入"真实世界"，或者再现可以成为进入现实的透明窗口。相反，这种说法是基于这样的理由：讲故事的人有不同目的和手段，表现为就其经历的、感知的现实而言，其叙述是编造地呈现还是尽可能真实地呈现，发出不同邀约。相应地，接受者会做出假定，有时会质疑或检验某些叙述的真值，如关于第二次世界大战的历史叙述，而其他叙述，就像大多数小说，却并不要求类似反应。

很明显，我们不应错误地将**所有**叙述的必然建构性与**某些**叙述的公然编造混为一谈，因此，有些叙述是虚构的，有些不是，我们需要区分叙述性和虚构性。

---

① 参见费英格（Vaihinger）"仿佛"（as if）的哲学探讨，沃尔顿（Walton）的"假扮"（make believe）概念，多里特·科恩（Dorrit Cohn）辨认"虚构的差别"的努力，玛丽－劳尔·瑞安、托马斯·帕维尔（Thomas Pavel）和卢博米尔·多勒泽尔（Lubomir Dolezel）的可能世界理论，以及丹尼尔·庞迪（Daniel Punday）对虚构性和后现代主义的研究。

接下来，我想强化一下虚构和虚构性的区分。我认为，虚构是一种类属概念，包括小说、虚构电影、短篇故事和其他文化艺术品等，已约定俗成，受众会认出典型的种类，并期待它们编造而非再现或告知事实。这意味着，属于某个文类（如"小说"）的副文本（paratextual）标记，会成为叙述具有编造性质的标记（当然，这标记可能有欺骗性）。

近年来人们开始关注将虚构性和完全对应于文类的虚构区分开来。其出发点是人们观察到，在类属虚构的常规边界以外也经常就编造和想象的事物状态进行交流，如在口头对话、社交媒体及其他话语形式，包括政治和商业广告中。观察到虚构性并不限于虚构，并不意味着假定虚构性无处不在或不可避免。相反，它承认关于想象的交流并不只发生在传统虚构文类中。从这个角度看，虚构性不只是虚构文类的特质，因此，我们需要把它独立于任何单一的文类来描述。我建议将虚构性界定为交流中刻意用信号示意的编造。运用虚构性时发送者故意发出信号，告知接收者交流的信息未必指称真实，而对于谎言来说，这种有意的信号是不存在的。虚构的言说和对事物实际状态的断言不同，它与真值无关。

"交流中刻意用信号示意的编造"的定义也表明，虽然这种交流非常普遍地采取了叙述的形式，但它并不一定如此。比如独角兽或龙——如果不是为了诱导人们相信它们真实存在，而是为了唤起人们对神话的想象——就是非叙述（non-narrative）形式中虚构性的例子。同样，虚构性也不一定涉及语言表述，因为除图片外，默片、哑剧等也是刻意发出编造信号的交流行为。

除了以限定性定义回答"什么是虚构性"，我还试图从总体上界定虚构性是什么、在何处、何时以及怎样等。我对这一新范式的主要贡献是描述和分析类属虚构以外的虚构性的功能、目的和可用性质（affordance），同时也关注类属虚构内外的虚构性之间的相互关系。我特别感兴趣的是，编造的故事和情形如何令人惊讶地塑造我们对现实世界的信念。

二、虚构性的修辞

在传统意义上虚构性一向被当作虚构（作为文类）的特质、特征和可用性质来看待；反过来，虚构一向又被描述成不同于其他文类的方式。沃尔什在解释虚构和虚构性应如何区分时指出：

> 虚构性不应简单地等同于作为叙述的类别或文类的"虚构"：它是一种交流策略，因此在许多非虚构叙述中在某种程度上也是明显的，其形式从诸如讽刺性旁白、各种形式的推测或想象性补充，再到完全反事实

的叙述例子。(Walsh，2007，p. 7)

> ……虚构性的语用理论不要求虚构话语脱离现实语境。……虚构性既非世界之间的边界，也非隔离作者与话语的框架，而是读者的语境假定……（Walsh，2007，p. 36）

沃尔什认为，对虚构性的现代描述通常将虚构视为真实性问题，将虚构置于与现实世界的二阶关系中（Walsh，2007，p. 13）。为了将虚构性当作交流手段，而非真实性问题，或作为对格赖斯质量准则（Grice's maxim of quality）的否定，沃尔什采用了丹·斯波伯（Dan Sperber）和迪尔德丽·威尔逊（Deirdre Wilson）（1986）提出的关联理论（the relevance theory）：

> 最根本的是，它让我说虚构性终究不是一个真实性问题，而是关联性问题……关联理论模式接受对虚构的这种看法：其中，虚构性不是将虚构话语与日常或"严肃"交流区别开来的框架，而是一种语境设定，也就是说，在对虚构言说的理解中，它是虚构的这一假定本身是显而易见的。(Walsh，2007，p. 30)

沃尔什激进的语用性出发点使他不愿指出虚构性的任何特定文本标记，也不愿指出如果语境假定一个文本是虚构的，虚构性会以何种特定方式影响对它的解释。如果虚构性只是一个由语境决定的关联性问题，那么问题就在于，语境为什么以及如何让接受者将话语解释为虚构的，以及以何种方式改变其理解。

沃尔什仍然严重地、几乎完全依赖于那些以副文本方式指定为虚构的作品：

> 虚构性的语境假定也影响了对这个句子［《审判》（The Trial）第一句］的处理（因为我们在书店的虚构作品区找到这本书，或我们正因某门现代小说课程读这本书，或我们事先对卡夫卡有一定的了解）。(Walsh，2007，p. 33)

即使沃尔什小心地将虚构性与虚构区分开来，并恰当地指出这可能有助于正进行的范式转变，其语用学方法也意味着他不断地用虚构的问题几乎将虚构性问题重新瓦解。这段引文相当于说，因为我们知道这是虚构，所以我们把它当作虚构来读。同样的说法在第一页就已经出现：

> 我认为**虚构性**是一种独特的修辞资源，直接作为严肃交流的语用学的一部分发挥作用。我讨论这种**虚构**观的可能性……（黑体为引者所标）

虚构性概念要在虚构内外都有充分的解释潜力，首先需要完全摆脱它所描述的东西。这是我与西莫娜·泽特伯格（Simona Zetterberg）以及詹姆斯·费伦合作提出这一定义的动机之一："虚构性＝在交流中刻意用信号示意的编造"（Nielsen & Gjerlevsen，2017）。在这一概念中，虚构性显然有别于谎言和真实，其性质不是欺骗，而是要求人们对被视作编造的故事做出情感和想象的反应。

这自然会引出虚构性交流目的的问题：我们为什么要用它，其功能是什么？相比之下，似乎很容易理解为什么我们经常说真话，而有时撒谎。不过，为何我们进行虚构时**并不**想骗人，却传达不真实的东西，这一点似乎挺奇怪。对这三种交流行为进行比较也许会有所启发：

人类交流的大部分内容，包括几乎所有科学，都基于这一原则，即我们如实地描述自己理解的现实，从而传递知识。同样，我们很容易理解为什么人有时会主动隐瞒**没有**如实描述的真实。虚构活动与二者不同，却也有共同之处。它和谎言一样，并不如其所是地描述真实，也像真实的陈述，并非为了骗人。因此，与谎言不同，虚构活动强调了事实，与真相不同，它并没有准确地描述真实。虚构活动被视为一种特质而不是文类，它要求我们把某事物视为编造的，而非报道和有实指的。

让我们比较一下虚构性与反讽。在最基本的概念上，反讽发出信号，表明发送者的意思与所说的相反，必然会改变接收者的解读策略。显然，虚构性和反讽完全不同，尽管也有共同之处。就像反讽，虚构性是我们假定文本具有的特质，这样我们才能使它有关联性并理解它。如果假定文本是反讽的，我们就会认为它的意思与它所说的不同。如果假定文本是虚构的，它要求我们假定它是编造的，不直接指涉真实世界，而是创造想象的事件或实体。就像反讽假定一样，虚构性假定改变了我们的解释策略。我们假定这是在刻意发出信号：故事是编造的。

三、虚构性的标记

有些方法建立在这一假定之上，即通过特定标记辨别类属的和本体的虚构。与此相反，我的出发点是，任何形式技巧或其他文本特征本身都不是识别虚构话语的必要或充分依据。这是我与詹姆斯·费伦、理查德·沃什合写的《关于虚构性的十个命题》（"Ten Theses about Fictionality"）中的一个命题。我们认为：

虚构性修辞概念使它成为一种文化变量，而非一种逻辑或本体的绝对；因此，虚构性是相对于交流语境而言，而非话语本身所固有的。没有一种技巧存在于所有虚构中并/或只存在于虚构中，尽管**在特定文化和历史语境中**，特定文本特征会成为虚构交流意图的强有力的常规标志（例如，现实主义小说时代的零聚焦）。（Nielson, Phelan & Walsh, 2017, p. 66）

一方面，从类属方法到修辞方法的转变削弱了对文本类型和符号间存在必然联系的信念。如沃尔什 2007 年所说的：

> 当然，大多数虚构的确表现出了表明其虚构状态的特征……但这些特征既不是虚构性的必要条件，也不是充分条件……不过，即使在人们熟悉的现代虚构契约的条件下，虚构性与文本本身的特征也没有决定性关系……（Walsh, 2007, p. 44）

但另一方面，修辞方法需要密切关注那些提示接受者对文本状态和作者意图做出推断和假定的标志和符号。我们赞同虚构性的语用性看法，其中对符号的阐释取决于语境框架，同时寻找并发现指向虚构状态的文本符号。

多丽·科恩（Dorrit Cohn）研究虚构性标记（signposts of fictionality）（Dorrit, 1990 & 1999）时，考察了不同的潜在标记，认为有三个主要标记都指向"虚构的区别性"（differential nature of fiction）（Dorrit, 1999, p. 131）。科恩的理论是现有虚构性符号理论的典范：虚构性的符号被等同于虚构的符号，并作为虚构的符号得到研究。寻找虚构标记的真正目的是区分虚构和非虚构；是寻找只属于虚构的符号，从而将其视为文类。

将虚构性标记的讨论限定于它能否作为稳定的类属标志的争论，常常使理论家指出，在非虚构文类和语境中也存在暗示的虚构性标记。其观点是，一旦在虚构以外发现虚构的符号，它们就不再是虚构的符号。本节的观点是，虚构性与虚构的区分使得虚构以外的虚构性符号得以存在。当且仅当在交流中刻意地发出编造的信号时，它们才是虚构性符号。它们是手段，并不必然表示类属关系，而是引导解释。

在这里我主要以自由间接引语为例加以说明。这一说明同样适合于其他虚构性标记——比如作者侵入、元语言、零聚焦、小说等副文本记号、箴言陈述、内心再现等。

有些虚构性标记可以采取与小说等可识别文类相关的约定俗成的形式，也能通过"从前有一个……"等惯用表达来发出编造信号。从语义上讲，这句话中没有任何东西表明话语的编造性质。事实上，如果不考虑神话的惯例，它陈述了从前某地某物的存在。但它与神话文类［它被认为整体上 (globally)① 具有编造的性质］约定俗成的关联强烈影响到我们对后续内容的期待。虚构性的其他标记则是在纯粹语义基础上发挥作用，像"如果""想象一下"等表达，都直接表明接下来是想象，不应当作真实陈述，即使声称它是谎言，显然也毫无意义。

接下来，我想讨论自由间接引语。令人惊讶的是，对此几乎见不到好的定义，明显错误的定义和描述极为普遍，甚至在学术手册中也是如此。我想这并非偶然，而是由于它与文类和文类规约之间的关系以及与特定语言特性语义的关系无法确定和模棱两可（或者只是没有真正想清楚）。本文并不想为自由间接引语提供新定义或深入的理解，而是表明从类属框架到交流框架的转换如何从根本上轻松地阐明自由间接引语发挥作用的各种方式，并对流行的理解提出挑战。我将用下面的例子来描述自由间接引语作为虚构内外虚构性的可能符号的功能：

1）"你会死的，你说。"（"You could die, you said."）如解释为反映"你"说的话，说她自己会死，那么这是第二人称自由间接引语。

2）"我问她是否认识你。不，她不认识你。"（"I asked her if she knew you. No, she did not know you."）这同样是第二人称自由间接引语，但这次是以第三人称说话者的话来呈现（估计她没使用"你"，而是用了类似"不，我不认识他/她"的说法）。

3）"我快渴死了。那是一片绿洲！我有救了！唉，当我走得更近一点，发现那里除了沙子什么也没有。"（"I was dying from thirst. It was an oasis! I was saved! Alas, when I got nearer there was nothing but sand."）如解释为反映人物的错误想法，那么这是使用过去时而非现在时的第一人称自由间接引语，也没有采用取代第一人称的第三人称。

4）"我做得比你好太多了！""您做得**好过我**吗?"（"I did much, much better than you!""You did better than me?"）如将后者解释成说话者对她认为的错误看法的回应，那么这就是第二人称疑问句的自由间接引语。

这些例子都能在文学作品内外找到。它们可能来自虚构或非虚构，并不能决定文类。我在虚构性修辞方法的框架下提出的问题是：这四个例子和一般意义上的自由间接引语发出编造信号了吗？我想，答案取决于语境和解释。

---

① "globally"是指作为一个整体，在某种意义上，整个神话故事应该是编造，而不是部分或全部有关世界事实的报道。

让我们看两个明显的非虚构的例子。

第一个来自《斯坦福哲学百科全书》（*Stanford Encyclopedia of Philosophy*）"古代伦理理论"的条目：

> 德性（Virtue）是译自希腊语单词 aretê 的通用术语。有时 aretê 也被译为卓越（excellence）。许多事物，无论天然的还是人造的，都有其独特的 aretê 或卓越。一匹马有一匹马的卓越，一把刀有一把刀的卓越。当然，还有人类的卓越。（Parry，2014）

我们可以注意到，古代伦理理论家的思想和观点的表述几乎在不知不觉中融入话语本身。麦克黑尔（Brian McHale）最近一篇文章也有完全相同的现象，这是文学和虚构以外使用自由间接引语的第二个例子：

> 为何研究文学？最令人信服的原因之一来自当代以色列文化理论家伊塔马尔·伊文－佐哈尔（Itamar Even-Zohar）的作品。……文学研究让我们瞥见一种文化是如何组织自身及周围的非人类世界的，这不仅适用于历史上或地理上遥远的文化，它们的现实模式对我们而言可能是陌生的，而且适用于我们自身的当代文化，它们的模式可能会被忽视……（McHale 2011，p. 135）

"文学研究让我们……"是谁说的？伊文－佐哈尔、麦克黑尔，还是两者兼而有之？把它解读为表达一种假定存在的文学研究功能的信念，至少看起来是一种合理的解释。考察自由间接引语是否总是在一种交流中刻意发出编造信号的表达，让我们可以提出这样的问题：它是否总是发出虚构性信号（发出编造信号而非确定类属关系）？在虚构内外是否以相同方式发挥作用？

作为文类的小说常规在全局层面上规定和容纳交流中的编造，**其中**，自由间接引语经常造成到底是陈述事实还是引用视点的含混。

全局性的虚构**以外**，自由间接引语经常造成含混：到底说话者是陈述自己的观点，还是再现他人的实际的或想象的、戏仿的话语？

自由间接引语经常会让人不清楚某人想的或说的是什么。如果某些实际情况用自由间接引语呈现，或者自由间接引语让人想象可能情况，但实际没说或没想，在这些情况下，接收者会形成关于编造的是**什么**的假设。例如，第二个例子中，被问者是否直接否认了，或者只是没回答等；对"古代伦理理论"的**作者**来说，像人类的卓越这样的存在是不言自明的，还是仅仅表达了别人的看法。

因此，在当前社会－文化语境中，自由间接引语的确远没有毫不含糊地发出编造信号、表达虚构性，而常使虚构性变得模棱两可。我是否在编造、编造了什么，是由语境解释的。此外，这又是在这样一种理论背景下说的，其中主要讨论的是自由间接引语是否必然包含类属关系，从而成为科恩意义上的虚构标记。自由间接引语不是一种文学手段，它根本不是虚构的标识。

在引用文章中麦克黑尔广泛使用了两种模式的区分：已有事物模式（a model **of** something，借助一种模式再现已有的某事物）、预想事物模式（a model **for** something，模式是某事物预想的和先在的条件，某事物在对应模式之后，因该模式才得以形成）。麦克黑尔问，文学是否能发挥作为**预想**真实模式（a model **for** reality）的功能。

就已有事物模式或预想事物模式的问题而言，自由间接引语非常典型。它取决于语境解释和推测在什么程度上是已有事物模式（引语作为某人话语），或者预想事物模式（引语可能是某人话语），或者两者兼而有之。它几乎不可避免地处于想象和指涉的边缘。自由间接引语部分地剥夺了话语的责任，因为它**是为了**（meant）被看作可能是编造的，而非明确呈现出来的。它**是为了**（meant）被看作一种**为了**（for）理解的模式，也同样被看作所说之**事的**（of）模式。它通过提出这样的问题来表达意见：如果他或她这样说话，它将如何证实或否认我对那个人的偏见？更普遍的是："如果我想象着这样那样的情况，通常它会对我的意见产生怎样的影响？"

从修辞角度来看，自由间接引语是人类基本交流能力的表现，它能够公开或隐蔽地将自身呈现为一种话语，这种话语可以同时被解释为现实世界中的意见、思想、言辞和话语的模式及预想这些的模式。自由间接引语是特定交流方式动态、持续发展的结果。

总结一下：从问虚构是否总是或有时发出编造信号，而不是问它们是否总是属于虚构文类这一角度来考察虚构性的标记，可以提出新的问题和回答。我从这个角度对自由间接引语进行了部分考察，对于早期理论家提出的标记，比如内心再现、特定名称的使用、习语表达和元叙述等，如果不是为了确定虚构和非虚构的界限，也可以同样进行考察。

科恩开创性的、令人印象深刻的方法存在着一些问题。首先，她没有明确区分虚构的必要标准和充分标准。即便呈现他人内心的零聚焦形式也应是确定一个文本是类属虚构的充分标记，它肯定不是虚构的必要特征，因为第三人称小说可以避免呈现思想活动，而人物叙述通常遵循人物叙述者自身心理的限制。其次，在虚构以外、在非虚构语境中，没有什么能阻止像"她自己想到"这样的句子，也没有什么能阻止过度记忆（mnemonic overkill，采用科恩引人注目的表达）。

然而，比反对科恩更重要的是，首先，这些潜在选项可能不会以同样的方式发挥作用，也不会在虚构的类属边界内外要求同样的解释；其次，有一种方法可以拯救科恩等人的重要见解，即从它们是否发出交流的编造信号而不是它是否只属于虚构的角度去讨论。在这个意义上，即使框架非常不同（一个是本体的、类属的，另一个是语用的、修辞的），在区分虚构性方面，科恩的方法和我的方法仍有密切关系。

四、虚构性与文学

我认为叙述者和作者关系的标准叙述学模式有助于将对虚构叙述和虚构性的理解自然化，因为人们一般认为，叙述者报道他"知道"的东西，虚构叙述会从报道日常生活的思路得以理解。叙述学将虚构理解为叙述者的交流方式，很少关注作者。本节概括、重述和再次强化了这样的论点：真实作者是叙述的行为主体，他可以编造没人知道的东西，且能叙述除了作者没人能传达的东西。我认为虚构叙述的责任主体是作者和人物而不是叙述者，这一模式比主流的虚构叙述模式更简单、更一致。①

真实作者向真实读者叙述，这是相当老套和显而易见的认识。书中人物经常对彼此叙述，这同样是不言而喻的事实。作者和人物以外是否还有叙述者更存在争议，因为并非所有人都能看到他们。②

设定一个叙述者有助于把虚构叙述理解为对某事的报道，将其当作叙述者的文字交流行为，是将虚构设想为框架中的非虚构。相反，假定虚构叙述是作者的编造，读者会假定被邀请将故事解释为编造的而不是事实报道。那么，作者的陈述不会被解释成关于或指涉现实世界或其他已存在世界的陈述。因此，它们通常不受质疑。

然而，在大多数虚构作品中，作者并非唯一的叙述主体。人物之间经常有对话，并彼此讲述。与作者的叙述相反，这些思想、观念和故事**确实**指涉先于它们存在的事件和人物，即作者编造的事件和人物。因此，它们自身的

---

① 请参看《自然化与非自然化阅读策略：重访聚焦》（"Naturalizing and Un-naturalizing Reading Strategies: Focalization Revisited"）和《自然的作者，自然的叙述》（"Natural Authors, Unnatural Narration"）。这些模式可参见查特曼（Chatman），以及 http://wikis.sub.uni-hamburg. de/lhn/index.php/Narrator 和 http://wikis.sub.uni-hamburg.de/lhn/index.php/Author.

② 一种可能的反对意见是，在第一人称叙述中第一人称叙述者显然在场。然而，那是非常明确的人物叙述，它并不强迫我们将叙述者视为不同于作者和人物的人。

叙述层面（diegetic level）可能是真实的，也可能不是。

这种基本模式意味着虚构叙述非常适合于修辞模式，它感兴趣的是研究作者实现或未能实现其意图的手段、目的和技巧。就像费伦教给我们的，修辞模式也同样非常适合在人物层面上描述某人为何、如何以及出于什么目的告诉别人发生了什么。费伦经常被引用的叙述定义是：

> 首先，叙述本身可以被有效地理解为一种修辞行为：某人在某个场合出于某种目的告诉别人发生了某事。（Phelan，2005，p. 18）

然而，我认为不应将修辞模式用于叙述者这样的无法观察的主体上。费伦后来一篇论文的结尾恰恰将重点从叙述者转移到作者："……这都是关于一个特定的人（即隐含作者）向别人（即真实读者）出于某种目的的讲述。"（Phelan，2011）我完全同意这种判断——除了"隐含"一词。

从虚构性修辞方法来看，作者作为有目的和有意图的作者和叙述者代理人的角色具有新的意义，需要新的关注。它假定考察作者的选择是有意义的，包括他/她是否采用虚构性。将虚构性界定为一种修辞行为的结果，更狭义地界定为交流中刻意发出示意信号的编造，使其有可能与作者的目的相关，即作者选择不受指涉性话语的限制，而去描述创造性话语和方式的可用性质，有时可让作者免受反对和驳斥。它还允许考察使用不同虚构性符号的目的，以及语境与作者/发送者/意图间的关系。上述建议引出了以下简单模式：

真实作者⇒叙述（其中人物可能会向其他人物叙述）⇒真实读者

在此模式中，作者是主要的故事讲述主体，人物叙述被视为作者使用的手段，人物从属于作者。如果我们询问假定叙述者的场合和目的，我们要么会被引入歧途，要么会被带回到作者或人物。之所以如此，是因为"叙述者"（如果是故事外叙述者）往往没有可辨认的甚至能想象的场合向受述者讲述事件的发生。

沃尔什《虚构性的修辞学》第 4 章关于叙述者的论证是我的出发点。首先，根据热奈特的分类，叙述者有四种可能的类型［故事内同故事的（intradiegetic homodiegetic）、故事内异故事的（intradiegetic heterodiegetic）、故事外同故事的（extradiegetic homodiegetic）、故事外异故事的（extradiegetic heterodiegetic）］。"这两种故事内的类型相对简单：这些叙述者只是叙述中的人物，他们（各自）讲述了自己参与或没参与的故事。"（Walsh，2007，p. 72）在故事外同故事叙述类型中，"叙述者因为被再现，所以是人物，就像故事内叙述者一样"（Walsh，2007，p. 72）。最后，沃尔什写道，将故事外异故事类型的叙述者视为区别于作者的唯一理由是：

> ……为了把叙述当作已知的而非想象的，当作被报道的事实而不是作为虚构作品来读。……但这样的看法也有其尴尬之处，因为像这样的故事外异故事叙述者必须"知道"有些事情（比如人物的内心），这是叙述虚构状态的明确标记……读者没有义务为了让作者的想象行为自然化而假定一个真的无所不知的叙述者。（Walsh，2007，p. 73）

那么，这些结论的提出，不失为一种壮举：

> ……叙述者通常要么是叙述的人物，要么就是作者。没有中间立场。虚构作品的作者可以采取两种策略之一：叙述一种再现，或者再现一种叙述。（Walsh，2007，p. 78）

我大致同意他说的内容。然而，在我看来，他过于强调人物叙述了：沃尔什认为热奈特的四种可能叙述者，实际上三种是人物，一种是作者。我认为至少有两个问题。首先，即使三种叙述者在逻辑上和技术上都是人物，他们也不一定作为人物以我们读到的内容和方式来叙述。[①] 换言之，我们在这三种叙述中读到的表达方式和结构，往往与我们预想的在虚构层面一个人物对另一人物进行的叙述有很大不同。叙述似乎也经常受到其他目的而不是人物所处境况的影响。有两个完全相反的例子：詹姆斯·费伦所创造的"赘叙"（redundant telling，人物叙述者讲述受述者已知之事）；在没有任何可以想象的交流的情况下，人物对某个受述者讲述。[②] 在这个特定意义上，叙述者作为人物的看法可能会延续，甚至可能让拟人化的叙述者和作为交流的叙述的观念更为明显。[③] 其次，"虚构是由其作者或人物来叙述的"，这一结论看起来激烈地提出了非此即彼的选择。虽然这在某个层面上说是准确的，但似乎模糊了或至少掩盖了人物从属于作者这一事实。从某种意义上说，选择的并不是叙述再现或再现叙述，而是是否将叙述嵌入再现之中，即再现对一种再现的叙述。我之所以要坚持这个看似无关紧要的观点，是因为当涉及声音、技巧和目的的交融时，不管把作者的还是把人物的话放在最底层，都会产生很大的影响。

---

① 沃尔什本人在第 5 章中对此有一些非常有用的想法——尤其是他讨论作为习惯用语的声音与作为实例的声音的部分。（沃尔什《虚构性的修辞》第 94 页等多处）。

② 我们在第一人称、现在时叙述中发现了这方面的突出例子，但肯定不止这些。

③ 如果把人物和人称等同起来，或不把虚构交流的虚构性铭记在心，就会发生这种情况，因为这两种情况下都会把叙述的可能性限定在真人上。

我建议以作者话语为出发点，而虚构性需要假定作者做出了严肃、虚构的言说，没有其他人能说出（除非它再现了一种叙述），除了读者（除非它再现了对某人的叙述）没有其他言说对象①，即使它以"我"或"你"指称叙述世界内外的某人。

这样，这一模式就能跨话语、跨虚构和非虚构文类而发挥作用。这一建议把作者和作者代理放到一条线上。它们与非虚构文类的作者代理有可比性，但并不相同。

五、超越虚构的虚构性

想象力及用虚构唤起他人对非现实想象的能力，是人类最基本的认知技能之一。强调虚构话语的特殊性和可用性质，也使人们看到虚构性在各文类和媒介中多么普遍，除了在艺术和美学中的功能，它在所有交流领域中如何成为一种协商价值、告知信念和观点并提出教学要点（making pedagogical points）的工具，几乎完全没被研究，即使在类属的虚构以外，且常常不被承认。

我提出该方法的出发点是虚构性在人类交流中的功能，因此有兴趣研究它在人类互动的广泛范围中表现形式的相似性和差异性。我们发现虚构性在政治演讲、电视连续剧、商业宣传和广告、麦片包装盒、日常交流、纪录片、可能情况、健康运动、动态图片（GIF）、色情、儿童歌曲、涂鸦、哲学例证和宗教寓言中都有运用，这仅仅是开放性清单中的一部分。

所有这些都有一个共同点，就是它们都发出信号，表明所传达的内容不应被视为谎言，即使它明显与字面意思不符。从吃玉米片的公鸡，到子宫里叼着烟的婴儿的图片、据说有农场的老麦克唐纳②、洞穴寓言，再到耶稣寓言中丢失的羊、钱币和浪子，这些例子都运用了虚构性。他们以完全不同的目的交流明显编造的事，而不是让听众相信羊、钱币、浪子、婴儿、农民和公鸡的真实存在。

我希望能够令人信服地论证，这种交流不只发生在小说和电影等虚构作品中，并且在虚构以外虚构性是普遍存在的。商业广告提供了相当明显的例子，它经常描绘这样的情形：巧克力唱着歌从盒子里飞出来，某种饮食让人变成了超级英雄。消费者并未感觉被欺骗，事实证明这种交流给人的印象是

---

① 这两个附带条件涉及人物对人物叙述的情况。

② 《老麦克唐纳有个农场》（"Old MacDonald Had a Farm"）是一首著名的英文儿歌。——译者注。

明显编造的，而不是不可信或骗人的。

下面，我将特别关注用于政治目的的虚构性，作为虚构以外的虚构性多面景观的例子。

政治家经常利用虚构性打动观众。虚构性可以是种手段，出于精心的政治目的，邀请接收者将想象的未来或编造的过去映射到当下。[①] 我将讨论一个非常直接的意在宣传的例子，它来自瑞典极右翼政党瑞典民主党（Sverigedemokraternes）2010 年的选举视频[②]。它展示的是卡夫卡式的房间中，一位瑞典老妇人和移民妇女们跑向手闸的比赛，拉手闸可以切断另一方的资金来源，资金是给退休者还是移民取决于谁更快。同时，正在清点的国库剩余资金的数字正迅速下降。这段视频显然有明确的现实意图，就是说服选民给瑞典民主党投票。虚构性被用作实现这一目的的手段，因为每个人都知道，现实中没有这样的房间、手闸、下降数字，也没有这样的比赛。

这段视频微妙地改变了亚里士多德式的开始、中间和结尾的规定，它在任何一方到达手闸之前就结束了，最后视频对观众说了一句话："现在你有一个选择，给移民拉手闸，而不是给退休者拉手闸。投票给瑞典民主党。"这就意味着，结局掌握在观众手中，取决于观众的选择。观众有可能给老妇人一个"幸福"结局。

虚构性可以明确暗示那些不能直说的事情。视频中的移民胖胖的，还戴着戒指和珠宝，冒着撞翻老妇人的危险粗暴地向前冲，言下之意就像曾表达出来一样清楚："移民们冷酷、贪婪、富有、自私、吃白食，他们从有需要的市民那里抢走了福利金。"老妇人必须依靠助行器才能站立，而移民们不仅成群结队，还带来了好几辆婴儿车，让"他们像老鼠一样繁殖"的陈词滥调和偏见得到了视觉表达的支持。用虚构性来实现相当复杂而微妙，却又能让意图立即得到理解的政治宣传，并不意味着对现实的背离（尽管可以说它歪曲了现实），而是再现了对现实的某种观点，其中要求观众如何回应是非常明确的：拉住移民的手闸，持批评移民的政治观点，在选举中投票给瑞典民主党。

一般来说政治斗争在相当程度上是关于虚构性的斗争，其中经常使用的策略也是将自己和对手比作虚构人物，比如《魔戒》中的索伦、《大白鲨》中

---

① 比如西方政治传统中最著名的一次演讲就是如此。参见尼尔森等（2015）："这一策略可能从未像马丁·路德·金（Martin Luther King Jr.）在他的《我有一个梦想》的演讲中那样成功或更著名地使用过。在这里，今天的梦想被想象成明天的现实，金要求他的观众通过想象中的未来种族平等的透镜来看待今天的不平等。"

② http://www.youtube.com/watch?v=XkRRdth8AHc.

的鲨鱼等。政客、媒体和政治运动一次次地将虚构性用作影响人们的手段。虚构性在文学以外存在，在文学中也有很多，用来塑造我们的看法：社会应该是什么样的，对特定、具体的政治话题有怎样的态度才算个人。

在将虚构性用于政治目的的背景下，假新闻的概念在今天起着核心作用，而虚构性可以实质性地促进我们对假新闻意义的理解。至少从2016年美国大选开始，"假新闻"这一说法就有了故意歪曲报道、蓄意误导受众的意思。①强调这一点是极为重要的：假新闻与虚构性完全不同。虚构性的一个必要条件是它刻意地发出编造的信号。而假新闻恰恰相反，这种刻意的信号是不存在的。

特朗普指责美国有线电视网（CNN）和其他传统媒体机构发布假新闻，他的意思显然是说，这些媒体故意歪曲事实，而他希望人们看到事实。同样，特朗普在一系列推特中指责奥巴马非法窃听时②，显然不想让人觉得这些指控是伪造和捏造的。当他说克林顿应被监禁，墨西哥将为两国间的隔离墙买单时，情况也是如此。没有任何信号表明这些言论要表达字面之外的意思。它们不具备虚构性，不应与虚构混为一谈——即使我们可能将它们当作捏造的谎言加以拒绝。

虽然我将虚构性的问题从虚构中解脱出来，但值得强调的是，我不想忽视虚构的价值。相反，这种方法有助于我们理解虚构文类的某些方面，也有助于塑造我们对现实世界的认知：它在过去、现在和未来的可能性。

在信息去等级化（de-hierarchized）的媒体景观中，我们比以往任何时候都更需要一个精确的虚构性概念，以帮助我们区分假新闻和新闻讽刺，区分真实、谎言和编造。在对后事实社会（post-factual society）的担忧和假新闻与真实信息难以分辨的语境中，我注意到叙述、虚构、虚构性之间的区分是非常有意义的，虚构性修辞概念作为交流中刻意用信号示意的编造，坚定地站在这些年来承受巨大压力的启蒙事业的一方。

（译者注：因篇幅所限，本译文对原稿有所删减。）

---

① 当然，它在2016年之前有着悠久的历史。例如：https://www.merriam-webster.com/words-at-play/the-real-story-of-fake-news and http://www.telegraph.co.uk/technology/0/fake-news-origins-grew-2016/.

② "太可怕了！刚刚发现，奥巴马在我获胜前就在特朗普大厦对我'窃听'。一无所获。这就是麦卡锡主义！""奥巴马总统在非常神圣的选举过程中，竟窃听我的电话，多卑劣。这就是尼克松/水门事件。坏（或有病的）家伙！"（https://twitter.com/realdonaldtrump）

引用文献：

Cohn, D. (1990). "Signposts of Fictionality: A Narratological Perspective". *Poetics Today*, 11 (4): 775—804.

Cohn, D. (1999) *The Distinction of Fiction*. Baltimore: Johns Hopkins University Press.

Kukkonen, K. (2014). "Plot". In Hühn, Peter et al. (eds.). *The Living Handbook of Narratology*. Hamburg: Hamburg University. http://www.lhn.uni-hamburg.de/article/plot.

McHale, B. (1978). "Free Indirect Discourse: A Survey of Recent Accounts". *Poetics and Theory of Literature*, 3 (2): 249—287.

McHale, B. (2011). "Models and Thought Experiments". In Alter, Jan et al (eds.). *Why Study Literature*, Aarhus: Aarhus University Press, 135—155.

Nielsen, H. S. (2013). "Naturalizing and Unnaturalizing Reading Strategies: Focalization Revisited". In Nielsen, Henrik Skov, Jan Alber, and Brian Richardson (eds.). *A Poetics of Unnatural Narrative*. Columbus, Ohio: Ohio State University Press, 67—93.

Nielsen, H. S. (2010). "Natural Authors, Unnatural Narration". In Alber, Jane and Monika Fludernik (eds.). *Postclassical Narratology: Approaches and Analyses*. Columbus: The Ohio State University Press, 275—302.

Nielsen, H. S. & Gjerlevsen, S. Z. (2017). "Distinguishing Fictionality". In Maagaard, Cindie, Marianne Wolff Lundholt, and Daniel Schäbler (eds.). *Fictionality and Factuality: Blurred Borders in Narrations of Identity*. Berlin: Walter de Gruyter.

Nielsen, H. S. & Phelan, J. (2017). "Why There Are No One-to-One Correspondences among Fictionality, Narrative, and Techniques: A Response to Mari Hatavara and Jarmila Mildorf". *Narrative*, 25 (1): 83—91.

Nielsen, H. S., Phelan, J. & Walsh, R. (2015). "Ten Theses about Fictionality". *Narrative*, 23 (1): 61—73.

Parry, R. (2014). "Ancient Ethical Theory". In Zalta, E. N. (ed.). *The Stanford Encyclopedia of Philosophy* (Fall 2014 Edition). https://plato.stanford.edu/archives/fall2014/entries/ethics-ancient/.

Phelan, J. (2005). *Living to Tell about It: A Rhetoric and Ethics of Character Narration*. New York: Cornell University Press.

Phelan, J. (2011). "Ethics, and Narrative Communication: or, from Story and Discourse to Authors, Resources, and Audiences". *Soundings: An Interdisciplinary Journal*, 94 (1/2): 55—75.

Ryan, M. L. (1997). "Interactive Drama: Narrativity in a Highly Interactive Environment". *MFS Modern Fiction Studies*, 43 (3): 677—707.

Walsh, R. (2007). *The Rhetoric of Fictionality: Narrative Theory and the Idea of*

Fiction. Columbus：The Ohio State University Press，2007.

作者简介：

H. S. 尼尔森，丹麦奥尔胡斯大学教授、芬兰坦佩雷大学客座教授，著名叙述理论家，近年研究兴趣在非自然叙述理论、虚构性理论。

王长才，西南交通大学人文学院中文系教授，文艺学博士，博士生导师，主要从事叙述学研究。

Author:

Henrik Skov Nielsen, professor of Aarhus University, Denmark, Visiting Professor of Tampere University, Finland. He is a renowned narrative theorist, and recently focuses on unnatural narrative theory and fictionality theory.

Wang Changcai, professor in the Department of Chinese in Southwest Jiaotong University, Ph. D. of literature and a doctoral supervisor. He is mainly engaged in narratological research.

E-mail：wang-changcai@163.com

蒙太奇的叙事性及修辞性①

赵世佳

摘　要：传统的蒙太奇理论，是将叙事蒙太奇和修辞蒙太奇分立而论的，但一旦将叙事作为修辞来看待，将修辞看作以叙事为背景，叙事蒙太奇和修辞蒙太奇就会与以往不同。叙事蒙太奇既具有叙事性，即连续性的故事及叙述逻辑；又具有修辞性，即割裂了故事连续性及叙述逻辑，以外在于故事和叙述的某种目的展现事件。修辞蒙太奇的修辞意义不再是单纯的镜头间的意义创造，而是在叙事背景下，对多元意义的镜头组合进行叙事上的意义限制，从而形成符合叙事的精确含义。而摆脱叙事限制的修辞蒙太奇，只有在虚构意义上的"画面隐含作者"才能得到，但"画面隐含作者"本身也是叙事产生的，因此纯修辞蒙太奇只能是一种辩证的认识。

关键词：蒙太奇　叙事蒙太奇　修辞蒙太奇　叙事　修辞

Narrative and Rhetoric of Montage

Zhao Shijia

Absrtact: The traditional montage theory distinguishes narrative montage from rhetorical montage. once narrative is regarded as rhetoric and rhetoric is regarded as narrative, narrative montage and rhetorical montage will be considered in a different way. Narrative montage is narrative, that is, continuous story and narrative logic, and rhetorical, that is,

---

①　本文系 2020 年度河北省社会科学发展研究课题"电影诗学之叙事与修辞研究"（课题编号：20200402080）成果之一。

breaking the continuity of story and narrative logic, which lies in the
presentation of events for some purpose of story and narration.
Rhetorical montage, whose rhetorical meaning is no longer the creation
of meaning between simple lenses, but under the background of
narration. It limits the narrative meaning of the lens combination of
multiple meanings, thus forming the precise meaning in line with the
narration. The rhetorical montage that gets rid of the limitation of
narration can only be obtained in the fictional sense of "picture implied
author", but "picture implied author" itself is also narrative, so pure
rhetoric montage can only be a dialectical understanding.

Keywords: montage; narrative montage; rhetoric montage; narrative; rhetoric

　　蒙太奇作为一个术语，尽管"起源自法文，是安装、装配与结构、构成的意思"（詹庆生，2018，p. 138），但其与电影结缘后已然成为电影创作语言的代名词，以至于"在电影中没有一个名词像'蒙太奇'那样被如此地曲解和滥用。每一次当电影剪辑师把两个或者两个以上的场面切成一系列短镜头并连接在一起，他就可以说是创造了一个蒙太奇"（波布克，1994，p. 136）。从某种角度来说，这种"曲解和滥用"的说法并不应该用来指责剪辑师通过剪辑"创造了一个蒙太奇"，因为剪辑的过程中确实产生了蒙太奇的效应；但是这种指责又无可厚非，因为随便将两个不相干的镜头连接在一起似乎就算是运用蒙太奇了，至于这种关联所形成的意义以及意义形成的具体原因，就只能留给后来的阐释者了。这样看来，波布克指责的似乎是那些运用着蒙太奇——只要剪辑就必然运用蒙太奇——却不理解为何这样运用的人，他似乎是要求电影的创作者要知其然还要知其所以然。但是电影诞生的时间并不长，与其相关的蒙太奇理论必然有一个发展成型的过程，对其理解也必然伴随着种种缺陷以及对这些缺陷的修正和完善。从一定程度上说，蒙太奇实践和理论的形成是有迹可循的，从最早的布莱顿学派对特写镜头的运用，到格里菲斯对蒙太奇的创造性运用，到苏联蒙太奇学派实践与理论的大规模总结，再经巴赞在推崇长镜头及景深镜头方面对蒙太奇的修正，最后米特里以符号学的知识背景对以往的蒙太奇理论提出了十足的质疑。可以说人们对蒙太奇的理解有一个变化的轨迹，但是也同样可以发现蒙太奇的理论有些过于局限在电影以及电影本身的符号理论之中，蒙太奇似乎仅仅是电影的，与其他理论的交叉及融合不够充分。但是，电影，作为一种典型的、用来讲故事的叙事文本，同小说和戏剧一样，在传达故事的过程中必然会裹挟着一些情感和意图，因此其必然不仅仅是叙事的，而且是修辞的，由此电影也应该有且已经有与小说、戏剧相匹敌的叙事和修辞理论，并且这些叙事和修辞理论与文学的叙事和修辞理论相互沟通、互相融合。这种融合在 20 世纪 80 年代之后尤为突出，而且现在仍在进行。而蒙太奇理论作为经典电影理论，甚至在 50 年代左右就已经形成定论，其与目前电影的以及文学的叙事和修辞理论之间的互通似乎并不通畅。尽管蒙太奇一直以来已经被区分为叙事蒙太奇和修辞蒙太奇，但是这种区分似乎是将蒙太奇的叙事与修辞功能撕裂成两种独立的互不相干的因素。有人认为叙事蒙太奇仅仅是"蒙太奇最简单、最直接的表现，是意味着许多镜头按逻辑或时间顺序分段纂集在一起，其作用是从戏剧角度和心理角度去推动剧情发展"，而表现蒙太奇则是"以镜头的并列为基础，目的在于通过两个画面的冲击来产生一种直接而明确的效果，在这种情况下，蒙太奇是致力于让自身表达一种感情或思想"（马尔丹，2006，p. 122）。于是当人们谈论叙事蒙太奇时，就仅仅关注镜头之间的连续性及因果关系，忽略叙事可能形成的修辞意义；而当人们谈论修辞蒙太奇时，大多只是从形式或主题的角度看待问题，忽略或基本不谈其存在的叙事背景。这实际就相当于将蒙太奇的修辞功能与叙事功能割裂成两个独立的部分了。但是在通常的叙事文本中，叙事与修辞之间绝不是毫无关联的，叙事从某种意义上来说也必然是一种修辞，它是"某人在某个场合出于某种目的对某人讲一个故事"（费伦，2002，p. 14）。叙事本身就带有一种修辞意图，而叙事文本中修辞意义也不应该脱离伴随叙事进程的叙事背景；修辞可能正是受到叙事的约束才能够精确指向某一意图，不然修辞产生的意义很可能是多元的、模糊的或者朦胧的。这样看来，将典型的叙事文本——电影所使用的蒙太奇的叙事方面和修辞方面割裂开来显然是不合适的。那么在谈论叙事蒙太奇的时候，既要看到其叙事性方面，也要看到其修辞性方面；而讨论修辞蒙太奇则要将这种蒙太奇置于电影文本的叙事进程之中，另外又不应该放弃寻找纯粹修辞蒙太奇的可能性。下面论述这几方面的内容。

一、叙事蒙太奇：叙事性与修辞性的共存

叙事蒙太奇的定义暂且不论，但其目的首先应该是保证叙事，而叙事则是要故事接受者对故事有一种幻觉式的融入，大概就是厄尔·迈纳所说的那种"实现了的连续性"，它包含"实现"和"连续性"两个概念，并且"后者远为复杂"（迈纳，1998，pp. 204—205）。其实在笔者看来"实现"已属于修

辞方面，如果从叙事幻觉的角度来说，"连续性"是叙事中必不可少的，是与因果有关系的，尽量让接受者感觉是"按照可然律或必然律可能发生的事"（亚理斯多德，2016，p. 45），也就是说在叙事文本中，避开一切修辞意图来看叙事，叙事就是在一个合理的因果链条中传达一个连续的故事幻觉形象。但叙事确实又避不开修辞意图，因为作为所指的故事具有物自体的性质，必然需要以人的认知逻辑为基础，有选择地传达信息。选择便意味着意图，而正是这种不可避免的选择意图在破坏故事本身的那种连续性，只不过很多时候它倾向于形成一种连续性幻觉。叙事蒙太奇可以说是保证电影文本叙事功能的诸多方法或思维方式，但以往的理论大多关注的是其保证连续性或者其产生连续性故事幻觉的一面，对其叙事中修辞性的一面并没有给予真正的理论关注。因此要真正理解叙事蒙太奇，就必须既要理解其形成连续故事幻觉的叙事性，也要看清破坏故事连续幻觉的那种叙事方法选择的修辞性。

电影诞生之初就开始尝试讲述故事，由此电影制作者也面临着一种挑战，他们"必须制作观众能够理解的电影……到了1917年，电影制作者们已经发展出一套成为美国电影制作标准的形式原则体系"，即所谓的"古典好莱坞电影"（波德维尔，汤普森，2014，p. 59）或连续性剪辑，"尽量在连接两个镜头时，使动作维持连续性……为了使动作看起来连贯而具有逻辑性，所有的动作会维持同一方向，因果关系也必须清楚"（贾内梯，2007，p. 121）。为了保证故事幻觉的连续性，这种剪辑发展出了包含位置、运动以及视线的匹配原则，以及一个场景中人物之间关系线的运用，"一个场景中两个中心演员之间的关系线是以他们相互视线的走向为基础的，但一般不能越过关系线到另一侧去拍摄"（阿里洪，1981，p. 31）。可见，电影为了营造一个连续性的故事幻觉，采用了种种有效的蒙太奇方法。但是这些营造故事连续性幻觉的蒙太奇方法到底在多大程度上是叙事的呢？人们认为叙事蒙太奇是"以交代情节、展示事件为主旨的一种蒙太奇，它按照情节发展的时间流程、逻辑顺序、因果关系来分切组合镜头、场面和段落，表现动作的连贯，推动情节的发展，引导观众理解剧情"，并且将其分为"连续蒙太奇、平行蒙太奇、交叉（或称交替）蒙太奇、重复（或称复现式）蒙太奇等"（许南明，富澜，崔君衍，2005，p. 153），但是蒙太奇中的连续性剪辑似乎只是从表面上保证了电影叙事的连续性，或者说它只是在形式上与叙事相关，其与情节发展的时间流程、逻辑顺序以及因果关系并无直接的联系，不管是保证镜头间连续性的匹配原则，还是大多数电影拍摄者遵循的关系线原则，都并不是从实质上来保证叙事中故事的连续性；它们只是保证了自身不会在电影叙述过程中比故事更加吸引观众的注意力，因此其本身也就带有很强的修辞色彩，其意图其实就是湮灭自身以凸显叙事的连续性。

这似乎否定了以往对叙事蒙太奇的理解，因此我们应该从中寻找形成故事连续性幻觉的原因而不是那些保证，但形成故事连续性幻觉的东西可能仅仅是叙述过程或者是必须存在的合理的叙述逻辑。这种叙述逻辑的范畴属于公共的叙事文本领域，它不仅仅存在于电影当中，还存在于小说、戏剧甚至叙事诗歌之中，那么其与蒙太奇之间的组合就很可能属于两种不同类型范畴的组合。或许可以这样说，叙事应该顺应叙事进程发展的逻辑；而蒙太奇只是遵循意义理性的逻辑，叙事进程的发展实际上难以精确地控制蒙太奇的组合选择。但是没有蒙太奇的组合选择，叙事进程也将不复存在，因此要正确地看待叙事蒙太奇的叙事性，就要在蒙太奇组合中寻找那些保证了叙事进程的组合方式。这样看来，似乎问题就比较简单了，因为叙事进程实际上只与其叙述故事的内部逻辑以及叙述本身的逻辑有关，那么蒙太奇组合也只有体现了上述叙事逻辑才能具有叙事性。但是一个蒙太奇组合至少是两个甚至多个镜头的组合，而镜头总体来说"根本不是一个表意关系单位：描述一个最为简单的特写镜头，至少需要一个句子；对于一个内容略为丰富的远景镜头则需要一整段文字"（米特里，2012，p. 69），那么与一个蒙太奇组合相关的因素就会更多，它既包含了不同的形式方面的因素，比如景别、角度、高度、亮度、透视效果等，还包括不同内容方面的因素，比如取景框中运动的主体、运动主体存在的空间以及场景中显现的一切形象和声音。这些处于不同镜头中的、复杂的因素组合在一起所形成的变化或对比，可以说都是构成蒙太奇及其意义的原因。

那么蒙太奇组合的哪些因素与电影的叙事逻辑有关呢？这些因素中沿着叙事逻辑发展，与故事情节的推进以及叙述方式有关的因素似乎只与内容方面有关。在故事或情节方面，似乎是上一个镜头的内容催生了下一个镜头的内容，从而促进故事情节的发展。比如正反打镜头的使用其实正是上一个镜头人物视点的寻求导致了下一个镜头的内容，这一方式实际与故事空间的形成有着必然的联系；一个远景镜头与一个相同场景内特写镜头的组合可能更容易让人感受到突出特写内容的意图，但此种蒙太奇组合如果包含了叙事性，则与正反打镜头并无二致，它必须代表某个画框内主体视点的寻求。在叙述方面，它帮助形成一切叙述的逻辑，可以说一切叙述方式的运用都应该是在蒙太奇组合中叙事性元素的作用下进行的。在电影叙事中，时间的推移往往代表着情节的递进，同时还可能带来空间上的变化，但叙述时间的畸变往往会将故事时间打碎后重新安排，这种时间畸变更可能带来空间上的变化，也可能会产生叙述层的过渡，而这些变化又必然通过蒙太奇的镜头组合才能够产生，正是蒙太奇组合镜头中叙事因素的变化才导致以上变化的产生。可以说这些蒙太奇组合中蕴含着叙述方法的运用，但这里应该存在这些方法施行的逻辑根源，它可能由于叙述者或故事中人物回忆式的倒叙或预叙，也可能由于电影叙事中聚焦人物的变化，等等。这些根源性的内容因素都应该作为镜头画面的内容，这样才能在电影蒙太奇组合中形成与叙述相关的信息：比如不同叙述层之间的转换需要用一个叙述者叙述的镜头引入下一个叙述层故事的镜头，闪回镜头是叙述层转换的一种典型运用，如果没有这种叙述性信息的存在，尽管镜头的组合仍然称为叙事蒙太奇，仍然是为叙事服务的，但其并不能帮助我们形成那种故事连续性的幻觉，而是相反，那么其表现故事和叙述之外的目的就显露出来了，即它将那种打破故事本身连续性的行为显露出来了，这其实显露的正是叙事蒙太奇修辞性的一面。

这样看来，叙事蒙太奇的叙事性应该是抛弃镜头组合中的一切纯技术因素——在这些技术中找不到与故事和叙述信息相关的因素，但在其内容因素中可以找到故事或情节的连续性以及形成叙事进程的叙述逻辑。那么从某种角度来说，叙事蒙太奇通常的四种分类——连续蒙太奇、平行蒙太奇、交叉蒙太奇以及重复蒙太奇——对叙事性体现的权重其实是不等同的。连续蒙太奇或许是最能体现故事情节发展的一种叙事蒙太奇，它似乎是自然而然的、没有经过外力阻断的一种叙事进程。这种连续性最典型的可能就是同一场景中，由人物视点变化形成的不同焦点的变化组合，比如对话场景中正反打镜头的蒙太奇组合，这种变化组合是在叙事进程驱动下形成的，其与故事的前进同步，或者说其"虽然牺牲了空间上的连续性，却可以呈现事件间的因果关系及其同步性"（波德维尔，汤普森，2015，p. 283）。尽管在连续蒙太奇中可能存在时间及空间上的省略，从一个场景进入另一个场景的镜头组合既省略了人物行动的时间，也省略了两个场景之间的空间，但是它符合人们生活中对事件或故事的认知逻辑。人们生活中会厌倦过分冗长的故事细节，只想把握其中至关重要的节点，但仍然能够在大脑中构建一个大概完整的故事轮廓，这个过程"既类似又会引起典型日常生活中焦点及注意点的改变"（斯塔姆，2017，p. 49），即便是插入式的闪回倒叙，也可以算作注意点变化造成的连续性蒙太奇组合，因为它仍然在观众心理上保证了故事的连续性。但是故事本身的构建并非总是在一个单一线性场景中进行的，它可能会涉及多重单一线性的场景，"最后一分钟营救"就涉及两条线性场景的逐渐融合，另外倒叙或者讲述一旦形成，就是一个独立的故事，观众就会注意到这里其实已经存在两个时间和空间都不同的故事；而且叙事也并非总是在同一个故事中进行，它可能涉及对多个不同故事的叙述。叙事蒙太奇要应对这些叙事上的变化，就会在一定程度上削弱其叙事性的一面，增加与故事逻辑及叙述逻辑不相干的选择。平行蒙太奇或交叉蒙太奇的运用其实就是叙事选择的结果，尽管平行蒙太奇或交叉蒙太奇在定义上还存在一些混乱。我们曾经从同故事和异故事的角度区分了平行蒙太奇和交叉蒙太奇，将其重新划分为"同故事平行蒙太奇和异故事平行蒙太奇"（赵世佳，2016，pp. 112－115），但它们应付的都是多重故事线索的情况，那么代表不同线索场景的镜头之间组合的逻辑将与故事本身发展的逻辑以及叙述的逻辑不再具有直接的关系。"最后一分钟营救"属于同故事的平行蒙太奇，它将两条具有直接情节关联却不在同一空间进行的事件或情节打散，然后交织在一起，但这种交叉所遵循的逻辑并不是以事件或叙述为基础的，它很可能是为了让观众形成某种紧张的情绪，并且形成一种与之匹配的节奏感，这些都是外在于故事以及叙述的。而异故事之间的交叉剪辑则可能有更多的其他目的。影片《云图》将几个不同的故事按照一种循环的、段落的方式组合在一起，这种组合的目的应该是表现某种循环的主题，《党同伐异》似乎也是如此，《20 30 40》或者《时时刻刻》等影片都运用了相似手段，表达的似乎也是不同故事场景内主体行为之间的相似性或某种主题上的对比。可以说不管是同故事还是异故事的交叉组合，实际都是以阻断某一故事或叙述的连续性为代价的，其本身的目的并非叙事，而是叙事之外的某种目的，往往是为了突出主题而造成某种相似行为的碰撞或者形成某种情绪而营造某种节奏。但无论是造成主题的碰撞还是形成情绪的节奏，这些镜头或段落组合的形成似乎只是为了形成某种形式，我们无法在故事以及叙述方面找到原因，因此可以说这种交叉形式的蒙太奇尽管也被人们冠以叙事蒙太奇之名，但其真正表现的其实是叙事蒙太奇的另一面——修辞性。重复蒙太奇这一名称可能更多源于其内容重复的形式，但因重复的内容不同而有所不同：类似事件的重复可能使重复蒙太奇归入连续蒙太奇，比如表现一个人物历练的成长，将其多次重复同一行为的镜头或段落组合在一起，其中时间或空间上的省略与连续蒙太奇的省略并无二致，可以说这种重复蒙太奇正是在故事驱动的机制下进行的，其主要体现的仍然是叙事蒙太奇叙事性的一面；但具有某一典型意义事件的镜头或段落被多次组合和插入某一正常进行的故事之中，其最基本的形式表现是打断了正在进行的事件，形成某种强烈的对比含义，尽管有时候它看上去也像闪回性的倒叙，具有一定的叙述逻辑，但由于其重复性，其代表的含义远远超出或压制了叙述逻辑。这样的重复蒙太奇似乎更能代表叙事蒙太奇修辞性的一面。

可以看出，不同的叙事蒙太奇，其叙事性与修辞性的体现比重是不同的。必须指出，尽管叙事蒙太奇都是用来展现电影故事以及叙述进程的镜头或段落的组合，但其叙事性和修辞性是不可避免地共存着的：因为这种组合中必然有能够保证故事向前推进的逻辑，或者能够从中找到合理的叙述逻辑，正是这种逻辑保证了叙事的连续性幻觉，其反映的正是叙事蒙太奇的叙事性一面；另一方面，因为电影叙事过程必然涉及镜头的画框选取、镜头切换以及运动等，这些实际上都是有意图的选择，而这种选择必然破坏故事本身空间和时间的连续性，也包括完整性。这其实正是在某种程度上割裂故事或叙述向前推进的连续性。这种割裂是必然的，体现的正是叙事蒙太奇修辞性的一面。

二、修辞蒙太奇的叙事性限制及纯修辞蒙太奇的辩证认识

人们通常认为修辞蒙太奇是两个不同镜头组合，由于各自包含的元素具有某种对立的冲击性，进而能够产生一种原来两个镜头都不具有的效果或含义，从而表达某种情绪或思想。但是笔者认为对修辞蒙太奇的这种认识实际上犯了一种认识论上的错误。单个镜头的含义其实是不固定的，但绝非没有含义，可以说其在与观众合谋的过程中能够产生任意多元的阐释；当两个镜头组合在一起的时候，其实并非产生了新的含义，而是蒙太奇的组合过程限制了两个组合镜头原本各自多元的阐释途径。那么这样看来，实际上蒙太奇并非一个创造含义的过程，而是限制含义的多元性，使含义表达更精确的过程，但是不应该因此而轻视蒙太奇过程中的创造性。组合与镜头原有含义的多元性一样具有某种任意性，因此对组合的选择本身就具有创造性，但并不应该夸大这种创造性，它本质上只是对那些多元含义进行的一种精确化的选择。但是这种选择实质上可能不仅仅作用于修辞蒙太奇，而是整个蒙太奇过程都包含了这种含义精确化或者意义双向过滤的过程。那么此处的含义就不应该仅仅指修辞性的含义，也应该包含故事信息以及叙述信息，也就是说，镜头中不仅有意义，而且有故事以及叙述，这些因素都可以在蒙太奇过程中互相限制。如果单纯地看待镜头或段落组合中的故事或叙述，叙事蒙太奇同时具有叙事性和修辞性，也就是说修辞蒙太奇与叙事蒙太奇之间存在很大的交叉空间，不管是修辞性还是叙事性，实际上都包含了镜头的选择，都在叙事当中形成了有倾向的意图意义，而且镜头或段落的组合绝不仅仅只是故事或叙述的组合。内容方面就可能存在与故事或叙述无关的组合方式，比如将

海浪冲击海岸的镜头或火箭冲上云霄的镜头与表现男女情欲的镜头组合在一起，或者将欢快故事结局的镜头与枝头鸟儿嬉戏的镜头组合在一起，便不再与故事或叙述相关，它们更多的是通过相互限制原本多重的含义，选择镜头内相似的元素进行比较，进而表现某种气氛或者形成某种隐喻。这种组合更容易被称为表现蒙太奇或修辞蒙太奇，并且镜头的组合中不是只有内容方面的元素，镜头的每一种形式元素的选取都会在蒙太奇组合中形成某种结果，而这种形式的结果同样也应该属于修辞性蒙太奇。

但是电影总体来说属于一种叙事文本，它总要给观众讲述一个故事，并且这个讲述过程很可能是不间断的。"蒙太奇所保证的，首先是影片的连续性……如果说镜头的排列赋予了每个段落以一种含义，且该片段若以别的方式进行组织，便可能不具有这层含义，那么大多数情况下，这里所涉及的其实是一种剧情上的、与片中事件有关的含义"（让·米特里，2012，p. 122），也就是说，即便寻求蒙太奇组合中的修辞性或者修辞蒙太奇，大多数情况下也应该与其产生的叙事背景产生联系，即修辞应该与故事相关或者至少应该与作为修辞的叙事相关，修辞蒙太奇就必须在这种叙事进程中存在并且展现其价值。那么修辞蒙太奇产生意义的过程是只以叙事为背景呢，还是自身并不独立，其意义会时刻受到叙事的限制呢？按照米特里的说法，蒙太奇组合似乎"只有在影片之内才能够表意，其本身并无含义"（米特里，2012，p. 123），这样看来是不是一个蒙太奇组合就不会产生意义了呢？比如单纯的库里肖夫效应中一个面无表情的男人特写镜头与一个裸女镜头之间的组合就真的没有意义吗？笔者认为并非如此，单纯的蒙太奇组合并非没有含义，也并非按照米特里所说的，在上述的那个案例中，其意义只有一个成熟的男人将蒙太奇镜头结合自身情欲的认知才能够表达出大多数人所认为的含义，其本身代表的只是看与被看的关系。其实之所以对这种简单的蒙太奇组合的意义产生疑惑，更多的可能是这种组合对镜头各自多元的意义产生的限制并不强，难以由此形成更精确的含义，而当将这种组合段落置于一个影片之内时，由于被讲述的故事存在一定的目的性倾向，其信息会进一步锁定每一个蒙太奇组合镜头的内部意义，那么叙事的同时，实际上就进一步限制了蒙太奇组合的含义。还是以上述库里肖夫效应中的案例为例，如果将这一镜头组合置于一个反映男女情欲的故事之中，那么这个组合所形成的含义肯定如一般的解读，但如果改变叙事背景，镜头中出现的男人和裸女之间是父女或兄妹关系，那么观众从中看到的很可能是男人对裸女的一种带有亲情的痛恨。可以说修辞蒙太奇中镜头的组合是对镜头含义进行限制的第一步，而将这种组合置于某一叙事之中，实际上是对每一个镜头含义的进一步限制，这样一连串的蒙太奇组合互相限制，最终形成了影片叙事及总体表达的含义。

但是叙事对修辞蒙太奇含义的限制是不是有强度上的不同呢？不管怎样，库里肖夫效应中的那个案例所产生的情绪或思想总体来说是属于情节范畴之内的，影片《战舰波将金号》中有关夹鼻眼镜的蒙太奇组合段落所形成的隐喻效果其实也在情节范畴之内，因为镜头所展现之物便是故事中的事物，这些事物的含义受到故事叙述的限制似乎也是理所当然的；当影片中插入与故事情节毫不相干的画面内容时，所形成的蒙太奇段落又会在多大程度上受到叙事的限制呢？影片《搏击俱乐部》中，当杰克的手被腐蚀性液体灼烧时插入了一些树木着火的镜头，树木着火的内容与影片的故事内容没有任何联系，尽管一般情况下很难有人能从树木着火中阐释出疼痛的含义，但从有生命的树木这一点出发，这种牵强的阐释也是一种可能；当灼烧的手与燃烧的树木组合在一起，对树木疼痛的阐释实际上也被强化或者提炼出来，并反过来强化手被灼烧的那种疼痛感。可以说叙事在其中也起到了至关重要的作用，它一方面可能将那个内容上毫不相干的镜头的某一个阐释含义强化或提炼出来，另一方面又用那种含义来强化故事内容中的某个含义。可以说，这种将故事镜头与不相干镜头组接在一起形成的限制含义，其本身已经蕴含在故事镜头的组接之中，而这种组合的目的应该只是强化含义或者使之更形象化。这样看来我们前面举的有关海浪击打沙滩、火箭冲上云霄以及鸟儿嬉戏枝头等都属于这种强化式运用。当然这里的强化含义只是针对叙事而言的，不相干镜头中含义的限制实际上更具代表性。

是不是所有的修辞蒙太奇组合都应该受到叙事的影响呢？在影片中是不是就不存在纯粹的修辞蒙太奇了呢？从前面的论述来看，镜头内容方面的元素组合似乎很难规避故事以及叙述的影响，这种蒙太奇组合只要产生含义，就肯定会融入叙事的大范畴之内，成为影片整体故事意义形成的一个环节。但是从修辞的角度来说，电影媒介形式方面的表达则很可能不在叙事的影响范围之内。这并不是说镜头蒙太奇组合中由电影媒介形式的组合表现出来的意义肯定与叙事无关，其实这种意义很大程度上还是受制于叙事的。如果从修辞意义的根源来看，有两个作者：一个是代表故事及叙述根源的"源隐含作者"，另一个是支撑整部电影意义外显的"画面隐含作者"（赵世佳，2019，pp. 65—73）。因为"画面隐含作者"一方面负责翻译"源隐含作者"的信息，另一方面又可能有自身的态度或意图被附加在承载故事和叙述的媒介形式之中，所以我们只有寻找完全根源于"画面隐含作者"的蒙太奇组合，才能真正摆脱叙事的限制。大多数情况下我们会认为，电影叙事文本中与媒介性质相关的镜头属性在很大程度上是根源于"画面隐含作者"的，它并不代表"源隐含作者"的态度，但是实际上叙事在这方面的影响是巨大的，也就是说"源隐含作者"其实在此处仍然是意图的根源，比如将一个故事中的小人物放在画框下方的镜头与将一个故事中的权威人物置于画框上方的镜头组接在一起，显然表达了"源隐含作者"对这两个人物的态度。即便是最简单的正反打镜头组合，如果故事中人物的体型或者站位不同，也同样会影响两个组接镜头的形式，叙事在其中的作用是显而易见的。但是镜头中媒介形式的选择并非都源于叙事，比如景别、角度、高度、亮度、明暗、宽容度、透视距离、焦距、镜头持续时间长短、镜头内时间与现实时间流速相比的快慢、画面中声音的响度、声音的频率、声音的音色，等等，这些镜头属性的选择很多情况下并不能在叙事逻辑下找到合理的解释，因此其所形成的含义也就只能为"画面隐含作者"，哪怕是主体所在的位置，也很有可能找不到任何有关叙事的"源隐含作者"态度的指示，那么也只能归结于"画面隐含作者"。这些元素在蒙太奇组合中很可能会形成碰撞，产生意义，高低、明暗、大小、清晰与虚化、远近、快慢等，都有可能形成叙事之外的效果，其形成的蒙太奇修辞意义就可能属于"画面隐含作者"本身的一种风格或态度，如果这个"画面隐含作者"可以延续的话，这种风格或态度也会一以贯之。那么，这种蒙太奇的组合意义似乎就与某一个叙事文本的叙事是撕裂、隔离的，在这个意义上，似乎存在纯修辞蒙太奇。

但是"画面隐含作者"并非作者，其不可能延续到作品之外，它只是接受者在接触文本时，通过与文本的交流，将文本的信息与自身已有的认知结合在一起虚构的一种类似于我们自身的一个掌控着与我们的交流的主体意识，也就是说它只与此在的文本有关，我们不能以作者的风格或态度取向来限定某一作品的隐含作者或电影的"画面隐含作者"。比如小津安二郎，其作为导演喜欢用低角度的方式拍摄作品，可能因此表达了一种"谦"的意图，他的每一部作品大概都是如此，但我们接触其电影时并非直接与导演接触，只是接触电影文本本身，或者只是与那部电影的"画面隐含作者"接触。如果那种仰拍镜头在电影中产生的蒙太奇意义一直存在，我们就只能将自身的那种对"谦"的认知与其叙事相结合，而不单单从这种镜头形式中感受一个"谦"字，也就是说它反过来其实还是与故事以及叙述结合了，于是由这种仰拍镜头形成的蒙太奇组合的修辞意义又重新受到了叙事的限制。从这个角度来说，纯修辞蒙太奇似乎又是不存在的，脱离故事，没有叙事背景的修辞似乎是难以实现的。我们只能在一定意义上将某些与媒介形式关系很强的镜头组合产生意义的根源归结为"画面隐含作者"，这样似乎脱离了代表故事以及叙述的"源隐含作者"，似乎此时的修辞蒙太奇与叙事再无关系，但无论如何"画面隐含作者"只是在叙事背景下形成的一种虚构的主体意识，其本身无法脱离叙事，其作用下的修辞蒙太奇脱离叙事也只能是一种幻象。

当然，还存在一种完全没有叙事的电影，比如维金·艾格林的抽象动画电影《斜线交响曲》，它看上去就是"一幅长卷图画，而且不是连续整体图画，而是图画组合"（华明，2006，p. 17），其中也涉及镜头的组合，但并不指向一个故事，它的镜头及镜头组合只涉及某些形式组合及由此形成的某种节奏和韵律，我们或可以将此称为纯粹的修辞蒙太奇。但像《斜线交响曲》这样的文本还算不算电影呢？一旦将它的形式组合所形成的那种节奏和韵律置于一部真正的电影 —讲故事的电影中，那种节奏和韵律所形成的修辞性又能保留多少独立性呢？叙事文本中，大概叙事对修辞的限制是必然存在的。

三、小结

以往的蒙太奇理论，总的来说是将叙事蒙太奇和修辞蒙太奇分立而论，但是在叙事文本中，一旦将叙事作为一种修辞来看待，将修辞看作是以叙事为背景的，叙事蒙太奇和修辞蒙太奇就会与以往有所不同。叙事蒙太奇既具有叙事性，即保证故事连续性及叙述逻辑的一面；又具有修辞性，即割裂了故事连续性及叙述逻辑，以某种外在于故事和叙述的某种目的展现事件。修辞蒙太奇的修辞意义不再是单纯的镜头间的意义创造，而是在叙事背景下，对原本多元意义的镜头组合进行叙事上的意义限制，从而形成符合叙事的更精确的含义。而摆脱叙事限制的修辞蒙太奇，只有在那个虚构意义上的"画面隐含作者"那里才能得到，但"画面隐含作者"本身也是通过叙事产生的，因此纯修辞蒙太奇只能是一种辩证认识的幻象。

引用文献：

阿里洪，丹尼艾尔（1981）. 电影语言的语法（陈国铎，等译）. 北京：中国电影出版社.

波布克，李·R.（1994）. 电影的元素（伍菡卿，译）. 北京：中国电影出版社.

波德维尔，大卫；汤普森，克里斯汀（2015）. 电影艺术：形式与风格（插图第8版）（曾伟祯，译）. 北京：北京联合出版公司.

波德维尔，大卫；汤普森，克里斯汀（2014）. 世界电影史（第二版）（范倍，译）. 北京：北京大学出版社.

费伦，詹姆斯（2002）. 作为修辞的叙事：技巧、读者、伦理、意识形态（陈永国，译）.

北京：北京大学出版社.

华明（2006）. 西方先锋派电影史论. 北京：中国电影出版社.

贾内梯，路易斯（2007）. 认识电影（插图第11版）（焦雄屏，译）. 北京：世界图书出版公司北京公司.

马尔丹，马赛尔（2006）. 电影语言（何振淦，译）. 北京：中国电影出版社.

迈纳，厄尔（1998）. 比较诗学（王宇根、宋伟杰，等译）. 北京：中央编译出版社.

米特里，让（2012）. 电影符号学质疑：语言与电影（方尔平，译）. 长春：吉林出版集团有限责任公司.

斯塔姆，罗伯特（2017）. 电影理论解读（陈儒修、郭幼龙，译）. 北京：北京大学出版社.

许南明，富澜，崔君衍（2005）. 电影艺术词典（修订版）. 北京：中国电影出版社.

亚理斯多德（2016）. 罗念生全集（第一卷）——亚理斯多德《诗学》《修辞学》（罗念生，译）. 上海：上海人民出版社.

詹庆生（2018）. 影视艺术概论. 北京：清华大学版社.

赵世佳（2016）. 从叙事的角度谈平行蒙太奇与交叉蒙太奇. 衡水学院学报，5，112－115.

赵世佳（2019）. 从修辞的角度谈电影叙事的隐含作者. 北京电影学院学报，8，65－73.

作者简介：

赵世佳，衡水学院中文系讲师，研究方向主要为电影叙事。

Author:

Zhao Shijia, lecturer of Department of Chinese Language and Literature, Hengshui University, whose research mainly focuses on film narrative.

E-mail:jaston@126.com

The Deconstruction of the Anthropocentric Self: A Bionarratological Study of *Nights at the Circus*

Zhang Xu

Abstract: *In Nights at the Circus*, Angela Carter creates a magic-realistic world full of human-animal hybrids, transformed beings, and trans-species relationships. From the perspective of bionarratology, this paper upholds that, the novel, by putting the hero of the story, who otherwise took a hierarchical understanding of human-animal relationships from an anthropocentric view of this world, in the biosphere, and through his encounters and interactions with other species, makes him rethink of self-other relationships, and reconstruct the "self". The analysis starts with the concepts of "hybridity" and "intellectual ability" to discuss how the novel deconstructs the anthropocentric "self" from different ways: on the one hand, the "hybridity" of the heroine challenges the hierarchical understanding of human-animal relationships, and through her self-narrative, showing both the hero and readers the way to construct the "self" in the biosphere; on the other hand, the "intellectual ability" as the ontological characteristic that separates humans from all other kinds of beings is challenged and proved as only a social construct by the species transformations happening on both human and animal characters in the novel.

Keywords: bionarratology; anthropocentrism; self; hybridity; intellectual ability

解构人类中心主义的自我——《马戏团之夜》的生物叙述学研究

张 旭

摘要：在小说《马戏团之夜》中，安吉拉·卡特描绘了一个充满杂交生物、变形生物以及跨物种关系的魔幻现实主义世界。本文从生物叙述学的理论视角出发，探讨小说如何将原本具有人类中心主义世界观的男主人公置于一个更广阔的"生物域"中，通过跨物种的相遇与互动来重新思考"自我—他者"的关系并重建自我。本文从"杂交性"和"心智能力"两个方面讨论了小说如何以不同方式解构了以人类为中心的"自我"。一方面，女主人公的杂交性挑战了人类对原有物种关系等级的理解。同时，她通过"自我叙述"向男主人公和读者展示了如何在跨物种的生态域中建构一个更包容和更开放的"自我"。另一方面，小说中动物与人类身上发生的"跨物种变异"，挑战了以"心智能力"作为本体特征来划分物种等级的人类中心主义思想，揭露了其社会建构的本质。

关键词：生物叙述学 人类中心主义 自我 杂交性 心智能力

Published in 1984, *Nights at the Circus* (hereafter *Circus* for short) was Angela Carter's penultimate novel. Like the other works by Carter, *Circus* is also endowed with the contentious and subversive nature in which she tries to blur the boundaries between different genres and challenge our habitual perception of both life and the world. As Jordan points out, "there are no naturalistically credible imitations of experience in Carter's work and no role models either, not in any simple sense" (1992, p. 121). What is more, "her novels deny, resist and subvert definitions and frames of all kinds—literary, cultural, social, sexual, religious, and ontological" (Peach, 1998, p. 6).

The love and war between humans and other animals is an important theme in Carter's work, and it is one of the themes of *Circus*. "Those non-human animals, however, have been almost invisible to Carter's critics except as extensions of the human kind" (Pollock, 2000, pp. 36-37). Carter's representations of animal characters in her works are considered by Jordan as the discussion of gender (1990). Margaret Atwood also oversimplifies Carter's animals by reading them as metaphors for human beings, points of entry for consideration of human social structures (1994). However, in her essays, Carter herself, returns over and over to the notion that, like race, class and gender, animal nature is a human construct and she remarks that "the 'natural' is an invention of culture" (1998, p. 125).

The reason of the ignorance of these animals and human-animal relationships in Carter's work is what Pollock in her essay points out: "It is because Carter's work has been read in the same way the 'actual' world is perceived: anthropocentrically." (2000, p. 36) And she traces the anthropocentricism back to the Western tradition and ideology that because of the lack of grammatical languages, animals are endowed without the "consciousness" and only function as biological machines in the metaphor of Descartes. And the "animal kingdom" can be most accurately understood in taxonomic terms, placed within a hierarchy of value, with "man", the only animal provided with a soul, at the top—and God above it all. (ibid.)

Darwin's "hypothesis that humans are caught up in the same evolutionary processes that affect other animals, and then the deconstruction of hierarchical oppositions between human and nonhuman forms of life" makes the study of animal characters and human-animal relationships in both fictional and non-fictional narratives possible (Herman, 2018, p. 3). The bio-narrotology or the narratology beyond the human was proposed by David Herman, whose aim was to "map out, both genealogically and in the context of any given account, the interplay between anthropocentric and bio-centric storytelling traditions, and to explore how specific narrative practices emerge from—and feed back into—this dialectical interplay" (p. 4). The bio-narrotology as an inter-disciplinary theory borrows concepts from anthropology and animals studies and bonds them with narratology to reconstruct the selfhood in a more-than-human world on the basis of the studies of both the fictional and non-fictional works where animals and human-animal relationships play an important role.

Angela Carter is reconsidered as the author who "imagines alternative ontology in her works and critiques dominant understanding of kinds of life and the value systems interlinked with those systems of categorization" (Herman, 2018, p. 77). "The researchers, who focus on intersections among attitudes toward animals and norms relating to gender and sexuality", would take Carter's works as the place to "explore how women and animals become marginalized as other in interconnected ways by masculinist ideals of the self and, conversely, how a concern for animals gets coded as feminine" (p. 97). Lucile Desblache studies "how animal fables and tales, thanks to, rather than in spite of, their metaphorical or allegorical content, can broaden our perceptions and constructions of interspecies relationships" (2011, p. 77), finding that Carter's interpretations of the Western tales help to find the ways of "relating to different beings in non-hierarchical ways and bringing to us something from the horizontal fullness of the living" (p. 85).

An attempt has been made in this paper to argue that, in Angela Carter's magic realistic novel, *Nights at the Circus*, by putting the hero of the story, who used to take up a hierarchical understanding of human-animal relationships from an anthropocentric view of this world, into an expanded ecology of selves based on "an ontology that is more prolific in allocating possibilities for selfhood" (Herman, 2018, p. 29), and through his encounters and interactions with non-human animals, he starts to rethink of self-other relationships, and finally, deconstructs the anthropocentric understanding of the self.

1　The Hybridity of the Heroine

In the philosophical and religious tradition, the concept of hybridity is closely related to the Cartesian dualism that everyone is a hybrid of mind and body. The problem of dichotomies, as deconstructionists point out, is that they are not only oppositions, but they are also hierarchies in miniature. In the Cartesian dualism that the soul or essence has been viewed as being superior and the body or appearance inferior, this point of view has been enhanced by the Western culture since the Enlightenment. The distinction between the man and animals is that man is the only animal provided with "soul" and animals are considered as biological "machines".

All these binary concepts have a value-hierarchy within them, and the hierarchy or the hierarchical and dichotomized thinking is closely related to the anthropocentrism. The anthropocentric world-view put human beings at the position of domination and advantage vis-à-vis other non-human animals. However, it can be seen, in the following analysis, the domination of man by man, which is "still the historical continuum that links pre-technological and technological reason" (Marcuse, 1964, p. 147), also derives from the anthropocentric pattern of thinking.

In the historical and literary tradition, the concept of hybridity, however, acquires different connotations. Caroline Walker Bynum, who systematically studies the concept of metamorphosis and hybridity in the discourses, both historicaly and literarily, of the Middle Ages, discovers that "the hybrid expresses a world of natures, essences, or substances [...] the one plus one that we find together in the hybrid must be in conversation with each other and each is a comment on the other; hybrid reveals a world of difference, a world that *is* and *is multiple*" (2001, pp. 29-31). Hence, in this way, the two elements or parts we find in the hybrid are not in a hierarchy but a conversation.

1.1　The Heroine as a Challenge

Fevvers, the heroine of *Nights at the Circus*, being hatched out of "a bloody great egg", is a hybrid of woman and bird. The novel consists of three parts and the first one is mainly Fevvers' retelling of her life story to the hero, Jack Walser. The center of consciousness, in the first part, is put mainly on Walser, who is determined to uncover the truth of the mystery and prove that the heroine is nothing but a great liar who has deceived all but himself.

The hybridity of the heroine is a wonder and the hero's response to this wonder is a rational and scientific one which regards the hybridity of the heroine as an impossibility against the unbreakable laws of nature. The attitude of the hero can be classified into the tradition of the Enlightenment and further to Aristotle's *Metaphysics*, which associated wonder with ignorance and doubt. Here, it is clearly seen that the hero is the representation of the anthropocentric self in this story-world. The wonder, however, always serves as the first step toward knowledge.

The cultural ontology that is revealed and destabilized in the paper and the novel is the anthropocentrism, which puts a limit on our understanding of the world and the other beings. But the individual "is an infinite reservoir of possibilities", and only can we "rearrange society by the destruction of the limit put by the oppressive order, then these possibilities will have a chance and we will get progress". (Williams, 1965, p. 205) This is exactly the reason why we need to change the vertical hierarchy dividing up the creatural world into a horizontal model of affiliation and alignment, because the latter will provide the world with more possibilities.

The hybridity of the heroine and her storytelling of her life story which abounds with species transformations and trans-species relationships work as a challenge for both readers and the hero to reconsider their position in a more-than-human world, and then rethink the question what constitutes or defines the human self. The hierarchy within the oppositions between the self and the other in the existing cultural ontologies, and human-centric understandings of animals and cross-species relationships, are due to the "parsimonious allocation of possibilities for selfhood beyond the species boundary" (Herman, 2018, p. 29). In the following part, we will see how the heroine as a guide shows the way to a more prolific allocation of possibilities for selfhood across species lines, and at the same time, deconstruct the hero's anthropocentric understanding of the world.

1.2 The Heroine as a Guide

The first part of the novel is mainly the heroine's narrative of her life story, and through her narrative she shows the hero and readers a story-world occupied by transformed creatures, animal characters and trans-species relationships. The function of the heroine as a guide is fulfilled by the role of a narrator, along the unfolding of whose story both the hero and readers see "a different framework for understanding that determine what sorts of beings can be included in 'larger ecologies of selves'" (Kohn, 2013, pp. 16-17). The key to the deconstruction of the anthropocentric self is the reshaping of the understanding of the trans-species relationality that the non-human animals are no longer alienated as objects and others but as subjects and selves. The resituating of the human self in a wider, trans-human community and a broader ecology of selves has implied much more social and political consequences.

"When I was a baby [...]" (Carter, 2006, p. 10). Fevvers' self-narrative begins from the very beginning of her childhood when she was not that different from a normal child, and how she was adopted by a house of whores. Her early growth in the brothel has witnessed her metamorphosis from a normal child to a hybrid, a "Winged Victory", a "Cupid" (pp. 22-25). The heroine's story cannot be testified by anyone else but only herself and her companion, Lizzie, an ex-whore who "found her on the steps" (ibid.). And without the possibility of providing any objective evidence, Fevvers is regarded as a great liar and Lizzie her confederate by Walser. The distrust of Walser, however, makes him more and more attracted by the story and then by storyteller herself.

The concept of self-narrative is the key to the understanding the heroine's life story, which is a fantastic one. The basic fact that should be remembered is that Fevvers is a true hybrid of bird and woman, and her hybridity makes her belong to both or neither the human society nor the animal kingdom. Such a living state, however, is one of paradox and without stability. In the ground-breaking work, *Principles of Psychology*, James supposes that selves are organized and directed by needs or motives (1890, p. 319). And from this point of view, the narrative theorists propose the concept of self-narrative, which is defined by Gergen Kenneth and Gergen Marry as "individual's account of self-relevant events across time" (1997, p. 162). In this way, self-narrative is regarded as the means by which or the place in which the self is organized. It becomes clear that "the themes expressed in the stories reflect the subject's more or less unconscious needs and motives" (Hermans, 1999, p. 1194). The self-narrative of Fevvers in the first part of the novel takes the form of dialogue, conversation, and Q &A, where the teller's longing for the understanding and compassion from the listener can be easily sensed.

Fevvers has more than once asserted that what she tells "is the whole truth and nothing but" (Carter, 2006, p. 20), and she "never told it to a living man before" (ibid.). The emotional aspects of these assertions, however, are obvious and even overt. The veracity of her story can never be testified, and then we have good reasons to suppose that most parts of her story are concocted. "This was patently incredible and Walser remained incredulous" (p. 27). And from time to time, Lizzie interjects, interposes, interpolates, coughs and reminds Fevvers not to "excite herself" (p. 37), and with the objection from the latter that "Oh Lizzie, the gentleman must know the truth!" (ibid.) All these make the self-narrative much more like a performance. Fevvers, however, is exactly a performer in the circus. "He flicker through his notes. What a performance! Such style! Such vigor!" (p. 104) The story she tells is a magical realistic one. By creating such a narrative world, her motivation can be amply detected that only in this world her true self can be fully expressed. The force of the narrative to shape the self happens not only on the teller, but also on the listener. And at the end of the first part, Walser has unconsciously fallen in love with Fevvers.

In Fevvers' self-narrative, we see a world of "others". Her first seventeen years, including her childhood, girlhood and the blossoming years, is spent with a group of whores in a brothel, and "existed only as an object in man's eyes" (Carter, 2006, p. 42). As soon as she leaves the brothel and decides to start a new life, she is cheated by Madame Schreck, an old sorceress who is wicked and greed, and becomes an object as well as a group of "prodigies of nature" who are all transformed creatures and hybrids, including "Dear old Fanny Four-Eyes, Sleeping Beauty, the Wilshire Wonder who was not three foot high, Albert/Albertina, who was bipartite, and the girl who is called Cobwebs" (p. 66), in the "museum of women monsters" (p. 61). And finally, when they save themselves out of "the prison", Fevvers, however, begins her career as an aerialist in the circus until now, and she is "always the object of the observer, never the subject of sympathy, an alien creature forever estranged" (p. 188). Fevvers lives in a world of others which is almost invisible to the human society, like the London-Low in the *Neverwhere*. However, through her narrative, she guides Walser and readers into this different world where they are seen not as others but as experiencing and agential subjects who seem more compassionate, kind-hearted, and real than the human beings. And meanwhile, she has successfully guided both Walser and readers to a larger ecology of selves, a different cultural ontology with more prolific allocation of possibilities for selfhood across species lines.

J. Z. Young's biological study of the human brain has brought us into a new stage of the understanding of the mechanism of human perception and then imagination, that "the brain of each of us does literally create his or her own world" (Young, 1960, p. 60). What does that mean is that "each of us has to learn to see, to learn the rules of seeing" (Williams, 1965, p. 33). In other words, all the things we see have to be interpreted according to the rules determined by the culture and society we are living in. If we can learn and grasp the rules of our culture, then we are also capable of altering and extending those rules and even learning new ones from another culture. And narrative is the way by which and the place in which we learn and teach these new rules of another culture. The meaning of Fevvers as both a challenge and a guide is that through her self-narrative to and dialogue with Walser and readers, she gradually shows and communicates to them about a different world and also a different way of perceiving the world. The deconstruction of the anthropocentric self starts at the time when Walser is absorbed into the new world step by step and falls in love with Fevvers, a hybrid of woman and bird.

2 Animality, Disability, and Species Identity

According to the critical animal study conducted by C. F. Goodey that from 1200 onward, intellectual ability, and in particular the ability to engage in logical reasoning and abstraction, came to be seen as the defining trait of the human species (2011, pp. 282-312). The intellectual ability or disability as one species characteristic or difference separates humans from nonhuman beings and puts them onto a hierarchical model, and this difference works as a standard. Therefore, the intellectual ability or disability servers as the criteria for species transformation.

In Herman's another work *Storytelling and the Sciences of Mind*, by clarifying the differences between worlding the story and storying the world, he explores the use of characterization as categorization in narratives both fictional and nonfictional, and how stories can reshape our understanding of species identity circulating in the cultural ontology that "by telling different kinds of narratives about humans' relationships with nonhuman others has the potential to alter understandings of our place within a more-than-human world, and hence of what constitutes or defines the human" (2018, p. 102).

In *Circus*, the characters including most female characters and some male workers in the circus are regarded or characterized as intellectually disable, and then marginalized and treated the same as animals. However, some nonhuman animals such as the intelligent ape who plays the role as a professor in the show and Sybil, the pig who can tell the fortune, are characterized as humans. The so-called intellectual ability and disability serving as the defining traits of species identity, however, are only another social product and construct. By recasting the disability as ability and moving away from the hierarchical model of species difference and embracing a horizontal model, those characters regain their subject position in a larger ecology of selves.

2.1 Human Disability as Species Transformation

Mignon, one of the two girls in the story, is depicted as intellectually disable and treated as an animal in the circus. Mignon became an orphan at six after her father killing her mother because of her infidelity and then killing himself. From then on, Mignon did anything she could for surviving. The first time she appeared in the novel with "a glittering snail-track of the Strong Man's dried semen ran down her leg. She was married with the Ape-man, and she followed a strange profession; she used to pose for the dead" (Carter, 2006, p. 149). Mignon is in such an uncivilized condition that it seems impossible to communicate with her. And she is treated by her "husband" exactly as something without mind and feelings that "the Ape-man beat his women as though she were a carpet" (p. 133). Her intellectual disability moves her from the upper level of the hierarchy to the lower one and her situation is even worse than the animals.

Aside from Mignon, there is another girl in the *Circus* who also lives a nonhuman life. The other girl is called the Princess of Abyssinia, the trainer of the tigers in the circus. They look the same with the same height and both frail and fair. "And both possessed that quality of exile, of apartness from us, although the Princess had chosen her exile amongst the beasts, while Mignon's exile had been thrust upon her." (p. 179) The Princess has spent her childhood with a group of tigers alone. What the Princess has inherited from her parents are "piano and cats, and she told it to nobody because she never spoke" (p. 173). Early in her career, she discovered "how they grumbled at the back of their throats[...]when she used that medium of human speech which nature denied them", and "she lived in the closest intimacy with her cats, nesting beside their cages in a bale of clean straw" (p. 174).

Mignon and the Princess are the two girls who never speak and has no willingness to speak to anybody else. Their silence is regarded by the other people as their intellectual disability which manifests the lack of grammatical language and rationality. Therefore, their silence and the alienation away from other people deny them the membership as a human being. However, there is a difference between these two girls that the Princess chooses to join the beasts, and in order to understand the animals better she has imitated the life of them since her childhood, but Mignon's "exile had been thrown upon her" that she has to join the animal because it is safer to be with them than with human beings.

Mignon and the Princess are the two female characters in the story who have been going through species transformation several times. Their species identity is rather unstable that they are regarded as animals when they are compared with humans and they regain their subject position when they are with animals. The unstable state, on the surface, is coming from their disability and unwillingness to speak or talk in the grammatically correct language, but in the essence it is because of the anthropocentrism and the hierarchical understanding of species difference. If the "intellectual disability" is only considered as a species difference rather than a defining trait of the species identity, then the problem will be solved. However, just as Goodey indicates, the problem is a deep-rooted one that the rationality which distinguishes man from the other animals has to indicate something more than just a species difference.

The human intellectual disability as species transformation reveals that the species identity is something that socially and culturally constructed by humans. This criteria will deny some people's membership as a human being, but it will also give the opportunity to some animal for their climbing up this "great chain", which will be discussed in the following part. However, the so-called intellectual disability can be recast as ability if we transform the anthropocentric thinking pattern into a bio-centric one, which will be explored in the last part of this section.

2.2 Nonhuman Ability as Species Transformation

In the novel, it seems that everything is in an unstable state and changes all the time. The most unstable thing is the identity of both humans and animals. There are also some animals, in the novel, have been through the species transformation.

When we refer to the species transformation and species identity, it is must be considered from two aspects. On the one hand, one's species identity or transformation must be objectified, which means his identity or transformation must be agreed by the others, and one's species identity or transformation must be aware by one's own on the other hand. However, about the second aspect, it is related to one's consciousness which is also one characteristic denied to the animals. This denial is, of course, untenable. Andrews summarizes that "even though animals have sense organs, they are not conscious, because they lack the meta-cognitive abilities—the ability to form beliefs about perceptions" (2015, pp. 59-60). However, the claim is vulnerable to the objection raised by Griffin that "if we grant some animals are capable of perceptual consciousness, we need next to consider what range of objects and events they can consciously perceive" (2001, p. 274). And it is hard to tell whether the animal's consciousness is within the range or not.

The intellectual ability is closely related to one's possession and use of the grammatically correct language. Most animals cannot speak human languages because their body structure denied them the same vocal organs as humans. However, if an animal can understand the human language and use it to communicate with humans in the reasonable and rational way, then the animal will be considered intellectually able and go through the species transformation to be "human". In the novel, there are many animals having experienced species transformation but only temporarily and under particular circumstances. There are two animal characters however conscious of their transformation and the change of their identity is recognized by the other people.

The first one is Sybil, the pig, who can tell the fortune for Colonel Kearney, the boss of the circus. "She could spell out your fate and fortune with the aid of the alphabet written out on cards." (Carter, 2006, p. 113) Colonel regards Sybil, the pig, as his partner of his business, and whenever he confronts a hard decision, he would ask Sybil for advice. When Walser came for a job in the circus, Colonel asked Sybil for advice, "Sybil studied the cards for a moment, squinnied again at Walser...then...she nudged out: C-L-O-W-N" (p. 117).

It seems that except the fact that she cannot speak out the human language, she is just the same as a human being in that she can understand and communicate her ideas perfectly with the other humans and even has the same facial expression and body language as a human being. However, there is another animal character in the novel more like a human than her. It is the Professor, an ape whose job is imitating the professor teaching in the classroom. The Professor, like Sybil, except the inability to speak out the human language, is exactly like a human being and his physical structure even makes him "a better man" that he is much stronger and more agile than humans. The Ape-Man is the trainer of the apes, but in fact, the Professor is the real leader. When the circus finished the show in Petersburg and was ready to go back to London, the Professor found the Colonel and proposed to "take over all the business management of the 'Educated Apes' and demand the salary and expenses formerly payable to Monsieur Lamarck" (pp. 197-198). The Colonel has to submit to the suggestion and otherwise the Profess will leave the circus all the other apes.

The mark or the evidence for the intellectual ability is the possession and use of the grammatically correct language and the ability for reasoning and abstraction. The intellectual ability, however, is regarded as the exclusive characteristic of human beings, which separates humans from all the nonhuman animals. But when animals shows the same intellectual ability as humans, the old dividing line between humans and other animals is facing challenges. The nonhuman animals' intellectual ability as the species transformation uncovers the essence of the species identity is just a sort of social and cultural construct, and in a further step, challenges the anthropocentric thinking pattern behind it.

2.3　The Recasting of Disability as Ability

As we have already seen in the former parts that the so-called intellectual ability is, indeed, the species difference which separates or differentiates human beings from nonhuman animals in the world; the intellectual disability is the species difference that cannot do the job, and in other words, the species difference belong to both humans and animals. Therefore, it is better to view species difference critically that like the species identity, the species difference is also something has a social and cultural dimension. That is to say, the society or human culture only selects these species differences which follow the anthropocentric logic and can separate humans from animals as being "able".

The studies related here are the disability studies and the cognitive psychology. One of the focuses of the disability studies is the autism, and the children diagnosed with autism in particular. The connections between autism as a disability and animality is an important topic in this field. According to the fifth edition of the *Diagnostic and Statistical Manual of Mental Disorders* (*DSM* 5), the autism spectrum disorders includes or relates to communication disorders, specific learning disorders, motor disorders, and other diagnostic categories, under the rubric of developmental disorders.

Therefore, the two girls in the novel we have discussed in the second part can be diagnosed roughly as autistic children.

Savarese is the scholar who insisted on the right to "self-determination and advancing a notion of autism as neurological difference, not pathology" (Savarse & Zunshine, 2014, p. 18). Such a perspective leads not only to "an openness to neurological difference, but also to a denaturalization, even a dethronement, of privileged neuro-typicality" (p. 20). Along this line, Lydia Brown argues that "the pathology paradigm of disability demands adherence to a single template for human existence defined as normative and therefore ideal, with any deviation from that template being constructed as deficiency, defect, or disorder" (2014, p. 33). What is apparent here is that the whole logic within the pathology paradigm is anthropocentric in essence.

The intellectual ability as the ability to use a grammatically correct language and communicate it with others can also be seen as the "single template". The intellectual ability or disability is nothing but a species difference. To view this issue from a different perspective is that under some circumstances the "intellectual disability" can be transformed or recast as ability. In the novel, Mignon and the Princess, who can be categorized as autistic characters, have also been through the same process. Their disabilities in the human sphere are recast as abilities when they are situated among animals, or in others words, when they are situated in the biosphere.

The Princess inherited from her parents two things, the tigers and a piano, which is mentioned above. The two things, however, seem incongruous. But with a second thought, it will be understood that the music is the common language whether between humans or humans and animals. Mignon and the Princess, like animals, cannot or aren't willing to use the human language to communicate, but both of them have the talent for music that the Princess can play the piano and Mignon can sing. The Princess used to play the piano alone and the tigers would dance to the music, but when she stopped playing she had no other means to pacify these violent beasts but her "speaking eyes", and she could not see the tigers all the time because of the sleep and turning back to them. Therefore, Fevvers, the heroine of the novel, persuades the Princess to take Mignon in her tigers show and says that: "To sing is not to speak [...] If they hate speech because it divides us from them, to sing is to rob speech of its function and render it divine. Singing is to speech what is dancing is to walking. You know they love to dance." (Carter, 2006, p. 180) Therefore, when the Princess and Mignon perform together, the miracle happens that all the creature, both humans and animals, are drawn together by the music and the song. The tigers even dropped amber tears, and "the apes looked up from their books with unanswerable questions in their eyes; even the clowns grew still and hushed; the elephants, for just as long as the song lasted, ceased to rattle their chains" (p. 181).

During the performance, all the humans and animals who have been listening to the music are experiencing species transformation and are transformed into creatures with differences and similarities; the similarities unite all forms of life at this moment. This vision may be achieved only in the fiction or imagination. But what matters here is that the picture, the imaginary, will make you see the world beyond the human. A bio-centric world is where there is no anthropocentric hierarchy between humans and other beings, but only affiliation and alignment between different creatures, and all the creatures fight for a more wonderful and beautiful world together.

The anthropocentric logic of our culture makes the domination of man by man become not only possible, but also reasonable and even desirable. But "this model's mapping of species characteristics onto degrees of ability and ontological status is reversible" (Herman, 2018, p. 100): if a being otherwise recognized as human proves unable in the rational reasoning regarded to be threshold criteria for species identity, the absence of those intellectual abilities will constitute grounds for denying that being membership in the category of the human.

This is the rationality being fiercely criticized and attacked by some Western Marxists and all the Frankfurt School and also Freud in his famous work, *Civilization and Its Discontents*. When the rationality goes extreme, man becomes from the end in himself/herself totally to the means to an end outside, an end alienated from himself/herself. And this is the reason that we see the rationality is the most irrational thing in the advanced industrial and technological society.

The problem raised in *Circus* is that the anthropocentric self, represented as the hero, can no longer be at peace with the world full of metamorphosis, species transformations and hybrids. The hybridity of the heroine, not only working as a challenge for the hero's anthropocentric understanding of the world, but also puts forward a much more serious question of the self-identity of the hero.

The first section of the paper starts from the concept of hybridity, and in the academic tradition of the discussion of hybrid, it can be clearly seen that the concept itself has already had the potential to challenge and deconstruct the anthropocentric understanding of the world. The self-narrative of Fevvers, the hybrid, can be viewed as the way she attempts to organize the self and also the way to communicate herself to Walser and readers. This can be summarized as two declarations made by Williams that "the organization and reorganization of consciousness is, for man, the organization and reorganization of reality" (1965, p. 38), and the paintings "literally enlarge the vision both of the artist himself and of those who look at his paintings" (p.44). The self-narrative influences both the self and the one listens to or reads it.

The second section has analyzed in detail how the anthropocentrism works by selecting some species characteristics which are favorable to humans as abilities and separates humans from other animals. These characteristics selected by humans as rationality, however, do not put them in the position of control but rather subordinate them to the position of being dominated. And then the hierarchical understanding of the world which comes directly from the anthropocentrism must be deconstructed to open the space to build up a new world where all the beings, both human and non-human, live in affiliation and alignment.

References：

Andrews, Kristin. (2015). *The Animal Mind: An Introduction to the Philosophy of Animal Cognition*. New York: Routledge.

Atwood, Margaret (1994). "Running with Tigers", in Sage, Lorna (ed.), *Flesh and the*

Mirror: Essays on the Art of Angela Carter. London: Virago, 117—135.

Brown, Lydia (2014). "The Crisis of Disability Is Violence: Ableism, Torture, and Murder". *Tikkun*, 29 (4): 31—33.

Bynum, Caroline (2001). *Metamorphosis and Identity*. New York: Zone Books.

Carter, Angela (1998). *Shaking a Leg: Collected Writings*. New York: Penguin, 1998.

Carter, Angela (2006). *Nights at the Circus*. London: Vintage Books.

Desblache, Lucile (2011). "Animal Leaders and Helpers: From the Classical Tales of Charles Perrault to the Postmodern Fables of Angela Carter and Patrick Chamoiseau". *Journal of Roman Studies*, 11 (2): 75—88.

Edelman, Gerald M. (2003) "Naturalizing Consciousness: A Theoretical Framework". *Proceedings of the National Academy of Sciences of the United States of America*, 100/ 9: 5520—5524.

Gergen, Kenneth J. & Gergen, Mary M. (1997). "Narratives of the Self", in *Memory, Identity, Community: The Idea of Narrative in the Human Sciences*, Lewis P. Hinchman and Sandra Hinchman (eds.). Albany: State University of New York Press, 161—184.

Goodey, C. F. (2011). *A History of "Intelligence" and Intellectual Disability: The Shaping of Psychology in Early Modern Europe*. Farnham: Ashgate.

Griffin, Donald (2001). *Animal Minds: Form Cognition to Consciousness*. 2nd edition. Chicago: University of Chicago Press.

Herman, David (2018). *Narratology beyond the Human: Storytelling and Animal Life*. Oxford: Oxford University Press, 2018.

Hermans, Hubert. (1999). "Self-Narrative as Meaning Construction: The Dynamics of Self-Investigation". *Journal of Clinical Psychology*, 55/10: 1193—1211.

James, W. (1890). *The Principles of Psychology* (Vol. 1). London: Macmillan.

Jordan, Elaine (1990). "Enthrallment: Angela Carter's Speculative Fictions", in Anderson, Linda (ed.), *Plotting Change: Contemporary Women's Fiction*. London: Edward Arnold.

Jordan, Elaine (1992). "The Dangers of Angela Carter", in Armstrong, Isobel (ed.), *New Feminist Discourses: Critical Essays and Theories and Texts*. London and New York: Routledge.

Keen, Suzanne (2011). "Fast Tracks to Narrative Empathy: Anthropomorphism and Dehumanization in Graphic Narratives". *SubStance*, 40/1: 135—55.

Kohn, Eduardo (2007). "How Dogs Dream: Amazonian Natures and the Politics of Transspecies Engagement", *American Ethnologist*, 34/1: 3—24.

Kohn, Eduardo (2013). *How Forests Think: Toward an Anthropology beyond the*

Human. Berkeley: University of California Press.

Marcuse, Herbert (1964). *One-Dimensional Man*. London and New York: Routledge.

Peach, Linden (1998). *Angela Carter*. Basingstoke: Macmillan.

Pollock, Mary（2000）. "Angela Carter's Animal Tales: Constructing the Non-human". *LIT*, 11: 33—57.

Savarese, Ralph James & Lisa Zunshine (2014). "The Critic as Neurocosmopolite; or, What Cognitive Approaches to Literature Can Learn from Disability Studies". *Narrative*, 22/1: 17—44.

Williams, Raymond (1965). *The Long Revolution*. London: Pelican Books.

Young, Z. J.（1960）. *Doubt and Certainty in Science: A Biologist's Reflection on the Brain*. New York: Oxford University Press.

作者简介：

张旭，四川大学外国语学院博士研究生，主要研究方向为英美文学和文学理论。

Author:

Zhang Xu, Ph. D. candidate of College of Foreign Languages and Cultures, Sichuan University, whose research fields are English and American literature and literary theory.

E-mail: saulzx2018@163.com

文类研究 ●●●●●

1949 年前的德国科幻小说（上）

索尼娅·弗里切 撰　潘静文 译

摘　要： 本文回溯 19 世纪以来德国科幻小说的发展，指出早期德国科幻作家出于政治原因创作乌托邦科幻小说，常常旨在激发民族认同感。这些作家深受儒勒·凡尔纳的影响，写作聚焦于科学技术进步。在魏玛共和国时期，受到俄罗斯革命乌托邦科幻传统的启发，德国社会主义科幻作品开始出现。

关键词： 德国科幻　魏玛共和国　乌托邦

German Science Fiction before 1949(Part I)

Sonja Fritzsche　Pan Jingwen trans.

Abstract: Looking back on the development of German science fiction since the 19th century, this paper points out that early German science fiction writers wrote utopian science fiction for political reasons, often to inspire a sense of national identity. Early writers were heavily influenced by Jules Verne's writing and therefore focused on scientific and technological progress. German socialist science fiction began to appear in the Weimar Republic often inspired by the strong tradition of Russian revolutionary utopian science fiction.

Keywords: German science fiction; the Weimar Republic; Utopia

作为一种较新的文类，科幻小说直至 20 世纪中叶才被视为独立的文学体裁。儒勒·凡尔纳（Jules Verne，1828－1905）的《奇异旅行》（*Voyages Extraordinaries*）将童话与异域冒险故事融于一体，非常适宜纳入新的科学发明。文学学者罗兰·伊恩霍夫特（Roland Innenhofter）将凡尔纳视作现代作家，因为后者的小说俨然是一部百科全书，由此创建了可供大众阅读的新文类（1996，p. 31）。例如，经典作品《八十天环游地球》（*Around the World in Eighty Days*，1873）把热气球这一新技术与旅行文学的文类结合在一起。在其他的作品中，如《从地球到月球》（*From the Earth to the Moon*，1865）、《海底两万里》（*20,000 Leagues Under the Sea*，1869），凡尔纳构想出了飞艇、潜水艇、汽车以及其他许多未来的发明。

凡尔纳的作品对德国科幻小说的发展起着非常关键的作用。他在德国知名度极高，尤其深受年轻读者喜爱。这些年轻人也钟情于德国作家卡尔·梅（Karl May，1841－1912）的西部小说和冒险小说。凡尔纳的成功使科幻小说在德国成为一种具有商业可行性的文类。早期德国科幻作品的封面上都印有"儒勒·凡尔纳风格的故事"或"德国的儒勒·凡尔纳"这样的文类标注语（Innenhofter，1996，p. 13）。

库尔德·拉斯维茨（Kurd Lasswitz）被认为撰写了首部德国科幻作品。[1]拉斯维茨 1848 年 4 月 20 日出生于布雷斯劳（Breslau），在德国哥达市（Gotha）的一所预科学校讲授哲学、数学和物理。拉斯维茨学者出身，谋求大学教授之职受挫后转而创作他称之为"现代童话"的作品。但曾经的跨学科学术训练使他逐步发展出一种把科学与文学相结合的理论。

对拉斯维茨的研究重点在于他如何将奇幻与源自德国丰富启蒙思想的理性概念合二为一。按照威廉·菲舍尔（William Fischer）的解释，作为新康德主义者，拉斯维茨"把时空设想为感知的主观模式"（1984，p. 62）。拉斯维茨相信，时空在科学研究中可以以理性和量化的方式来阐释，而在艺术中则以创造性的方式来体现。他认为，科学和文学结合起来，提供了在科学基础上探索未来的理想方法，但对于这两者如何结合，科学却是无从想象的，

---

[1] 达科·苏文（Darko Suvin）将 E. T. A. 霍夫曼（E. T. A. Hoffmann）的《沙人》（*The Sandman*，1815）列为首部科幻故事（*Metamorphoses*，p. 132）。当时德国女作家创作的科幻小说十分罕见，参见奥地利和平活动家伯莎·冯·萨特纳（Bertha von Suttner）的《机器时代》（*Das Maschinenzeitalter*，1889）和《人类的高尚思想》（*Der Menschheit Hochgedanken*，1911）。德国女权主义者罗莎·沃伊格特（Rosa Voigt）创作了乌托邦小说《公元 2000 年》（*Anno domini 2000*，1909）。

因为科学依赖过去和现在来理解自然世界。拉斯维茨相信，他创作的现代神话故事得以一窥未来的科学（Fischer，1984，pp. 64—66）。

也许拉斯维茨最知名的作品是社会主义乌托邦史诗《双行星》（*Auf zwei Planeten*，1897），该书讲述了火星文明与人类的第一次接触。在一次热气球探险之旅中，人们在北极发现了一个外星聚居区。它其实是一个火星人管理研究站，火星人爱好和平，希望开发地球能源。小说讲述了两种文化的接触：火星文明的社会科技水平早已远超地球，愿意与人类共享知识，这显然是乌托邦式的文明。但是，这次接触也揭示出火星文明与外星人普遍伦理准则的冲突之处。两种文化彼此抵触，火星人把自己的人文模式"强加"在地球人身上而遭到批评。在当时的语境下，这部小说对德国的殖民和工业雄心提出了质疑。①

从世纪之交到魏玛共和国末期，德国涌现出许多科幻小说作家，他们的作品质量参差不齐，政治理念各异。② 其中，作品最多、最成功的当属汉斯·多米尼克（Hans Dominik，1872—1945）。③ 多米尼克 1872 年 11 月 15 日出生于茨维考（Zwickau），在柏林度过大半生。1895 年，多米尼克在美国学习了一段时间，之后做了电气工程师，后来又在西门子公司（Siemens）任职技术作家。1924 年他开始专职写作。与儒勒·凡尔纳一样，通俗小说创作是多米尼克的唯一收入来源，1922 年至 1939 年间他几乎每年都在舍尔·弗拉格出版社（Scherl Verlag）出版一部小说。许多故事首先连载于通俗科学杂志《新宇宙》（*Das neue Universum*；*The New Universe*）上。他最知名的小说包括：《三的力量：一部 1955 年的小说》（*Die Macht der Drei：Ein*

---

① 库尔德·拉斯维茨的小说遭到纳粹封杀（Fischer，1984，p.80），直到七八十年代末他的著作才在东德出现。阿道夫·斯科尔（Adolf Sckerl）将其归结为拉斯维茨作品数量相对较少的缘故（p. 34）。1979 年新柏林出版社（The Verlag Das Neue Berlin）首次出版了他的短篇小说集《零点存在》（*Bis zum Nullpunkt des Seins*）。见奥拉夫·斯皮特尔（Olaf Spittel）《评库尔德·拉斯维茨的〈零点存在〉》（"Gutachten zu Kurd Lasswitz *Bis um Nullpunkt des Seins*"）。

② 1929 年，雨果·根斯巴克（Hugo Gernsback），一位移居美国的德国人，首创"科幻小说"一词，用以指他新创办的杂志《神奇故事》（*Amazing Stories*）中刊载的故事类型。他写道："我说的是儒勒·凡尔纳、H. G. 威尔斯（H. G. Wells）、埃德加·爱伦·坡（Edgar Allan Poe）式的故事——迷人的浪漫故事与科学事实和预言异象交织在一起。"（Clareson，1990，p. 15）。1926 年，根斯巴克很难找到适宜发表在他的美国杂志《神奇故事》上的德国作品（Fischer，1984，p. 6）。曼弗雷德·纳格尔（Manfred Nagl）注意到，虽然德国科幻尚处于起步阶段，1920 年至 1933 年间译成英语的德国科幻小说数量超过译成德语的英语科幻小说（Nagl，1972，p. 171）。有关早期德国科幻小说的更多信息，参见罗兰·伊恩霍夫特的《德国科幻 1870—1914》（*Deutsche Science Fiction 1870—1914*）。

③ 事实上，拉斯维茨和多米尼克的关系令人啼笑皆非，多米尼克曾在拉斯维茨任教的中学就读，非常推崇这位老师的科幻作品（Fischer，1984，p. 180）。

Roman aus dem Jahre 1955；*The Power of the Three: A Novel from the Year 1955*，1921)、《成吉思汗之路：一部 21 世纪的小说》(*Die Spur des Dschingis-Khan: Ein Roman aus dem 21. Jahrhundert*；*The Trail of Genghis Khan: A Novel from the Twenty-first Century*，1923) 以及《国际飞机比赛》(*Der Wettflug der Nationen*；*The International Airplane Race*，1933)。① 1933 年至 1945 年出版的右翼科幻小说数量有限，而多米尼克的作品独居榜首。至第二次世界大战末期，他的名字已然成为德国科幻小说的代名词，其知名度可见一斑。② 二战后，吉布达·韦士出版社 (Gebrüder Weiss Verlag) 和海涅出版社 (Heyne Verlag) 出版了多部多米尼克作品的战后版本，这也证实其在西德的成功经久不衰。能与之一较高下的仅有战后西德最成功的科幻小说系列《佩里·罗丹》(*Perry Rhodan*)。

多米尼克创作的这类科幻作品一开始反映了德国在世纪之交出现的帝国主义和殖民主义动向，即在政治目标上趋向保守主义、民族主义，时而也体现为种族主义倾向。魏玛共和国时期，随着经济和政治紧张局势的加剧，此类科幻作品日趋反动。作品中描绘的军国主义奇幻和技术统治的未来图景，为那些渴求德国称霸世界的人们筑建了一个"假"乌托邦 (曼弗雷德·纳格尔)，尽管这一荒谬的民族主义梦想直至第一次世界大战末仍未实现。这类科幻小说无疑融入了自拒绝接受《凡尔赛条约》的条款时就出现的"背后捅刀子"的说法。纳格尔认为，阿尔弗雷德·雷芬伯格 (Alfred Reifenberg)、皮埃尔·兰德 (Pierre Lhande) 等作家臆想出的修正主义和法西斯乌托邦不仅为希特勒的《我的奋斗》(*Mein Kampf*) 一书提供了肥沃的土壤，甚至可说预示了后者的出现。③

在纳格尔看来，作为右翼科幻圈中的领军人物，多米尼克对德国依赖技术优势统治世界的奇幻小说创作贡献巨大 (Nagl，1972，p.159)。但并非所有评论家都像纳格尔一样将多米尼克与纳粹主义紧密联系起来。例如，阿方斯·赫格 (Alfons Höger) 强调了多米尼克的俾斯麦 (Bismarck) 时代民族主义与纳粹主义之间的差异 (1980，p. 387)。威廉·菲舍尔认为他的"种族主

---

① 拉斯维茨和多米尼克的小说的所有英译本均来自威廉·菲舍尔。

② 这在一定程度上是由于纳粹统治期间他的作品在科幻小说市场中占据了主导地位。

③ 参见纳格尔《德国科幻》(*Science Fiction in Deutschland*) 第 155—163 页。更多有关魏玛共和国科幻作品信息参见罗尔夫·察舍尔 (Rolf Tzschaschel) 的《魏玛共和国的科幻小说》(*Der Zukunftsroman der Weimarer Republik*)、彼得·菲舍尔 (Peter Fischer) 的《奇幻与政治：魏玛共和国的未来图景》(*Fantasy and Politics: Visions of the Future in the Weimar Republic*)。

义和沙文主义……态度及作品与纳粹主义的目标较为契合"（1984，p. 179）。抛开这些意识形态意蕴不谈，多米尼克小说的文体和内容仍值得重视，因为它在以后数年中持续影响了东西德的科幻小说创作。

菲舍尔对比了拉斯维茨和多米尼克的政治观点，两者都强调德国"特殊道路"（Sonderweg）理论。在菲舍尔看来，拉斯维茨的科幻小说反映了德国仍把自己视作"诗人和思想家之国"的一面（1984，p. 61）。与之相反，多米尼克的作品展现了德国作为科学家和技术专家之国的崭新的形象。然而，菲舍尔自己也承认，这一表述未提及其他作品不多的同代作家们的科幻小说类型。

菲舍尔对这两位作家各自风格的描述是准确的。拉斯维茨的小说通常是戏谑式的但又充满反思，而多米尼克开创了更加套路化的"未来技术小说"（technischer Zukunftsroman）。他的小说重点关注德国的技术优势，讲述了为寻求技术革新、获取自然资源而进行的民族主义阴谋和工业竞争。多米尼克作品的主要受众是年轻读者，他希望能为读者提供科学和技术，尤其是电子工程和火箭科学方面的知识，从而激发新的民族认同感。他的小说结合了情节剧、传奇故事和冒险小说的元素以及多米尼克本人做大众科学记者时的经历。他主要仿写的作家包括儒勒·凡尔纳、鲁德亚德·吉卜林（Rudyard Kipling）、卡尔·梅以及大仲马（Alexander Dumas）（Fischer，1984，pp. 179－196；Nagl，1972，p. 387）。

多米尼克的作品共计 16 部，其内容和文体都极其相似。每一部小说都以善恶冲突为基本构架。故事的中心人物大多是一位英勇的德国男性科学家，人品高尚，毫无畏惧，对工作全身心投入，天生就是实干家，立志用非凡的科学知识为全人类谋求更大的利益，但同时也是一位坚定的爱国者（Nagl，1972，p. 390）。而且，一些同样献身于科学的次要人物，包括一些女性人物，都对他施以援手。然而在作品中，这些德国女性虽然拥有出众的科学知识，却要么是处于危难之中的柔弱女子，要么在家期盼英雄返回（Fischer，1984，pp. 205－206）。

身处邪恶一方的是可能对既现代又保守的德国造成危害的各色人物。最常见的人物是一位出于个人私利或嫉妒心理而危及德国或世界稳定的美国（有时是犹太）实业家。在 20 世纪 20 年代后期出版的一系列小说中，多米尼克构建了德国－欧洲联盟以摆脱资本主义、布尔什维克、"黄祸"莫罗坎人

（Morrocans）、阿拉伯人和非洲人带来的危险。[①] 有趣的是，多米尼克的小说中没有女反派，他也没有写过外星人、机器人或蛇蝎美人（femme fatale），这一点与同时代英美科幻小说风格迥异（Fischer，1984，p. 206）。

最后一位具有影响力的德国科幻作家自然是特娅·冯·哈堡（Thea von Harbou）。与大多数同时代作家不同，冯·哈堡主要为无声电影新媒体创作作品，后来在纳粹时期和德意志联邦共和国（the Federal Republic of Germany）[②] 时期她也创作"有声电影"剧本。冯·哈堡的剧本《大都会》（*Metropolis*）和《月亮中的女人》（*Frau im Mond；Woman in the Moon*，1929）为弗里茨·朗（Fritz Lang）的同名经典科幻电影奠定了基础。德国电影界最知名的影评人西格弗里德·克拉考尔（Siegfried Krakauer）认为，《大都会》是在文化上对这一时期德国专制主义进行肯定的范例（Krakauer，2004，pp. 162—163）。身为一位专横的实业家之子，弗雷德（Freder）一开始反抗父亲，但电影结尾时重回父亲身边。"头脑与肌肉的调停人一定是心脏"（Harbou，p. 2），虽然这颗心脏，即弗雷德，代表了玛利亚（Maria）让他看到的工人阶级的利益，但头与手之间的等级差异丝毫未改变。近年更多的学术研究指出，《大都会》中展现的城市、阶级、宗教和性别都存在着现代性的悖论。这些分析表明，剧本以及随后拍摄的电影都抓住了技术迅猛发展时代人们的焦虑情绪，并影响到此后的电影制作，因此学界很少将剧本和电影单独进行研究。冯·哈堡随后的剧本《月亮中的女人》歌颂了德国火箭技术的最新进展，被视为《大都会》故事的延续。大多数影评家抨击剧本情节过于单薄，而保守媒体则在德国"民众"（Volk）中赞扬它幻想出的进步（Keiner，1991，pp. 104—106）。这部电影最终未能像上部影片一样长盛不衰。

魏玛共和国时期的社会主义科幻小说

19 世纪和 20 世纪早期，俄罗斯形成了丰富的左翼乌托邦文学和科幻传统。类似的社会主义科幻传统在魏玛共和国也开始出现。然而，如彼得·菲

---

① 作品有《成吉思汗之路》（*Die Spur des Dschingis-Khan；The Trail of Genghis Khan*，1923）、《阿特兰提斯》（*Atlantis*，1925）、《胡夫金字塔之火》（*Der Brand des Cheopspyramide；The Burning of the Pyramid of Cheops*，1926）、《天王星人的遗产》（*Das Erbe der Uraniden；The Legacy of the Uranids*，1928）（Höger，p. 388）。

② 1933 年后特娅·冯·哈堡留在了德国。宣传部部长约瑟夫·戈培尔（Joseph Goebbels）无耻地要求弗里茨·朗留下来为希特勒拍摄影片。朗选择移民美国（Nagl，1972，p. 167）。

舍尔所言，这些作家往往身处社会主义阵营之外，其作品与德国社会民主党
（Sozialdemokratische Partei Deutschlands，abbr. SPD）和德国共产党
（Kommunistische Partei Deutschlands，abbr. KPD）这两个政党组织有着
"批判性关系"（Fischer，1991，p. 157）。例如，1918—1919 年革命失败后，
康拉德·勒勒（Konrad Loele）理想幻灭，其反乌托邦小说《茨林格与他的
一代人》（*Züllinger und seine Zucht*；*Züllinger and his Generation*，1920）
预想不到共产主义具有光明的未来。一些反乌托邦和平主义者警告战争即将
爆发，批评德国军国主义泛滥（亚瑟·扎普《为凡尔赛复仇!》［Arthur
Zapp，*Revanche für Versailles! Revenge for Versailles!* 1924］、汉斯·戈
布斯《疯狂的欧洲》［Hanns Gobsch，*Wahn-Europa* 1934；*Insane Europe*
1934，1931］）。

　　这一趋势有一个例外：约翰内斯·R. 贝歇尔（Johannes R. Becher）的
作品《利维西特：唯一正义之战》［(*CHC1—CH*) *3 As* (*Levisite*) *oder Der
einzig gerechte Krieg*；*Levisite, or The Only Just War*，1926]。魏玛时期贝
歇尔是德国共产党的活跃分子，因为出版了《利维西特》和其他几部作品被
指控叛国罪。虽然德国当局没收了他的作品，监禁了两名共产主义图书经销
商，但并未收押贝歇尔本人（Fischer，1991，p. 160）。1933 年后，他先是流
亡到布拉格，然后去了巴黎，最后于 1935 年到了莫斯科。二战后，贝歇尔成
为苏占区（the Soviet Zone）文化协会的会长，1954—1956 年还担任了东德
的首任文化部部长。有趣的是，贝歇尔的作品直到 1969 年才在民主德国
（GDR）再版。①

　　据贝歇尔说，写作《利维西特》的目的是号召无产阶级武装起来
（Fischer，1991，p. 160）。小说讲述了士兵彼得·弗雷琼（Peter Freidjung）
从一战后返家直至死于德国未来的一场阶级战争的经历。小说的焦点是弗雷
琼放弃为家人朋友复仇，转而信仰共产主义。小说还认为，为了彻底消灭德

----

　　① 相比之下，伯恩哈德·凯勒曼（Bernhard Kellermann）的小说《隧道》（*Der Tunnel*，
(1912—1913) 1950 年出版。凯勒曼是苏占区文化协会的积极分子（海特曼《乌托邦》［Heidtmann，
1982，p. 226]）。《每日评论》（*Tagliche Rundschau*）的苏联编辑、后来担任德国苏联军事管理处文化
部门主任的亚历山大·戴姆斯基兹（Alexander Dymschiz）这样回忆战后与凯勒曼相见的情形："就这
样，我在维尔德（Werder）见到了伯恩哈德·凯勒曼，他精力充沛，痴迷于创作，念念不忘为人民开
辟一条通往更好未来的道路。"参见戴姆斯基兹的回忆录《难忘的春天》（*Ein unvergeßlicher
Frühling*）（Jäger，1995，p. 8）。凯勒曼去世后，约翰内斯·贝歇尔（Johannes Becher）在 1951 年
文化协会的一次会议上提及他是文化协会的创办人之一，以此作为纪念。见《文化协会主席会议纪
要》（"Protokoll der Präsidialratssitzung des Kulturbunds"）。

国的阶级制度，从而避免另一场世界大战，有必要立即进行共产主义革命，以达到先发制人的目的。最终，弗雷琼在一次街头武装冲突中受伤，遭到警察严刑拷打而死。

贝歇尔创作的小说典型地展现了魏玛共和国后半期左右两个政治派别都宣扬的千禧年主义。正如菲舍尔所强调的那样，贝歇尔笔下的主人公代表了所有用牺牲行为实现超越的同志。作为普通大众的一员，弗雷琼这一身份便有了力量、意义和目的（Fischer，1991，pp. 160－162）。当时的民族主义作品中也有极为相似的刻画。

1930 年，马利克出版社（Malik Verlag）出版了沃尔特·穆勒（Walter Müller）的架空历史小说《假如我们在 1918……》（Wenn wir 1918...；If We in 1918...）。这部小说虚构了一系列刊载在德国社会民主党的报纸《前进》（Vorwarts）上的文章，再现了魏玛共和国时期的重大事件，预见工人阶级将与极左派联合起来。故事中，"伪马克思主义"（pseudo-Marxist）社会民主党很快丧失了权力，在列宁的引领下，德国爆发了一场苏联式的革命。菲舍尔注意到，社会主义报刊对这部小说评价不一。《新剧团》（Neue Revue）、《文学》（Die Literatur）、《红旗》（Die rote Fahne）和《左转弯》（Die Linkskurve）这几家报刊几乎毫无保留地向读者推荐这本书。而《前进》报谴责穆勒将梦想理想化以回避现实，指斥小说将现实简单化（Fischer，1991，p. 202）。此外，共产主义报纸《国际报》（Die Internationale）的一篇评论文章指出乌托邦思想危害了马克思主义，这实际上附和了弗里德里希·恩格斯（Friedrich Engel）反对乌托邦社会主义，赞同科学共产主义的看法（Stites，1989，pp. 225－241），该看法在民主德国被科幻小说的反对者们反复引述。

在社会民主主义图书俱乐部和出版商"书圈"（Der Bücherkreis）的鼓励下，沃纳·伊林（Werner Illing）创作了《乌托波利斯》（Utopolis），希望用社会主义科幻小说取代右翼科幻小说（Fischer，1991，p. 188）。小说的第一部分设想了一个社会主义乌托邦，这在两次大战之间的德国很罕见；余下的部分讲述了发生在乌托波利斯市与资本主义反乌托邦组织 U-Privat 之间的战争。U-Privat 的资本家通过提供廉价商品和免费可卡因来阻止工人阶级发动起义；他们还用秘密射线摧毁民众的阶级意识，从而在乌托波利斯获得了主导权。与魏玛共和国时期社会主义者的遭遇类似，原来支持乌托波利斯的人群转向了右翼政党，乌托波利斯似乎在劫难逃。这座城市陷入一片混乱，最终被一位独裁者拯救。这一结局表明了伊林对民主德国动荡局势的失望之情：

受保守工业家的影响，民主德国无力击退越来越多的右翼反动派。伊林支持成立临时无产阶级独裁政府，然后再实现"真正的"民主（Fischer，1991，pp. 193—200；Tzschaschel，pp. 98—101）。《乌托波利斯》没有在苏占区和东德发行。

魏玛共和国时期社会主义科幻作品数量相对较少，部分原因是社会主义通俗文学的地位仍存在争议。德国共产党党内对通俗文学的争议关乎党如何制定文学政策的关键问题。1918—1919 年革命后不久，新成立的德国共产主义组织——独立社会民主党（Independent Social Democratic Party，abbr. USPD）就呼吁创建以苏维埃无产阶级（Proletkult）运动为蓝本的无产阶级文化。1920 年，该组织的报纸《国际》（*Die Internationale*）刊载了一篇文章，指出工人阶级只有当有了自己的"文化自信"（Trommler，1976，p. 432），才能占据文化权力主导地位。1921 年，德国共产党与左翼独立社会民主党合并后，创作无产阶级文学成为其文化政策的核心纲领。德国共产党领导阶层将文化视为一战后德国动荡的政治经济局势下一个重要的革命工具，认为文学不应包含上层精英阶级的价值观和道德法则，而应反映工人阶级的经历和日常生活。但是，两大问题仍有待回答：1）共产主义和无产阶级文学谁先出现？2）资产阶级社会的文学体裁和想象中的共产主义社会的文学体裁之间存在多大的延续性？（Trommler，1976，pp. 431—436）

许多德国共产党人认为通俗文学是"垃圾"（Schund；trash）文学、"淫秽"（Schumtz；smut）文学，在社会主义社会里无用武之地。魏玛共和国时期，这些词常用于指称大量的廉价小说和租书店的图书，其阅读群体以下层阶级为主，但不限于下层阶级的读者。从广义上说，"垃圾"文学泛指质量低劣的文学作品，而"淫秽"文学指具有道德危害性的作品（Beissel，1964，pp. 6－8）。在这种背景下，还出现了一个贬义词——"消遣文学"（Trivialliteratur），指包括"垃圾"文学和"淫秽"文学在内的所有通俗文学。1926 年，德国议会通过了一项旨在保护儿童和青年不受"垃圾"文学和"淫秽"文学影响的法律。1928 年，高级检察署（the Upper Inspection Office）裁定，"如果作品有意利用不知情的读者的低级本能或幼稚"（Beissel，1964，p. 8），那么这类作品就是"淫秽"作品。但正如所料，"垃圾"文学和"淫秽"文学的定义直到 1933 年仍存在争议。

在 20 世纪 20 年代，许多共产党人调整了"垃圾"文学、"淫秽"文学以及"消遣文学"这些词的定义，转指资本主义制度下批量创作的文学。他们认为这样的文学是上层阶级用来安抚无产阶级的工具。马利克出版社（Malik

Verlag）是早期的一家共产主义出版社，社长维兰·赫兹菲尔德（Wieland Herzfelde）认为，所谓的"垃圾文学和商业文学作家"唯一的创作动机就是利益，但他承认通俗文学确实是当时唯一的大众文学。他还认为，只要工人阶级的真正需要没有得到满足，就存在对资产阶级通俗文学或他所称的"淫秽"文学的需求（Mallinckrodt，1984，p. 16）。

同一时期也出现了积极支持创作社会主义通俗文学的声音。1922 年，《红旗》杂志发表了一篇匿名文章，呼吁除了政治书籍也应提供轻松读物。随着 20 年代后期政治冲突日益加剧，文学的教育性愈发得到重视。1927 年举行了德国共产党第十一次党代会，提出创作大众轻松文学，建立"红色文化阵线"（Mallinckrodt，1984，pp. 17—18）。约翰内斯·R. 贝歇尔赞同创作社会主义通俗文学。1931 年 10 月他在《左转弯》上发表了一篇文章，抱怨"先锋态度"实则低估了"社会主义大众文学"的作用。但是尽管支持创作通俗文学，贝歇尔还是认为现有的创作手法不足，而且包含"既拙劣又伤人的内容，尽管涂成了红色——这就是我们现有的文学"（Becher，"Unsere Wendung"，1979，p. 417）。他强调，要创作出真正的社会主义通俗文学作品，作家们需付出更大的努力。

如上所述，魏玛共和国时期确实出现了一批由共产党资助的通俗出版物。马利克出版社首先在 1921 年至 1924 年间出版了"红色小说"（Red Novel）系列，这个系列包括 13 部由厄普顿·辛克莱（Upton Sinclair）、安娜·梅延堡（Anna Meyenburg）以及奥斯卡·玛利亚·格拉夫（Oskar Maria Graf）等作家创作的作品。此外，这家出版社在 1920 年至 1923 年之间还出版了名为"小革命图书馆"（Little Revolutionary Library）的通俗小说系列，共计 12 本小册子，里面有诗歌、散文和各类文件。1928 年，新建立的"无产阶级革命作家联盟"（League of Proletarian Revolutionary Writers）创办了自己的杂志《左转弯》，编辑库尔特·克拉伯（Kurt Klaber）从 1930 年起推出售价一马克的小说，这样一来，读者在乌尔斯坦和舍尔出版社（Verlag Ullstein and Scherl）出版的小说之外又多了一个选择。1929 年国际工人出版社（Internationaler Arbeiterverlag；International Workers Publisher；abbr. IAV）也首次推出"国际小说"（The International Novel）系列。安妮塔·马林克罗特（Anita Mallinckrodt）注意到，1933 年之前的几年间，社会主义通俗文学的数量急剧增加，但同时政府也加大了审查力度。

引用文献：

Becher, J. R. (1979). Unsere Wendung: Vom Kampf um die Existenz der proletarisch—revolutionären Literatur zum Kampf um ihre Erweiterung. In A. Klein & T. Rietzschel (Eds.), *Zur Tradition der deutschen sozialistischen Literatur: Band 1. Eine Auswahl von Dokumenten* 1926—1935. Berlin & Weimar: Aufbau Verlag.

Beissel, R. (1964). Schmutz und Schund?. In F. Weyer (Ed.), *Kleine Kleckserei Kritik: Groschenromane—wie sie wirklich sind*. Hückeswagen: "robor" V rlag.

Clareson, Thomas D. (1990). *Understanding Contemporary American Science Fiction: The Formative Period, 1927——1970*. Columbia, SC: University of South Carolina Press.

Fischer, P. S. (1991). *Fantasy and Politics: Visions of the Future in the Weimar Republic* 1918—1933. Madison, WI: University of Wisconsin Press.

Fischer, W. B. (1984). *The Empire Strikes out: Kurd Lasswitz, Hans Dominik, and the Development of German Science Fiction*. Bowling Green, Ohio: Bowling Green State University Popular Press.

Harbou, Thea von. (1963). *Metropolis*. New York: Ace Books.

Heidtmann, Horst (1982). *Utopische-phantastische Literatur in der DDR*. Munich: Wilhelm Fink Verlag.

Höger, A. (1980). Die technologischen Heroen der germanischen Rasse: Zum Werk Hans Dominiks. *Text & Kontext*, 8 (2), 378—394.

Innenhofter, R. (1996). *Deutsche Science Fiction* 1870—1914. Vienna, Cologne, Weimar: Böhlau Verlag.

Jäger, Manfred (1995). *Kultur und Politik in der DDR*. Cologne: Edition Deutschland Archiv.

Keiner, R. (1991). *Thea von Harbou und der deutsche Film bis* 1933. Hildesheim & New York: Georg Olms Verlag.

Krakauer, S. (2004). *From Caligari to Hitler: A Psychological History of the German Film* (L. Quaresima, Ed.). Princeton, NJ: Princeton University Press.

Mallinckrodt, A. M. (1984). *Das kleine Massenmedium: Soziale Funktion und politische Rolle der Heftreihenliteratur in der DDR*. Cologne: Verlag Wissenschaft und Politik.

Nagl, M. (1972). *Science Fiction in Deutschland*. Tübingen: Tübinger Vereinigung für Volkskunde.

Spittel, O. (1978). *Gutachten* zu Kurd Lasswitz *Bis zum Nullpunkt des Seins*. BArch DR1/5432, pp. 1—7.

Stites, R. (1989). *Revolutionary Dreams: Utopian Vision and Experimental Life in the Russian Revolution*. New York: Oxford.

Suvin，D.（1979）．*Metamorphoses of Science Fiction: On the Poetics and History of a Literary Genre*．New Haven & London：Yale University Press.

Trommler，F.（1976）．*Sozialistische Literatur in Deutschland*．Stuttgart：Alfred Kröner Verlag.

Tzschaschel，R.（2002）．*Der Zukunftsroman der Weimarer Republik*．Wetzlar：Förderkreis Phantastik in Wetzlar e. V.

作者简介：

索尼娅·弗里切，美国密歇根州立大学德国研究专业教授，学术人员管理与行政副院长。她是科幻研究协会副主席，发表了多篇关于欧洲冷战文化的文章并为书籍撰写相关章节，尤为关注东德和东欧的科幻电影和文学。已出版 *Science Fiction Literature in East Germany*（彼得·朗出版社，2006），编辑 *The Liverpool Companion to World Science Fiction Film*（利物浦大学出版社，2014），合编 *Science Fiction Circuits of the South and East*（彼得·朗出版社，2018）。目前她参与的项目包括合编 *The Routledge Companion to Gender and Science Fiction*（即将于 2023 年出版）。

译者简介：

潘静文，博士，四川大学外国语学院副教授，主要从事英美文学与基督教研究。

Author:

Sonja Fritzsche is professor of German Studies and Associate Dean of Academic Personnel and Administration at Michigan State University in the United States. She is vice president of the Science Fiction Research Association and has published a number of articles and book chapters on European Cold War culture especially science fiction film and literature in East Germany and Eastern Europe. She wrote *Science Fiction Literature in East Germany* (Peter Lang, 2006), edited *The Liverpool Companion to World Science Fiction Film* (Liverpool UP, 2014) and co-edited *Science Fiction Circuits of the South and East* with Anindita Banerjee (Peter Lang, 2018). Her current projects include co-editing *The Routledge Companion to Gender and Science Fiction* (forthcoming 2023).

E-mail: Fritzsc9@msu.edu

Translator:

Pan Jingwen, Ph. D., associate professor of College of Foreign Languages and Cultures, Sichuan University. Her research interests are British and American literature and Christian studies.

E-mail: 1404398087@qq.com

纠缠与分野："十七年"时期科幻小说中的儿童化倾向辩证[①]

肖 汉

摘 要：在中国科幻小说发展史中，"十七年"时期的绝大部分作品呈现出较为强烈的儿童化倾向，但在匮乏的文献资料与单一的批评方法论中这一状态逐渐被简化、固化为科幻特征流失与文学审美欠缺的结论，并在此后时段的研究中被不断重复。而在文献资料开掘、批评方式多样化与对比论证的支撑下，本论文发现了对"十七年"时期科幻小说儿童化倾向判定的绝对化，在科幻视域中对儿童文学内涵误判所产生的纠缠状态，以及彼时科幻文学与儿童文学在具体文本细节上的差异。而在更为全面客观的辩证讨论下，"十七年"时期科幻小说中的儿童化倾向则蕴含着中华民族给予青少年群体以时间的美好期待。

关键词：科幻小说 "十七年"时期 儿童化特征

Entanglement and Division: On the Features of Children's Literature in Science Fiction of the Seventeen-Year Period (1949－1966)

Xiao Han

Abstract: In the history of the development of Chinese science fiction(SF), most SF works in the Seventeen Years exhibit strong features of children's

① 本文为 2020 年度教育部人文社会科学研究青年项目"'十七年'时期中国科幻小说的本土特征与时代脉络研究"（项目批准号：20YJC751036）的阶段性成果。

literature, which is simplified and stereotyped as the missing of SF features and literary aesthetics as a result of insufficient literature and a single critical methodology. Such conclusions are repeatedly drawn in later studies of SF. With the support of primary literature analysis, diversification of critical methods, and comparative study methods, this essay reveals the absolute judgment of the existence of features of children's literature in SF of the "Seventeen-Year Literature", the entanglement caused by misinterpretation of the connotations of children's literature in the field of SF, and detailed differences in specific texts of SF and children's literature in the Seventeen Years. Viewed from this more comprehensive, objective, and dialectic perspective, the features of children's literature in SF in the Seventeen Years contain great expectations of the Chinese people to offer the youth the privilege of time.

Keywords: Science Fiction; the Seventeen-Year Period; features of children's literature

相较于中国科幻小说发展史的其他阶段，"十七年"时期的科幻作品因具有较为强烈的儿童文学烙印，而在较长一段时间内被打上了低龄化色彩浓厚且文学价值缺乏的标签。随着时间的推移，这一标签逐渐固化，并与"和文艺政策过度互动""想象力陈旧匮乏""缺乏中长篇体量"等结论一起，成为分析"十七年"时期中国科幻本土化特征时难以逾越的观念屏障。但随着相关文献的不断发掘，上述观点的片面性也逐渐显现。就儿童化倾向一隅而言，彼时的科幻小说所选择的儿童化路径既是对存在合法性的保护，也是对当时阅读市场与读者文化程度所做出的妥协，在科幻小说朝儿童文学靠拢的过程中，同样存在若即若离的纠缠状态与各自相异的审美特征。

首先需要注意的是，"十七年"时期科幻文学内部并未出现系统的批评理论与方法，所谓的批评更像是主观色彩浓厚的创作论与读后感。彼时的作者与读者其实并未全面意识到并主动反思科幻小说中的儿童化倾向，而是自然地认为这一创作模式符合当时的科学文化语境。反倒是在新时期及以后的科幻评论中，学人回望过往的创作与接受情况时做出总结，并给予了一定的解释。例如叶永烈在给科学文艺下定义时曾说道："就科学文艺作品的阅读对象来说，有成年人，也有少年儿童，其中主要是少年儿童。有少数科学文艺作品是专供成年人阅读的，但大多数科学文艺作品是供少年儿童阅读的，属儿童文学范畴。"（叶永烈，1980，p. 6）在 20 世纪 80 年代的中国科幻研究中，研究者经常用"科学文艺"一词来指称"十七年"时期的科幻小说，尽管当前"科幻文学"与"科学文艺"的概念有了明确的界限，但从论断中可以看出彼时学人对该类含有科技与想象力色彩的作品的读者群体所持有的期待。

而在"十七年"时期内部，儿童化倾向的科幻小说得到了小读者们的青睐，这类与传统儿童文学不太一样的小说给他们带去了新奇的阅读体验，并且开拓了他们的思维与想象。吴岩曾谈及他的亲身感受："在我小的时候曾读过赵世洲的小说集《活孙悟空》，对其中《不公开的展览》这篇小说印象深刻，作品里讲到了未来孩子们科技感十足的夏令营。作为一个在北京长大的孩子，我们都很少听说夏令营这个词，更别说其中的技术奇观了。这个小说与我之前看的小说完全不同，读完后我也对其中的未来生活充满了向往。"①如果不是时代亲历者，很难对"十七年"时期的科幻小说做出上述评价。当代科幻美学与批评理论要求在科幻研究中尽量摈除主观感受对逻辑判断的干扰，其最终结果是导致回溯性质的研究缺乏历史语境，有很多结论并不可靠。

在 20 世纪 80 年代关于科幻的一系列讨论中，儿童化倾向的问题同样被反复争论，在争论趋向以批评为主时，仍有部分学人意识到"十七年"时期儿童科幻繁荣景象的积极意义，呼吁产出更多的适合儿童阅读的科幻作品："回顾 50—60 年代初期曾经在少儿文艺园地中初步出现的科幻创作小康、繁荣局面，（现阶段的匮乏）不能不使人于忧虑之余，痛切地感到要进行深刻的、广泛的反思。"（王国忠，2011，p. 167）在对科幻儿童化倾向批评的声音中，仍有对其有益部分坚守的声音，而部分"十七年"科幻的读者同样对那时的科幻多有褒奖。这背后的原因还需要更为深入的讨论。

一、"十七年"时期科幻中儿童化倾向判定的绝对化

当今对"十七年"时期中国科幻儿童化倾向的讨论，其核心俨然变成了一个关于"是"与"非"的问题，即这一时期的科幻文学是否属于儿童文学，以及这一时期的儿童文学是否包括科幻部分。

鉴于此，有学者曾认为"十七年"时期的中国科幻本质是儿童文学："中国科幻文学是作为儿童文学的子类而存在的，长期归属和依附于儿童文学的总名之下。"（王洁，2018，p. 100）当然这种观点也曾遭到其他学者的强烈反

---

① 内容整理自笔者 2018 年 5 月对吴岩进行的采访。

对："把科幻小说放在儿童文学大类中是导致中国科幻小说儿童化的一个重要原因，是制约中国科幻小说发展的重要因素。"（葛红兵，2003，p. 2）而这造成的结果是"科幻小说的情节结构、人物性格、性情描写等都被赋予了儿童文学的特殊要求，它要求纯净且有教益，不能有稍稍复杂的善恶兼具的人物性格，不能有成人的性情描写，这就束缚了科幻小说的手脚，使其反映社会生活的广度和深度受到限制，1983 年科幻小说被当作'精神污染'重灾区就是这种观念的结果"（葛红兵，2003，p. 3）。

上述两种观点或许过于绝对，而另外一部分学者则抓住了科幻文学与儿童文学发展的时代背景，得出了较为客观的看法："在中国文化与中国文学的特殊背景下，科幻文学的苗还只能种在儿童文学的土里，否则不但得不到发展，甚至连生存权也会成为问题。一切大话空话都无济于事，我们必须尊重历史，正视现实。"（王泉根，2011，p. 189）在这一论断中，一个隐含的话语是：科幻的合法性与独特性何为？而科幻合法性与独特性的基础是文学审美特征的存在。毫无疑问，"十七年"时期的中国科幻小说在部分学者眼中存在严重的文学审美问题，因此有部分声音主张科幻文学要跳出儿童文学，寻求更具美学价值的独特性，而另外一部分声音则认为囿于特殊的历史条件，科幻只有向着儿童文学归附才能获得最基本的存在合法性。

造成上述二元对立情况的原因是多样的。首先，"十七年"时期的一系列出版政策使得目标读者的重心朝着青少年倾斜。《人民日报》在 1955 年 9 月曾发表题为《大量创作、出版、发行少年儿童读物》的社论，鼓励社会各界出版、推广少儿读物，旨在丰富少儿阅读市场，提升少儿阅读兴趣与知识水平。"大跃进"时期，针对少儿市场的出版实际上更加多样化，在这一时段，"必须有大量最富有思想性的少年儿童读物，帮助党和国家训练成长中的一代。自从党号召作家为孩子们拿起笔来以后，作家给孩子们写作的热情很高，两三年来已经出版了不少优秀的著作。在社会主义'大跃进'的浪潮中，很多作家已深入基层，这有助于他们创作更多的反映现实生活的作品"（中国少年儿童出版社，1958，p. 17）。

其次，"十七年"时期的科幻作者有很多直接从事少儿图书的编辑工作，也有很多作者在进行科幻创作的同时也进行着少儿科普的工作。例如，于止（叶至善）时任中国少年儿童出版社社长，兼任《中学生》杂志主编；王国忠曾策划、组编过系列图书《十万个为什么》；郑文光、童恩正、刘兴诗等人都曾以科研工作者的身份写过许多少儿科普文章。这与"十七年"时期最初两年科幻作者多为一线教育工作者的情况又有不同。此时，为儿童进行创作并不是科幻文学的独特经历，而是出版行业对整个文学界的要求，何况此时呼吁较多的还是"反映现实生活的作品"，理论上讲，科幻还是这一出版号召下的"擦边球"。因此科幻文学在寻求自身存在的合法性时，有必要进行一定的妥协，而这样的姿态却容易在后来成为抨击"十七年"时期中国科幻失去独立性的理由。

此外，"十七年"时期中国科幻的儿童化倾向在一定程度上受到了来自苏联的影响。在 20 世纪 30 年代，苏联同样把"普及科学技术和培养民族主义情操作为最迫近的目标"（苏恩文，2011，p. 39）。高尔基（Алексе́й Макси́мович Пешко́в）也曾提出科幻在科普功能之外，同时还要关注掌握科学技术和需要学习科学技术的人，将故事作为"具体的活生生的人克服物质和传统的抵抗的斗争场所"（高尔基，1979，p. 440）。苏联在此时也将科幻的目标读者锁定为青少年，在创作中也更加注意关注青少年的阅读习惯与接受能力。

在译介苏联科幻作品的过程中，中国也强调了儿童化科幻小说的功用。例如当时一本著名的苏译科幻小说《康爱齐星》（贝略耶夫，1955），在扉页上标注"苏联科学幻想小说译丛之二"，开篇说明"本书根据苏俄教育部国立儿童书籍出版社出版的科学幻想小说丛书选译而成……它的目的是：以共产主义的精神教育青年，培养青年爱祖国、爱劳动、爱科学的热情，丰富青年对新事物的想象力，使他们从想象进入具体的实践"（贝略耶夫，1955，p. 1）。所以，科幻作品中的儿童化倾向并不是中国独有，只不过在此实践过程中，中国的特殊国情让科幻的儿童化倾向呈现出更多的中国特征。

由上可见，科幻文学与儿童文学在"十七年"时期的纠缠不是一个单纯的"是"与"非"的问题，更是一个"或"与"并"的问题，过分地纠结谁归属于谁，对双方的发展都无益处。其实这一时期科幻与儿童文学的纠缠完全可以跳出文学审美一隅，从更多的角度去观察这种共生现象。

郑文光首先意识到了这个问题，他认为科幻小说的儿童化倾向是一种叙述视角的选择："从大量的科幻小说的创作实践来看，科学的创作方法是一种可供自由选择表现角度的创作方法。他写的还是现实社会，但他可以从一个绝妙的角度来写。就好像我们给一个实体照相，可以从照出来最好看的角度、最能突出表现主题的角度来照一样。"（郑文光，1984，p. 28）从儿童视角出发，书写技术未来和深邃太空，唤起儿童的探索欲、求知欲，在提倡科学、关爱儿童的大环境下，不失为合适的角度。同时，郑文光的论断也认为科幻是现实书写视角的一种，只不过运用了幻想手段。

吴岩站在功能发展的角度，对科幻文学的儿童化倾向做出了新颖的说明：

"科幻小说给儿童提供了无数个可能的未来，使他们理解了世界未来的多样性。因此，它也是一剂预防心理疾病、保持身心健康的良药……培养和发展儿童解决问题的能力，加深孩子对未来社会的适应能力，是儿童科学幻想小说的又一个重要功能。"（吴岩，2011，p. 175）在吴岩看来，科幻儿童化倾向的利好并不局限于文学意义，而是对少年儿童本身的发展有益。当然，吴岩认为能够达到对儿童身心发展有用的途径有多种，而科幻只是其中较为独特的一种："儿童科学幻想小说的功能使它成为实现这一目标的一种手段。它不是唯一的手段，但却无疑是重要的手段。"（吴岩，2011，p. 176）

时至今日，与"十七年"时期类似的科幻内容已经有了自己专属的名字——少儿科幻。它既是儿童文学中的一员，也是科幻文学中的一员，它拥有自己专属的作家群与读者群，在创作技法与文风上都有自身的独特风格。同时，少儿科幻的作者群一直在思考自身创作相对于成人科幻在文学与美学上的定位："少儿科幻应该具有与成人科幻相同的科幻维度，相媲美的科幻创意。而同时，由于其根系中的'儿童性'的基因，又可以让它的科幻性呈现出一种独特的面貌。这样的少儿科幻，将拥有独特的视角和独立的开拓性，形成有其自身鲜明特色的文学、美学风格。"（马传思，2018，p. 4）

从"十七年"时期的现象生发，到新时期与"清污运动"之后的论争，再到当今子类的成型，科幻与儿童文学的纠缠状态逐渐演变成融合发展。如果非要以当今的眼光去评价"十七年"时期这类风格的科幻小说，笔者更倾向于使用"少儿科幻"这一概念，而不是认为这类文本是被时代遗忘且毫无文学、美学价值的儿童化倾向作品。当然，在"十七年"时期的中国大地上为何出现了如此大量的该类作品，笔者认为这可能还与作者、研究者对儿童文学概念的误读有关。

二、"十七年"时期科幻视域对儿童文学内涵的误判

与科幻文学的定义类似，儿童文学的概念内涵多样，也经历过长期的发展与完善。"十七年"时期中国科幻与儿童文学的纠缠状态实质上是对儿童文学内涵单一理解所造成的结果。在特殊的历史语境下，"十七年"科幻视域中的儿童文学其实是指儿童本位的文学创作观，即为儿童而写的文学作品。仅仅是对内涵的单一理解还谈不上误读，但如果加上"十七年"时期的科普任务，那么儿童文学的诸多内涵特征如书写童年经验、达成发展认知等则被粗暴地排除，仅剩下一副工具论的躯壳。简言之，"十七年"时期的科幻文学主要目的是向全国少年儿童输送科技知识，这一逻辑既不符合科幻文学的概念，

也是对儿童文学功能的片面理解。

即使时间来到 20 世纪 80 年代，部分科幻文学工作者仍然持有类似的观点。例如郑文光曾说："我们应该在全民中宣传科学，不光是宣传科学知识本身，首先还要宣传科学的态度，或是科学精神，或是思维方法，或是世界观。尤其在少年儿童中要这样做，因为我们肯定会很快面临一个科学高度发达的社会，这个进展还应该更快，这有赖于我们的科学工作者，全体人民，特别是少年儿童。应该让小孩从小爱科学，我想科学幻想小说最根本的任务，就在这个地方。"（郑文光，2011，p. 153）郑文光的论断虽然也指出了科幻小说进行儿童科普的工具性特质，但是他还看到了科幻小说对科学精神、科学思维的培养，这在当时的科幻理论界已经是较为进步的思想。

蔡景峰则将科幻视为一种向儿童灌输知识的工具："儿童是善于幻想未来的，他们对于未来充满希望，充满美好的憧憬，希望自己将来能成为一个新型的工人、农民、工程师、发明家，更好地为祖国、为人民、为实现四个现代化贡献出自己的力量。这就是为什么科学幻想故事能在少年儿童中间拥有广大读者的基础。科学幻想作品是对儿童灌输科学知识的一种好形式。"（蔡景峰，1981，p. 51）他还补充道："科学幻想故事对少年儿童是一种特别生动的灌输科学知识的形式。"（蔡景峰，1981，p. 52）

当然，仍有一些学人关注科幻小说的启迪作用："我认为科幻小说的主要任务是启迪青少年的智慧，丰富他们的想象力，引起他们对科学的兴趣和探索……文艺要'百花齐放'，中国的科幻小说难道就不允许多'放'几种'花'么？我恳切希望大家都来扶植科幻小说这株幼小的花苗，因为青少年需要它。我曾经在三千多名小学生中做过调查，喜欢阅读科幻小说的少年儿童，竟占百分之七十以上，这难道不值得我们重视么？"（罗丹，1982，p. 41）

智慧启迪确实是科幻文学的重要作用之一，但启迪对象绝不仅限于青少年。上述所有的论断都指向青少年，其背后的话语不仅仅是科幻的任务如此，而是在"十七年"时期儿童文学的总任务也是如此，科幻只是承载任务的方式的一种："从儿童文学总的任务出发，作为儿童文学中的一种体裁样式的科学文艺作品，要培养儿童的马克思主义世界观，把他们培养成具有高度科学知识水平的社会主义和共产主义的建设者与保卫者。"（哈经雄，1959，p. 164）

由此观之，在"十七年"的特殊历史语境下，儿童文学的概念误读并不是在科幻一隅单独发生的情况。在文艺政策与时代要求的双重规范下，这一时期的传统儿童文学也出现了一些概念摇摆的内容。

例如，"这一时期的儿童文学作品中，出现了一批英雄少年，他们个个都是好样的，小顽童的幼稚和贪玩，在他们身上了无影踪；相反他们具有成人般的意志和极高的政治觉悟。在阶级斗争面前，他们大智大勇，与敌人斗智斗勇，反应敏捷；在大是大非面前，他们立场坚定，沉着冷静。他们的语言、思想、行为已经不再具有儿童的特点，被作家人为地拔高和神化，于是一个个完美的英雄少年横空出世"（陈义霞，2014，p. 28）。儿童形象的成人化与模式化问题在传统儿童文学中同样出现，更值得注意的是，传统儿童文学中甚至出现了比科幻文学中更多的"少年科学家"形象："在五、六十年代攀登科技高峰的时代背景下，杂志上的封面、插图、文本等，合力对'少年科学家'的形象进行塑造与想象，在潜移默化之中培养读者对科学的向往和兴趣，这一形象在社会主义建设过程中，与当时的民族国家气象相辉映。"（杨文凭，2018，p. 44）这部分传统儿童文学中的"少年科学家"形象与科幻小说中的类似形象共同脱离了现实的童年经验，最终也在误读下沦为工具性的人物躯壳。

此外，在"两结合"的创作手法介入"十七年"传统儿童文学领域时，儿童文学概念的固定壁垒也被打破，从而产生一些与科幻和儿童文学纠缠状态类似的混合情况："长期以来，儿童文学研究中，存在着这样的论争，就是民间故事，特别是神话和童话的现实性问题和对儿童教育的作用问题。现在，可以根据革命的现实主义和革命的浪漫主义相结合的原则，顺利地解决这些问题了。"（陈汝慧，1959，p. 59）如果说传统儿童文学领域在这一时期同意用"两结合"的手法将民间故事、神话以及童话与传统的儿童文学组合在一起——当然彼时的创作现实与成果也是如此，那么科幻与儿童文学的组合便也合乎情理。

总而言之，在"十七年"特殊的政治要求和历史语境下，专业批评经验的欠缺让各文类都对自身产生了或多或少的误读，而文艺政策则让各文类在工具化、目的化的浪潮中必须打破自身的独立性，最终形成各种具有纠缠状态的混合情形。诚然，"十七年"时期的科幻小说很多是从儿童本位观出发进行创作的，但抛开一些外在因素回到文本，我们不难发现"十七年"时期的中国科幻与传统儿童文学作品的差异。

三、"十七年"时期科幻文学与传统儿童文学的细节差异

理论的辩证在不同的时代背景下可以有不同的阐释视角，但作为本体的文本内容是不会变化的，所以此处笔者拟简要对比"十七年"时期传统儿童文学作品与科幻作品，以期通过具体细节找到二者的区别之处。

在儿童小说作品中，主流文学所要求的现实主义创作手法和历史革命题材等特征随处可见。"党向儿童文学提出了光荣的战斗任务：用共产主义思想和无产阶级的革命精神教育少年一代。要实现这个任务，很重要的一点就是要让少年们清楚地了解：他们的父兄一辈过去和现在是怎样为了共产主义而奋斗的，要具体地表现出中国人民光荣的革命传统，教育少年继承这个传统，这就要求儿童文学大力反映当前的社会主义建设以及过去和现在的革命斗争，大力描写这些斗争中的英雄人物形象，给读者提供可以直接仿效的榜样。"（李楚城，1988，p. 931）这就要求传统儿童小说作家要有意识地对历史事件和抗争精神进行回溯，以唤起少年儿童的斗志。例如在作品《小矿工》（大群，1958）中，作者写道：

> 我们一路上，还遇见了早先留下的路标：石头夹在树枒巴上，现在石头已经长在树杈里了。山神大叔说，这条路线，往近说，也是五年前在这里经过的。有的树干上还刻着："为了民族解放，坚决抗日！"看到这些，我们总是停下脚步。（大群，1958，p. 7）

但是"十七年"时期科幻文学中现实主义手法和历史革命题材相对较少，大部分都是发明创造题材和对未来指向的美好期待，作为主人公的少年儿童将历史革命的斗志转换为了建设未来社会主义中国的热情。就主要题材和时间指向性来说，"十七年"时期的科幻小说与传统儿童小说仍有区别。

其次，"十七年"时期儿童小说中的青少年人物大多具有成长属性，并且附带部分社会要求如热爱劳动、知错能改、努力学习等。这一时期传统儿童小说中的儿童形象呈现出一种"小大人"的特质，作者用成年人的理性和道德规范跨过儿童天性对人物直接做出设定，使得小说中的儿童形象十分完美但干瘪失神。例如在教导孩子爱劳动时，儿童小说中的规劝逻辑是："接受劳动锻炼的孩子一般都是很出色的，他们热爱劳动、不畏困难、任劳任怨。但有时也会产生思想波动，这时思想教育便必不可少。"（曹松，2015，p. 12）在这样的逻辑推演下，姜树茂的笔下就出现了通宵工作的小会计形象：

> 办公桌上的罩子灯在发着黄橙橙的光亮。小会计伏在桌子上甜蜜地睡着，头上还披着一条湿漉漉的毛巾，一只手还搁在算盘上，指头还排着算盘珠儿呢。老社长轻轻的走过去，不忍惊动她，但又忍不住要抚摸一下她那柔软的头发。忽然，她咕咕噜噜的发出一阵低低的梦呓声："对了，账对了……"（姜树茂，1957，p. 119）

"十七年"儿童小说中的少儿形象常常是德才兼备、优秀懂事的，甚至可以为了大义而做出不符合其年龄、身份的举动。曹文轩曾有言："如果小说不建立在个人经验的基础上，那么在共同熟知的政治的、伦理的、宗教的教条之下，一切想象都将变成雷同化的画面。而雷同等于取消了小说存在的全部理由。"（曹文轩，2002，p. 56）

很明显，"十七年"时期的很多儿童小说作者并没有在儿童生活题材上积累足够的个人经验，塑造出来的雷同形象削弱了儿童小说中的人物特点。科幻文学中的儿童形象虽然也呈现出雷同的特质，但整体上，科幻小说中的儿童形象与传统儿童小说中的儿童形象是有区别的。与之相反，"十七年"时期科幻小说中的儿童往往是少知或者无知的，他们在公社、农场、工厂、渔场等地的活动都需要家长、老师、工程师、科学家的引导，在参观或冒险的过程中逐步完成认知构建。这是科幻小说中少儿人物形象的成长路径，它和传统儿童小说中少儿形象的成长路径不尽相同。

除去小说，"十七年"时期的儿童诗歌也可以和科幻文学作者的作品略作对比。例如，科幻作者郑文光在《中国少年报》上曾发表过一篇科学诗《人造卫星之歌》（1957）：

> （节选）
> 我和妹妹爬上了高高的屋顶，
> 仰头探望那深蓝色的天空。
> 一个光点儿静悄悄地略过去了，
> 我说："妹妹，你可看见人造卫星？"
> ⋯⋯⋯⋯⋯⋯
> 从前人们梦想乘风驰骋，
> 上月亮去拜访广寒宫里的嫦娥，
> 问问"火星人"身体是否安康，
> 然后踏上太阳系那遥远的途程。
> ⋯⋯⋯⋯⋯⋯
> 我们不再是匍匐地面的动物，
> 从此我们是赫赫的宇宙公民；
> 人造卫星开辟了一个新的时代，
> 人类要征服浩瀚的宇宙空间。
> ⋯⋯⋯⋯⋯⋯
> 让美国将军目瞪口呆吧，
> 社会主义制度强大无边，

谁最先实现人类的理想，

谁就受到千万人民的拥护与赞扬！

郑文光的这首科学诗后被收录于作家出版社所编的《1957年儿童文学选》中，在该选集里，同样有一个传统儿童诗歌的部分，我们不妨选取一首李季的《我有一条红领巾》（1957）进行对比，这首诗歌也首发于《中国少年报》，时间比上述郑文光的科学诗仅晚半个月：

莫斯科的一个少先队员，

送给我一条鲜红的红领巾。

它象一团燃烧着的火，

时刻照耀着我的心。

等我的小女儿长大入队时，

我要把它当做礼品，

我要对她说："这是一个苏联哥哥送给你的，

系上它，你就要跟着苏联哥哥一同前进！"

发表时间如此接近的两首作品差异是较大的。郑文光的科学诗最后一节虽然也直白地颂扬了人类理想与社会主义制度的优越性，但在之前的诗节中，郑文光用凝练的语言描绘了较为壮阔的宇宙图景以及大无畏的太空浪漫情怀。李季的诗歌主要凸显中苏儿童之间的友好关系，但该诗彰显着现实主义的笔调，抒情直白而强烈。两首作品的区别在一定程度上代表着含有科学思维的儿童诗歌与传统儿童诗歌的区别，这种区别也能够在一定程度上代表传统儿童文学与当时科幻文学的区别。

当然，传统儿童文学在"十七年"时期还有多种表现形式。这一时期的儿童散文多以纪实手法描写日常生活的点滴，例如《在茶园里》（隆星灿著，《少年文艺》1957年2月号）、《在原始森林里勘测——四川西北原始森林勘测片段》（孟良棋著，《中国少年报》1957年6月6日）、《少年旅行队》（柯蓝著，《少年文艺》1957年5月号）、《叔叔》（新文著，《解放军文艺》1957年8月号）、《牛倌爷爷——山区记事》（张峻著，《河北日报》1957年9月21日）等文章。而童话在这一时期更多地采用动物化的叙述方式，既显得通俗有趣，又给儿童普及了一定的生物知识，如《花猫的脖子下是怎样挂上铜铃的》（谢挺宇著，《处女地》1957年4月号）、《蝴蝶有一面小镜子》（金近著，《人民文学》1957年9月号）、《小鲤鱼跳"龙门"》（金近著，《人民文学》

1957 年 9 月号）等。这一时期的民间儿童文学很多选择了民族故事的表达形式，而儿童曲艺则更多地使用了相声的形式以激发孩子们的兴趣。

总体上讲，"十七年"时期的传统儿童文学较多地利用了情感共鸣的方式来感染儿童。反观这一时期的科幻文学，则更多地利用了叙事手段与描写手法给儿童带来新奇的感官体验，从而达到传递知识与激发兴趣的目的。例如在于止《失踪的哥哥》（1956）一文中，一次意外事件导致了时空的转换，哥哥变成了"弟弟"，而当"年幼"的哥哥最终睁开双眼回到家人身边时，人体冷冻技术背后的亲情令人动容。又比如在《旅行在 1979 年的海陆空》（迟叔昌，1957）中，作者用奇景展示的手法给孩子们描绘了未来世界的飞机、充电汽车和机器人等先进技术，让小读者们眼前一亮。由此观之，尽管在目的性方面"十七年"科幻保持了和传统儿童文学相近的特征，但是具体到个体文本，科幻小说还是保留了自身的特点。

结语：殊途可同归的"十七年"科幻文学与儿童文学

"十七年"时期科幻文学与儿童文学的纠缠状态是客观存在的，但其引发激烈争论是在新时期至"清污运动"阶段对"十七年"科幻进行回溯性反思时发生的。

争论一开始的焦点在于科幻文学与儿童文学非此即彼的身份关系，以及身份错位所带来的文学价值降低等问题。随着争论的深入，更多学人意识到不能单纯地用文学审美眼光来看待"十七年"时期科幻文学与儿童文学的关系，于是多视角的儿童文学与科幻文学关系分析逐渐展开。随着时间的推移与理论的愈发成熟，今天的少儿科幻在一定程度上可以作为"十七年"科幻作品中儿童化倾向的一个参照，少儿科幻的概念当下既可隶属于科幻文学，也可隶属于儿童文学，两种文学形态实质上走向了共生发展的道路。

但具体到文本，"十七年"时期的科幻小说无论在题材类型、人物塑造、成长历程还是在情感渲染方式上，都与传统儿童文学的各个分支体裁不尽相同。因此，笔者以为"十七年"时期的该类小说，其本质还是符合科幻小说的定义与美学内涵，同时在特定的社会环境与历史语境中，带上了较强的儿童化色彩。这种特质区别于中国科幻发展史的其他时段，更有别于世界科幻史的他国路径，甚至相较于苏联科学文艺的儿童化倾向，"十七年"时期的中国科幻都还保留有独特的中国性。

这一现象背后的逻辑实际上是一种未来主义价值观，即青少年群体是具有蓬勃成长属性的时间概念，对他们眼界、思维与想象力的开拓，与对他们科学知识与人文情感的培养，关系到中华民族的再度崛起与富强，亦即当下所言的"关注未成年人，就是关注未来"。

引用文献：

贝略耶夫，阿（1955）. 康爱齐星（滕宝，陈维益，译）. 上海：上海潮锋出版社.

蔡景峰（1981）. 多给孩子们写些好的科学故事——兼评一些科学幻想作品. 载于中国科普创作协会科学文艺委员会编. 科幻小说创作参考资料. 北京：科普作协.

曹松（2015）."十七年"儿童文学中"成长"的品质塑造. 文教资料，10，12.

曹文轩（2002）. 小说门. 北京：作家出版社.

陈汝慧（1959）. 在儿童文学阵地上实践革命的现实主义和革命的浪漫主义，厦门大学学报（社会科学版），1，59.

陈义霞（2014）."十七年"现实题材儿童小说中儿童形象的演变. 开封：河南大学.

迟叔昌（1957）. 旅行在1979年的海陆空. 上海：少年儿童出版社.

大群（1958）. 小矿工. 载于作家出版社编辑部. 1957年儿童文学选. 北京：作家出版社.

高尔基（1979）. 论主题（冰夷，满涛，等译）. 北京：人民文学出版社.

葛红兵（2003）. 不要把科幻文学的苗只种在儿童文学的土里. 中华读书报，08－06（004）.

哈经雄（1959）. 谈儿童科学文艺创作中的几个问题——读十年来儿童科学文艺作品札记. 华中师范学院学报（语言文学版），1，164.

姜树茂（1957）. 小会计. 萌芽，7，119.

李楚城（1988）. 拿起特写这个武器. 载于蒋风. 中国儿童文学大系·理论（一）. 太原：希望出版社.

李季（1957）. 我有一条红领巾，中国少年报，11－04（002）.

罗丹（1982）. 科幻小说启迪青少年智慧. 载于中国科普创作协会科学文艺委员会编. 科幻小说创作参考资料. 北京：科普作协.

马传思（2018）. 少儿科幻是成人科幻的低配版吗. 深圳商报，12－05（004）.

苏恩文，达科（2011）. 科幻小说面面观（赫琳，等译）. 合肥：安徽文艺出版社.

王国忠（2011）. 断层出现之后——论少儿科幻创作的现状及前景. 载于王泉根. 现代中国科幻文学主潮. 重庆：重庆出版社.

王洁（2018）. 中国科幻文学的发展历程及三大走向. 江西社会科学，7，100.

王泉根（2011）. 该把科幻文学的苗种在哪里？——兼论科幻文学独立成类的因素. 载于王泉根. 现代中国科幻文学主潮. 重庆：重庆出版社.

吴岩（2011）. 儿童科学幻想小说的功能. 载于王泉根. 现代中国科幻文学主潮. 重庆：重庆出版社.

杨文凭（2018）.《少年文艺》（1953—1966）与"十七年"的儿童文学教育. 上海：华东师范大学.

叶永烈（1980）. 论科学文艺. 北京：科学普及出版社.

于止（1956）. 割掉鼻子的大象. 北京：中国少年儿童出版社.

郑文光（1957）. 人造卫星之歌. 中国少年报，10—21（004）.

郑文光（1984）. 谈幻想性儿童文学. 载于沈刚. 儿童文学讲稿——东北、华北儿童文学讲习班材料选编. 沈阳：辽宁少年儿童出版社.

郑文光（2011）. 谈儿童科学文艺. 载于王泉根. 现代中国科幻文学主潮. 重庆：重庆出版社.

中国少年儿童出版社编辑部（1959）. 大跃进中的中国少年儿童出版社. 读书，6，17.

作者简介：

肖汉，博士，北京师范大学文学院讲师，主要研究方向为中国科幻文学与文化。

Author:

Xiao Han, Ph. D., lecturer of School of Chinese Language and Literature, Beijing Normal University. His research interests are Chinese science fiction and culture.

E-mail：xiaohan@bnu.edu.cn

迪克笔下的斯芬克斯之谜：《仿生人会梦见电子羊吗？》中的人机身份解读

郭琳珂　郭　伟

摘要： 菲利普·迪克的《仿生人会梦见电子羊吗？》讲述了主人公里克·德卡德在一天之内为了高额赏金追杀几个仿生人的故事。迪克在作品中对仿生人身份的追问，展现了人工智能生命的伦理困境，促使读者严肃思考技术的伦理问题以及生命存在的意义。本文探讨小说中人类与人工智能生命之间错综复杂的关系，揭示了仿生人在社会环境中的"他者"身份，同时也反思作为判断标准的理性与非理性，最后勾画了人机和谐共存的愿景。

关键词： 菲利普·迪克　《仿生人会梦见电子羊吗？》　身份　理性后人类

Riddle of the Sphinx in Philip K. Dick's SF: An Analysis of the Man-Machine Identity in *Do Androids Dream of Electric Sheep?*

Guo Linke, Guo Wei

Abstract: Philip K. Dick's *Do Androids Dream of Electric Sheep?* tells the story of Rick Deckard, who hunts down several androids for a large bounty in one day. Dick's exploration of the identity of androids shows the ethical dilemma of artificial intelligent life, which makes readers think about the ethics of technology and the meaning of life. This thesis discusses the complicated relationship between human and artificial intelligent life in the novel, reveals the identity of the android as "the Other" in the social environment, reflects on rationality and irrationality as criteria for judgment, and finally outlines the vision of harmonious coexistence of man and machine.

Keywords: Philip K. Dick; *Do Androids Dream of Electric Sheep?*; identity; rationality; posthuman

当代社会科技迅速发展，智能技术不断升级，越来越多的"智能机器人"被制造出来，这些原本仅存于科幻作品中的想象有了现实意义，机器人伦理问题也随之产生。20世纪90年代以来，机器人伦理成为争议的焦点，而在更早的科幻作品中，机器人/人造人伦理已经反复成为科幻作家思考和创作的主题。

20世纪60年代，菲利普·迪克（Philip K. Dick，1928－1982）将控制论思想融入小说中，创作出了许多探讨人类与人工生命形式间伦理关系的重要作品。小说《仿生人会梦见电子羊吗?》（*Do Androids Dream of Electric Sheep?* 1968）便是此中典型。故事设定在核战后，政府为了殖民外星制造出有机仿生人，然而一些仿生人杀掉了自己的主人逃回地球。主人公里克·德卡德是一名赏金猎人，专门捕杀逃回地球的仿生人。在与仿生人的生死较量中，里克逐渐认识到自己对仿生人产生了情感的认同，随后他便怀疑自己的行为，并对人类自身的主体性产生反思。①

本文认为，在《仿生人会梦见电子羊吗?》中，仿生人的身份是小说叙事的核心，随着仿生人自我意识的增强，人类与仿生人之间的界限越来越模糊，双方都深陷于身份的伦理困境中。

一、仿生人的身份困境

小说原文中使用的"Android"一词，本应译为机器人，但在作品中Android是指"人造生命体"，他们与人类一样拥有血肉筋骨，而不是金属材质的外壳与充满机械零件和芯片的内部躯体。因而，Android被译为"仿生人"，他们的外表与言行举止都与真人无异，需经由沃伊特·坎普夫移情测试才能鉴定真实身份。在根据小说改编的电影《银翼杀手》中，他们被称为

---

① 1982年，小说《仿生人会梦见电子羊吗?》被改编成电影《银翼杀手》（*Blade Runner*），上映之初电影凸显的未来感与前瞻性不被大众欣赏，但在科技迅速发展的今天，这部影片赢得了很高的赞誉，能够触发观众去思考人类的主体性和生命本身的意义。

"Replicant"（复制人）。在人类的眼中，这些人形机器人是被创造出来的仆人，他们必须无条件服务于人类，甚至成为人类重获尊严的象征。罗森公司致力打造与真人无异的仿生人，现有的安装了枢纽 6 型脑单元的仿生人在智能方面胜过了大部分人类："有时候，仆人比主人还要像人。"（迪克，2017，p. 29）随着不断地升级改造，这些高智慧的仿生人也逐渐产生了自我意识。他们的外表和智慧与人类无异，如同一个个真实存在的人，却又终究是工业化流水生产线上的产物。这不禁让人疑惑：何为"人"？仿生人的身份又该如何定义？蕾切尔·罗森是罗森公司制造出的一个枢纽 6 型仿生人，她被植入了假记忆，误以为自己是一个真正的人类，当她没有通过沃伊特·坎普夫测试并得知自己是仿生人后，惊得脸色苍白（迪克，2017，p. 59）。蕾切尔迷惘地游离于真人与仿生人之间，这种身份焦虑也呼应了"我是谁"这个根本问题，这个古老的问题在高科技时代的语境下被赋予了新的意义。

早期科幻小说中关于"人造人"的题材，可以追溯到英国作家玛丽·雪莱（Mary Shelley）的《弗兰肯斯坦》（*Frankenstein*，1818）。主人公弗兰肯斯坦是热衷于创造生命的科学家，他用许多死尸的肢体、器官拼凑出了一个怪物，并以电赋予其生命。这个怪物尝试融入人类集体的生活，却一直无法获得人类的认同，随后制造了一系列血腥事件。人造人或者人工智能被创造出来后，一直被人类当作"他者"，其身份也一直得不到确认。蕾切尔等仿生人的先天身份是科学产物，他们从"出生"的那一刻起就陷入了如何与人共存的身份难题中。

罗森公司制造出越来越像人的机器，人类根本无法从外表或简单的对话去辨别仿生人，需以沃伊特·坎普夫移情测试作为判断依据。仿生人混迹在人类的生活中，很难被人察觉。仿生人波洛科夫伪装成华约的苏联警察，打入了人类内部；仿生人鲁芭·勒夫特在旧金山歌剧公司工作，充分展现了她完美动人的歌喉。他们不愿意做待在火星上的奴仆，这促使他们杀掉自己的主人逃到地球，人类与仿生人之间产生了激烈冲突。这个冲突的本源在于仿生人对自己身份的诉求。

里克和冷血杀手菲尔·雷施共同执行一次捕杀仿生人的任务，里克对菲尔倾诉自己陷入了困境："真正的活人和人形物品之间，还有什么区别……我与一个真人和一个仿生人在一起……而我对他们的感情却与应有的感情相反，与我的习惯感情相反，与职责要求的感情相反。"（迪克，2017，p. 145）在里克看来，他作为赏金猎人的职责要求绝对不能对仿生人有怜悯与同情之心。但这又是绝对的吗？这些仿生人拥有真人一样的外表、智慧与能力，能够很好地融入社会，本应该得到与人类相同的社会身份与地位，却一直被人类奴役。在小说中，这些仿生人被定义为具有交换价值的商品，作品中提到"按联合国法律，每个移民的人自动拥有一个仿生人……到一九九〇年的时候，仿生人的子类数量已经超出了人们的理解，就像一九六〇年代的美国汽车市场"（迪克，2017，p. 15）。仿生人甚至可以根据特定需要进行定制，他们的商品属性决定了他们总是被当作物品对待。

但在捕杀任务中，里克不再只是把仿生人当作聪明的人造商品，他对个别的仿生人产生了移情。在他眼中，鲁芭·勒夫特是那么生机勃勃，完全不像是一个模拟生命（迪克，2017，p. 143）。反倒是人类捕杀仿生人时所表现出的那种冷漠与绝情更像是没有感情的机器。正如学者凯瑟琳·海勒（N. Katherine Hayles）所言："如果甚至一个机器人都可以为别人流泪并且悼念逝去的战友，那么失去同情心的人类是多么的无情？"（海勒，2017，p. 214）人类与仿生人之间的差异模糊不清，引发了人类个体的自我认知危机。仿生人作为人类的"工具"或"帮手"是人类创造他们的初衷，然而此刻的仿生人已然成为人类的"镜像"。

里克被派去执行测试样本实验，在蕾切尔的测试结果出来之前，读者和里克一样都不知道蕾切尔实际上是一个仿生人，甚至蕾切尔自己也不知道。德国心理学家恩斯特·延齐（Ernst Jentsch）较早讨论了"人造人"所带来的心理影响。他在《恐惑心理学》（"Zur Psychologie des Unheimlichen"，1906）中，提到了文学虚构在塑造让人恐惑①的机器人时的独特优势："作者可通过叙事节奏等手段，不让读者马上弄清楚真相，以便让读者在疑惑中无法判断眼前的'人'是真人还是只是机器。"（转引自程林，江晖，2018，p. 36）在小说中，不论蕾切尔的未知身份，还是波洛科夫伪装成苏联警察的出场，都增加了小说的恐惑感。

西格蒙德·弗洛伊德（Sigmund Freud）也认同延齐关于蜡像、人偶或自动机械人等给人带来恐惑感的观点。在《论恐惑》（"The Uncanny"，1919）一文中，弗洛伊德强调恐惑感的关键在于既熟悉又陌生的不确定性

---

① 在《跌入"恐惑谷"的机器人——从延齐与森政弘的理论说起》一文中，作者程林和江晖认为"不管是德语中的'unheimlich'（直译为'非家的'），还是日语'不気味の谷'中的'不気味'，都并非主要表达一种强烈的、显在的心理冲击，而是某一事物或环境让人感到不祥、诡异、不安、莫名发怵、（微）瘆、暗恐或抵触的审美和心理现象，因此主张"将德语美学/心理学概念'unheimlich'和日语心理学现象'不気味の谷'分别翻译成'恐惑'和'恐惑谷'，而非'恐怖'和'恐怖谷'"（2018，p. 37）。

（弗洛伊德，2001，pp. 264－302）。小说里，不仅是仿生人给人类带来恐惑感，仿生人对自身也有难以克服的恐惑感。蕾切尔和普里斯是同一型号的仿生人，她们拥有相同的外表，看到对方就如同看到自己。但她们在小说中扮演着不同的角色，蕾切尔是作为罗森公司的财产而合法存在，普里斯则是非法逃到地球上的仿生人。蕾切尔第一次看到普里斯的画像时，对里克说道："我想你会被最后那一位吓个跟头……那最后一个见鬼的枢纽 6 型……跟我是同一型号的……你难道没注意到那个描述？那就是对我的描述。她也许会留一个不同的发型，穿不同的衣服——甚至买了顶假发……或者你会以为她就是我。"（迪克，2017，pp. 191－193）蕾切尔甚至开始害怕如果她同里克去捕杀普里斯，里克会因为分不清她们两个而在混乱中错杀了自己，而普里斯就会回到西雅图去顶替自己生活。蕾切尔对普里斯这种既熟悉又陌生的恐惑感，无疑强化了不明确的身份给仿生人带来的巨大困惑，"我们是机器，像瓶盖一样从流水线上生产出来。我的个性化存在，只是一种幻觉，我只是一种机型的代表"（迪克，2017，p. 194）。

正如"斯芬克斯之谜"蕴含着对人之定义的思考，仿生人也在寻找着"我是谁"这个问题的答案。仿生人也会做梦，他们也会像人类一样思考着生命的意义，会追寻自己想要的"人生"。比如，鲁芭·勒夫特有着对人类的崇拜，在她的眼中，她模仿的真人是一种更为高级的生命形式（迪克，2017，p. 135）。她对艺术的追求与向往一点都不比真人少，这使得她不惜杀死雇主，也要逃到地球。甚至里克也称赞道："她是个了不起的歌唱家。她本可以在地球上好好发挥专长的。"（迪克，2017，p. 138）但人类并未赋予仿生人与人类个体同样的生存权和社会身份。这也印证了人类在科学时代面对"他者"时的焦虑，即艾萨克·阿西莫夫（Isaac Asimov）所提出的"弗兰肯斯坦情结"（Frankenstein complex），意为人害怕自己创造出来的怪物/机器人最终会伤害人类自身。人类本是自然的造物，但又作为创造者造出了另类的生命，且人造的"怪物"比人类自身更加优秀，这让人们产生了极度的不安与恐慌。

同样作为人类创造的高智慧生命体，仿生人不像"怪物"弗兰肯斯坦那般面目可憎，但也正是仿生人与人类的高度相似，反而从另一个向度上加强了人类的恐惑，故而仿生人难以获得人类的认同与认可，加之仿生人对自身的恐惑，一并造成了仿生人的身份焦虑。这无疑是新时代仿生人版的"斯芬克斯之谜"。

二、人与仿生人身份界限的消解

西方哲学家、思想家及文学家对于"人是什么"这个问题的追寻从未停止。自古希腊时期以来，哲学家们大都强调理性之于人的重要性。不论十六七世纪的人文主义，还是 18 世纪的理性主义，都不断促使人们通过理性、科学的方法认识世界、认识自我（李小海，2012，pp. 194－195）。既然理性被认为是"人"所具有的特征，那么一个拥有和人类同样的智慧、各方面都很完美的机器，与自然延续基因形式而诞生出来的人有什么区别呢？"如果一个控制论的机器，在它自我调节的过程中，拥有足够的力量，并且变得十足的自觉和理性，是否应该允许它独立自主，成为一个独立的自我？"（海勒，2017，p. 114）我们究竟应该如何定义"人"？

在小说中，人们把移情和共情看作检验"真"人的试金石，从而将人的本质特征从理性转移到情感，而理性的仿生人则被否认具有生命的性质和地位（海勒，2017，p. 233）。在《牛津英语词典》中，"移情"一词的定义为"能够进入体验或理解我们自身之外的事物和感情的能力"，此词最早载于1912 年，是从德国美学词汇中引入的；通过移情，我们知道和感受别人知道和感受的东西（Wheale，1991，p. 299）。小说中，人们通过"共鸣箱"（empathy box）与默瑟融合，感受一种宗教式的共情。默瑟是一位老人，每当人们握住共鸣箱的手柄时，就会出现他攀登的身影。人们与默瑟一起攀登，体验默瑟的感受，在肉体和精神上与墨瑟融为一体，进而达到了所有人意识的融合。正如文中所述："每一个此刻握住了手柄的人，不管他在地球上还是在哪个殖民星球上，他体验到了所有人的思绪。"（迪克，2017，p. 21）而仿生人却永远不可能参与这种融合，"一个仿生人，不管智力上多么卓越，永远都理解不了默瑟主义追随者经常经历的那种融合感"（迪克，2017，p. 29）。小说中还有另一个类似的设定，即人类用来鉴别仿生人所用的沃伊特·坎普夫移情测试。这种测试是基于特定的测试题来观察测试对象的眼肌张缩及脸部毛细血管反应，从而判定被测试对象是否为真人。这些测试题几乎全部是关于动物的话题，例如，"你收到的生日礼物是个小牛皮钱包""壁炉上方有个鹿头，是头成年雄鹿，长着成熟的犄角。跟你在一起的朋友对房间的装饰赞叹不已，你们一致决定——"（迪克，2017，pp. 47－49）。如果被测者对测试题表现出强烈的共情，指标会有剧烈的反应；如果缺乏同理心，指标则静止不动。由此可见，对动物的共情能力成为重要指标，人们对真动物表现出了绝对的崇拜与珍惜。因为末世大战的影响，原本生活在地球上的动物陆续死去，现存的真动物成为稀有品种，价格昂贵，大部分人都买不起。人们都渴望养一只真动物，里克家里有一只与真羊无异的电子羊，他却始终想要一只真正的羊，甚至不惜花费重金。具有讽刺意味的是，人们渴望着非理性的、真实的动物，而排斥理性的、"虚假"的仿生人。人们一直在追求理性，可在理性的仿生人出现之后，却把价值标准转向了感性。这实际源自人们内心深处对"他者"身份的抗拒及对自身镜像的恐惑。

但是在小说中，主人公里克对此产生了质疑，试图打破传统的自我/他者二元对立关系。在追捕仿生人的过程中，他逐渐对仿生人产生了移情，而怀疑同为人类的赏金猎人菲尔是个仿生人。仿生人蕾切尔把自己比作蚂蚁，"壳质类的自动反应机械，没有真正的生命"；对此里克反驳道："法律上，你没有生命。但其实你有，生物学意义上的生命。你不是由半导体线路搭起来的，跟那些假动物不一样。你是一个有机的实体。"（迪克，2017，p. 199，p. 204）相反，里克在面对菲尔时却产生了厌恶的情感，指责菲尔只是喜欢杀戮，对待仿生人冷酷无情，更像是一个仿生人。甚至极具艺术天赋的仿生人鲁芭也对菲尔说："〔你〕并不比我更真，你也是仿生人。"（迪克，2017，p. 134）在小说出版四年之后，迪克发表了一篇题为《机器人和人类》（"The Android and the Human", 1972）的演讲，谈到了人类和他们自己的机械创造物之间日益模糊的界限。对迪克此论，吉尔·加尔万（Jill Galvan）如是总结："无论我们是无条件地接受它，还是反对它，科技在当权者的手中，不仅获得了它自己的生命，而且实质上是一种渗透到我们生活中的生命，以微妙而有意义的方式改变我们的性格。如果我们不知不觉地——或者更糟的是，漠然地——屈服于我们这个世界的极权机械化，我们自己就有可能变成机器人，沦为'仅供使用之人'——人便成了机器。"（Galvan，1997，p. 414）

在小说中，人们沉醉于共鸣箱带来的融合体验。里克的妻子伊兰得知里克买了一只真羊，就迫不及待地想要通过共鸣箱来与他人分享快乐，里克甚至还没来得及与妻子说完话，伊兰就已经抓住了两个手柄，沉浸到里面去了。里克知道"自己又要独自面对世界了"（迪克，2017，p. 180）。妻子热衷于以共鸣箱与他人分享快乐，却忽视了她身边最亲近之人的感受。甚至在他们的家里还有一台情绪调节器，可以把人调到任何需要的情绪。人类与自己内在的感情已然疏远，只能依赖情绪调节器这种设备。在小说的开头，里克和妻子就情绪调节器的问题展开一番争论，妻子想调到 481 号去体验绝望情绪，里克建议他们一起拨 104 号，共同体验之后里克便会将之重设成工作需要的状态。里克准备出发工作前，在妻子的终端前"拨了 594 号：永远对丈夫的无上智慧心悦诚服。在他自己的终端上，他拨了进取创新的工作态度"（迪克，2017，p. 6）。与情绪调节器相似，人们通过共鸣箱进行的宗教式活动也建立在机器之上，技术已经深深渗透人类的日常生活。人的欲望与情绪可以经由机器传输和共享，可以被机器规定和调节，这正说明了技术的理性与人类情感相互纠缠，成为人性无法剥离的一部分。

与此同时，作为理性产物的仿生人其实也拥有共情能力，多次表现出他们对周围事物的移情。蕾切尔把里克买的真羊推下楼，可能是出于对里克杀死自己同伴的报复，也可能是因为嫉妒里克对羊的爱要远远超过对自己的爱。但不管是哪一种理由，都表明蕾切尔不是一台冷漠的机器，她也可以是感性的。当鲁芭知道自己无力从两个赏金猎人手中逃脱的时候，她提出了最后的要求，希望得到蒙克《青春期》这幅画的复制品。"画中的女孩双手合一，坐在床沿上，一脸的困惑、惊奇、希望与敬畏。"（迪克，2017，p. 133）或许这幅画正代表了鲁芭内心的想法，她渴望体验这些复杂的情感，同时这幅画也映衬了此刻鲁芭不安和压抑的情绪。他们不是没有情感的机器，恰恰相反，他们甚至比人类都更富有共情力。正如海勒所言，迪克小说中的人类角色常常没有爱或同情的能力，相反，仿生人却富有同情心、性格叛逆、意志坚定、个性强烈；这种错位和混淆意味着什么呢？（海勒，2017，p. 216）在高科技时代背景下，不仅仅是生命与机器、主体与客体之间的边界正在瓦解，理性与感性的判断标准也逐渐崩溃。技术与人类的融合，逐渐改变和影响着生活，已然发展出了新的生命形式和环境。

在小说中，仿生人的身份问题，人与仿生人之间纠缠不清的关系，都使双方困惑不已。或许人类应该思考的一个问题是，当传统的人文主义、人类中心主义、"有机体作为基本的生命形式"这些默认公理，都被当代科技浪潮挑战，人类将何去何从？（王一平，2018，pp. 85—86）

三、走向后人类

《仿生人会梦见电子羊吗？》的故事背景设定在末世大战之后，空气中满是遮天蔽日的放射性微尘，危害着人类的身体健康，大部分人类已经迁移到火星上居住，地球上只剩下濒临灭绝的动物和少部分不能或不愿意迁徙的人类，整个地球似乎都笼罩着死亡的气息。这里到处都充斥着深深的孤寂感与灰蒙蒙的压抑感："这片无主的废墟，在末世大战之前曾有人精心照料维护……整座半岛曾是那样地生机勃勃，就像落满小鸟的大树，洋溢着叽叽喳喳的观点和抱怨。但现在，那些关心这个地方的人们，要么已经死了，要么已经移民到某个殖民星球去了。大部分都死了。"（迪克，2017，p. 14）对于人类来说，移民到火星上也许是不错的选择，因为他们能拥有一个仿生人来辅助生活。但是对于仿生人来说，无论在哪里都是孤独的，所以普里斯才会对特障人伊西多尔说："整个火星都孤独。比这里还孤独得多。"（迪克，2017，p. 152）小说中这些仿生人在火星上没有属于自己的社会身份，只是政府分配给人类的工具，而且只有四年的寿命。他们努力追寻着自己生命存在的价值与意义，甚至不惜一切代价也要逃到地球。但在地球上，这些仿生人的命运同样充满着悲剧色彩。他们要躲避赏金猎人的捕杀，被看作没有移情能力的人形机器，是杀害了自己主人的背叛者。

这些仿生人与人类始终处在二元对立的状态，始终被人类当作"他者"，不被人类接纳。倘若仿生人与人类拥有相同的身份，他们又是否会弃"恶"从"善"呢？仔细阅读小说，不难发现仿生人在面对"身世"时表现出的无奈与坦然。正如小说中写道："黑暗的火焰已经苍白，生命力渐渐离她而去，就跟他以前见过的许多仿生人一样。经典的听天由命。它们只会识时务地机械地接受即将到来的毁灭。"（迪克，2017，p. 207）仿生人作为科技时代的产物，或许本无善恶之分，是人赋予仿生人以工具性，制定他们的行为标准。仿生人自己并无选择的权利。

同样被排除在"正常"人类之外的"他者"，还有小说中的特障人伊西多尔。由于地球上的放射尘导致基因变异，伊西多尔被称为"鸡头"，被贴上了生理异类的标签。他根本没法通过最基本的智力测试，"每天顶着的蔑视目光有三个星球那样重"（迪克，2017，p. 18）。伊西多尔这种特障人被视为人类原始遗传基因的威胁，因此被人们孤立，只能独自生活。特障人与仿生人其实都是处在人类画定的界线之外而不被接纳的群体。

伊西多尔发现一只真正活着的蜘蛛，仿生人普里斯却对他说："蜘蛛不需要那么多腿。"另一个仿生人伊姆加德·贝蒂说："八条腿？四条腿为什么不能活？"（迪克，2017，p. 213）即便伊西多尔苦苦哀求，普里斯仍剪掉了蜘蛛的一条腿。当蜘蛛被剪得只剩下三条腿时，伊西多尔非常地恐慌与难过，推开普里斯捡起蜘蛛，来到水槽边放水把它淹了："在他心中，他的意识，他的希望，也被淹了，淹得跟蜘蛛一样快。"（迪克，2017，p. 219）笔者认为，蜘蛛其实正是仿生人的写照。人类因自大自私的人类中心主义以及对仿生人的恐惧，拒不赋予仿生人应有的身份，在人类眼中仿生人不需要很完美，只需要充当"机器工具"。换言之，人类惧怕面对与人类对等甚或超越人类的"他者"。人类对待仿生人正如同普里斯对待蜘蛛一般——不需要那么多腿，够用即可。仿生人的遭遇恰似小说中的蜘蛛，在被剪掉了三条腿之后，"蜘蛛在桌上凄惨地爬来爬去，试图找一条出路逃生，但怎么也找不到"（迪克，2017，p. 215）。这其实是仿生人和人类都无可逃避的共同困境。

最近十几年来，随着科学技术的发展，越来越智能的机器人逐渐走进人们的生活，改变着人们的生活方式和认知方式。而仿真人型机器人设计的出现，给人类带来了不安和恐惧。如前所述，其实一直以来在许多科幻作品中，机器人经常以人形机器人或者仿生人的形象出现，展现了人类与机器人之间的种种伦理问题。现实环境中科学技术的发展与科幻作品中所构想的机器人伦理问题相互影响。一方面，科幻作品中对机器人伦理问题的探讨，来源于对现实技术发展的观察、思考、推衍与想象；另一方面，科幻作品具有的前瞻性，也给现实环境中科学技术的设计应用带来了一定的启迪与警示。"Robot"一词最早出现于捷克作家卡雷尔·恰佩克（Karel Čapek）的剧作《罗素姆的万能机器人》（Rossum's Universal Robots，1920），词源为波兰语的"强迫工作"（Robota）和"工人"（Robotnik）（吕超，2015，p. 36）。从词源的意思来讲，机器人被视为"工人"，被"强迫工作"，在某种程度上具有了"工具性"。剧中的机器人被批量制造出来用于帮助人类劳动，却反过来最终消灭了人类。类似的情节在很多科幻作品中都能看到，这也正反映了人类在高科技语境下的焦虑：人制造出机器人来帮助人类，视机器人为工具；但人类又怕机器人过于强大，反过来伤害人类，从而造成失控的局面。阿西莫夫据此提出了"机器人三定律"，对机器人的行为进行了规范和约束，但定律本身是从人类中心主义视角出发的，机器人作为"创造物"被定位成"仆人"，地位上从属于人类，这也决定了机器人从"出生"起就处于难以被认可的境况之中。这种人类中心主义的设定实难真正解决人与人工智能生命的伦理困境。

随着控制论和人工智能的发展，人们逐渐意识到，想要维持自身界限愈发困难，技术已经渗透到日常生活中，人之为人的概念已然发生变化。人类与机器可以同处于一个系统之中，如"助听器之于聋哑人，声音合成器之于有语言障碍的人"（海勒，2017，p. 111）。小说中，人类的日常生活依赖于情绪调节器、共鸣箱等机器装置。技术完成了人类与机器的"拼接"，实现了有机生物与无机机器的结合，形成了新的生命形式。"在'赛博（格）宣言'（'A Cyborg Manifesto'，1985）中，唐娜·哈洛维（Donna Haraway）谈到了电子人［赛博格］打破传统物种分类界线的潜力。将控制论装置和生物组织融合在一起，电子人［赛博格］颠覆了人类与机器的区分。"（海勒，2017，

p. 112）显然，人类已然进入了"后人类时代"。

不同于偏重"硬科幻"的黄金时代科幻作家，迪克更感兴趣的是对现实和人类价值的哲学追问。《仿生人会梦见电子羊吗?》中，人类与仿生人的界限模糊不定，仿生人比人更像人，人却越来越像机器，两者共同陷入了伦理困境。这种境况展现了"技术社会的种种隔阂、疏离"（奥尔迪斯，温格罗夫，2011，p. 479），也展现了迪克对人类主体的质疑与担忧。与此同时，迪克提出了一种可能的解决方式：结尾处，主人公做出了妥协，选择去接纳电子生命的存在。当里克知道在荒漠中发现的蛤蟆是人工制造的电子机械物时，他说道："电子动物也有它们的生命，只不过那种生命是那样微弱。"（迪克，2017，p. 253）

结　语

《仿生人会梦见电子羊吗?》塑造了一个二元对立消解的世界。作品中主客体之间的界线游移不定，不论理性还是非理性都无法作为区分二者的有效标准。"有机"的生命体和"无机"的机械体共处一个系统之中，形成了水乳交融的共同体。这正是人类与"非"人类并存的后人类状况。在这样的后人类状况下，唯有抛却自大的人类中心主义，容纳异己，接受混杂，方可超越自身，走出困境。正如海勒所言："当人类对创造物——不管是生物的还是机械的——表现出容忍和关爱，与它们共享这个星球的时候，就会处于自己最佳的状态。"（海勒，2017，p. 256）

引用文献：

奥尔迪斯，布赖恩 & 温格罗夫，戴维（2011）. 亿万年大狂欢：西方科幻小说史（舒伟，孙法理，孙丹丁，译）. 合肥：安徽文艺出版社.

程林，江晖（2018）. 跌入"恐惑谷"的机器人——从延齐与森政弘的理论说起. 中国图书评论，7，35—43.

迪克，菲利普（2017）. 仿生人会梦见电子羊吗?（许东华，译）. 南京：译林出版社.

弗洛伊德，西格蒙德（2001）. 论文学与艺术（常宏，等译）. 北京：国际文化出版公司.

海勒，凯瑟琳（2017）. 我们何以成为后人类（刘宇清，译）. 北京：北京大学出版社.

李小海（2012）. 人的诞生与死亡——福柯的主体批评理论研究. 河南师范大学学报（哲学社会科学版），39（4），194—197.

吕超（2015）. 西方科幻小说中的机器人伦理. 外国文学研究，37（1），34—40.

王一平（2018）. 从"赛博格"与"人工智能"看科幻小说的"后人类"瞻望——以《他，她和它》为例. 外国文学评论，2，85—108.

Galvan, J. (1997). "Entering the Posthuman Collective in Philip K. Dick's *Do Androids Dream of Electric Sheep?* ". *Science Fiction Studies*, 24 (3), 413－429.

Wheale, N. (1991). "Recognising a 'Human-thing': Cyborgs, Robots and Replicants in Philip K. Dick's *Do Androids Dream of Electric Sheep?* and Ridley Scott's *Blade Runner*". *Critical Survey*, 3 (3), 297－304.

作者简介：

郭琳珂，北华大学外国语学院英语语言文学硕士研究生，研究方向为科幻文学。

郭伟，北华大学外国语学院副教授，主要研究领域为科幻文学、西方文学理论。

Author:

Guo Linke, M. A. candidate in English language and literature at College of Foreign Languages, Beihua University. Her research is focused on science fiction.

E-mail:815221052@qq.com

Guo Wei, associate professor at College of Foreign Languages, Beihua University. His research interests are science fiction and western literary theories.

E-mail:10thmuse@163.com

批评理论与实践 ● ● ● ● ●

对美国社会政治现实的批判：论科尔森·怀特黑德《第一区》隔离墙的多重隐喻意义①

陈爱华　李　越

摘要： 隔离墙是科尔森·怀特黑德的后启示录小说《第一区》中重要的叙事要素之一。它不仅在小说情节发展中起着重要的推动作用，还具有多重隐喻意义，是理解《第一区》主题思想的关键切入点之一。它喻指美国种族和阶层隔离、美国单边主义外交政策和二元对立思维模式。怀特黑德通过隔离墙这个重要隐喻影射了美国政治、社会文化和外交等领域中无处不在的显性和隐性"隔离墙"，对美国社会政治现实进行了深刻批判。小说结尾隔离墙倒塌的情节寄寓了怀特黑德希望实现跨越阶级、种族、文化藩篱的共同体的乌托邦愿景。

关键词：《第一区》　科尔森·怀特黑德　隔离墙　隐喻　社会政治现实

---

① 本文系国家社科基金一般项目"当代英美后启示录小说诗学研究"（项目批准号：17BWW084）科研成果。

Critique of American Sociopolitical Reality: On the Metaphorical Meanings of the Barricade in Colson Whitehead's *Zone One*

Chen Aihua, Li Yue

Abstract: The barricade in Colson Whitehead's *Zone One* is one of the important narrative elements. It not only plays an important role in propelling the plot, but also has multiple metaphorical meanings. As a vital metaphor, it is one of the key perspectives to reveal this novel's thematic concerns. It is a metaphor for America's racial and class segregation, its unilateral foreign policy and mode of binary thinking. Whitehead employs this overarching metaphor to allude to the explicit and implicit "barricade" in American politics, social culture and diplomacy, and makes a trenchant critique of American sociopolitical reality. The collapse of the barricade at the end of the novel conveys Whitehead's utopian wish for building a community without class, racial and cultural barriers.

Keywords: *Zone One*; Colson Whitehead; the barricade; metaphor; sociopolitical reality

《第一区》（*Zone One*，2011）是美国普利策奖获得者作家科尔森·怀特黑德（Colson Whitehead）的第五部小说，被誉为"21世纪最伟大的小说之一"（Hoberek，2012，p. 406）。该小说以其独特的叙事技巧和丰富的主题赢得了读者和评论者的青睐，荣登2011年《纽约时报》畅销书排行榜。小说的故事背景主要设置在美国纽约，一种致命的传染病将美国大部分居民变成了僵尸，只有少数人侥幸逃过此劫。小说中的僵尸主要分为两类：百分之九十的骷髅僵尸和百分之十的离群僵尸。前者是四处游荡的嗜血怪物，主要聚集在纽约的地铁、码头、街区主干道等，他们通过啃噬同类传播病毒；后者是被病毒感染后深陷过往生活不能自拔的僵尸，他们找到一个生前对他们有意义的地方并留在那里原地不动，几乎没有什么威胁性。名为"美国凤凰重生"的临时政府在纽约州的水牛城成立。政府将曼哈顿下城区（纽约市运河街以南的区域）选为关键的重建之地，将之命名为"第一区"，并组织海军和准军事部队大批量射杀和清理僵尸，开始重建工作。"第一区"用一堵混凝土墙将试图大量涌入的骷髅僵尸挡在门外。故事开始时，临时政府部队清除了该城区大部分的僵尸，剩下的僵尸由民兵负责处理。外号为马克·斯皮兹的主人公作为一名民兵被派往第一区执行清除僵尸的任务。小说以"第一区"隔离墙被僵尸围攻，政府军与之交战的三天时间的故事为主线，其中穿插马克对灾难前后情况的大量回忆。故事结尾，第一区隔离墙倒塌，骷髅僵尸如潮水般涌入该区。

不难看出，隔离墙在小说情节发展中起着重要的作用。有评论者将《第一区》放置于僵尸小说的类型传统中进行考察，通过分析该小说如何遵循传统僵尸类型题材叙事规范，对隔离墙的叙事和审美意义进行了详细论述（Swanson，2014），但并未论述隔离墙在小说中的多重隐喻意义。作为小说重要的隐喻，隔离墙影射了美国历史和当代社会政治现实。值得一提的是，"9·11"事件后美国的外交政策、伊拉克战争和奥巴马"后种族主义时代"都是怀特黑德构思和创作《第一区》一书的时代背景。如埃丽卡·索拉佐所言："这部小说的创作取材于美国'9·11'事件、金融危机和不断加速的中产阶层化等历史背景。"（Sollazzo，2017，p. 457）《第一区》虽然在情节设置上以未来灾难后的末日重建为蓝图，在叙事过程中却直指美国历史和社会政治现实。本文拟从孕育小说的社会文化背景出发，结合文本细读，论述怀特黑德如何通过隔离墙这个重要的隐喻对美国历史和当下政治现实进行深刻的批判，表达他希望实现跨越阶级、种族、文化藩篱的共同体的乌托邦愿景。

一、隔离墙作为美国种族和阶层隔离的隐喻

"第一区"的重建工作首先是建立混凝土墙阻隔试图大量涌入的僵尸。怀特黑德有意安排小说中的人物对隔离墙的意义和作用发表看法。中尉向清扫队员宣称道："那堵墙肯定能起作用。在这种混乱中，隔离墙是唯一的隐喻，最后最能靠得住的东西。排除混乱，恢复秩序……公寓门前有隔离门，整栋房子都被钉了起来。我们有更大的隔离墙：营地，定居地，甚至这座城市。我们不断努力地建更大的墙。"（Whitehead，2011，p. 121）① 中尉的观点代表的是官方的政治话语，隔离墙的意义是"排除混乱，恢复秩序"。然而，怀特黑德安排马克根据自身的生活体验对中尉所代表的官方政治话语进行了反

---

① 该小说引文均出自 *Zone One* 一书，译文为笔者自译，下文只标页码，不再另注。

思和讽刺性批驳："到达第一区后的几天里，他都在思忖中尉关于隔离墙的理论。是的，隔离墙是唯一强大到足以容纳我们信仰的器皿。不过，马克·斯皮兹想，还有个人之间的隔离。自从第一个人遇见第二个人。把别人拒之门外，把我们的疯狂关在里面，这样我们才能继续生活。我们一直都是这么做的。它是这个国家建立的基础。瘟疫只是让它变得显而易见，把它拼出来，以防你以前没听过，没有隔离，我们将怎样度过每一天。"（2011，p. 127）如马克所言，隔离是美国建立的基础，代表一种政治意识形态，带给人们的并不是中尉所声称的安全和秩序，而是疯狂和不理智。马克的这段哲思影射了美国种族和阶层隔离的历史以及持续至今的种族和阶层藩篱。虽然美国种族隔离制度已经结束六十多年，但隐形的种族和阶层隔离墙仍然存在。小说通过想象的后启示录世界为美国历史和当下社会存在的种族隔离和阶层分化问题提供了一个重要的隐喻。

随着大部分人类的消亡，小说中末日后的纽约看似没有困扰文明世界的种族、社会和宗教的刻板印象，幸存者的种族差异看似消弭，但种族主义的暗流依然强大，旧的观念仍在继续。如马克所言："当这个区域被清理干净，又会到下一个区域，一个接一个地被清除，旧的偏见还会复活吗？他们又重新挤在一起，紧紧地、令人窒息地压在一起，还是说那种仇恨、恐惧和嫉妒是不可能重现的？马克·斯皮兹认为，如果他们能带回书面文件，他们肯定能重新唤起偏见。"（p. 228）马克的这段思考影射了2008年奥巴马担任美国总统后的"后种族主义时代"种族平等的幻觉。种族主义在当今的美国并未成为过去式，隐性的制度性种族主义在政治、经济、教育、司法和宗教等领域中依然广泛存在。所谓的"种族中立"和"无视肤色"只是掩盖种族不平等的托词而已。怀特黑德笔下的末日世界的重建图景是对当下美国种族和阶层隔离现实的折射。

虽然临时政府通过各种手段宣传末日重建的希望和美好的未来，但事实证明，临时政府向幸存者灌输的是一种虚假的希望。在政府恢复秩序之后，曼哈顿将再次成为富人和权贵的天下。第一区是临时政府计划为中产阶层重新划分的城市区域。如马克的队友加里所言："你认为最终我们能住在这里吗？我们不是有特权的人。政府会让富人住在这里。还有政治家和职业运动员。那些烹饪节目里的厨师。"（p. 89）第一区的重建实际上是依赖于"清理"城市里的僵尸，而僵尸喻指低收入者，特别是来自社会底层的人。对马克而言，这些被他们清除的僵尸"是他的邻居，他每天见到的人，就像他在地铁里见到的一样"。马克的队友凯特琳也有类似的看法，这些僵尸是"意志薄弱的烟民、赖账的父亲、福利骗子、生育多个孩子的单身妈妈、咎由自取的信用卡负债人……这些社会底层的人"（p. 266）。他们是地位低下的边缘人物，是主流阶层眼中的"他者"，犹如怪物僵尸令人恐惧。

马克看清了临时政府宣传的虚假乐观主义本质和隐藏的权威等级体系，注意到"中产阶层化已经恢复"（p. 35），阶层和种族的隔离仍将继续。中产阶层化（Gentrification）是20世纪70年代出现在美国纽约和芝加哥等城市的下层社区高档化城市发展过程，其特征是随着大城市中心商业区的复兴，有钱的专业人士大量涌入中心商业区和周边的社区，"带动了需求的升高，使土地价值飙升；因此那些经济能力偏弱、少数族裔的老居民被迫离开"（贾德，2017，p. 368）。政府对僵尸的清除不免令人联想到20世纪70年代美国城区中产阶层化过程中被迫迁出的低收入者。尽管中产阶层化令城区商业环境和城市景观得到改善，但在中产阶层化区域内，不同阶级、种族在实质上仍然是相互隔离的。中产阶层化还令贫富阶层高度分化，造成了新的种族和阶层隔离。封闭社区是美国有权阶层进行种族阶层隔离的一种策略。小说另外一个特别值得关注的细节是，马克对末日重建人员的阶层隔离进行了讽刺性描述。当清洁工、中尉和队长们等参加末日重建工作的人员在纽约中国城驻扎进餐时，阶层的隔离自然显露："十个清扫队涌进巴克斯特街的饺子馆……所有的指挥官们都把唐人街的地盘据为己有，在那里举行简报会和战略会议。他们根据各自不同的胃口占据不同的地方。例如，萨莫斯将军占据的是波威里街的一座幽雅宽敞的点心店。"（pp. 35－36）马克的描述揭示了美国现实社会阶级分化严重的问题。

《第一区》的隔离墙是美国种族和阶层隔离的隐喻。美国凤凰政府向幸存者宣扬的美好未来是一种虚假希望，末日后第一区的重建思想仍是为了将不同群体隔离。中尉宣称带来"安全和秩序"的隔离区其实是富裕阶层的"封闭社区"。《第一区》通过隔离墙这个隐喻对美国中产阶层化的问题进行了反思，批判了美国现实社会中产阶层化给城市带来的贫富隔离加剧、多元文化社区消失和家园感缺失等问题。小说通过马克的独立思考对中尉所代表的官方话语和政治正确的伪善命题进行了讽刺和批判。

二、隔离墙作为美国单边主义外交政策的隐喻

在这部小说中，隔离墙也是美国单边主义外交政策的隐喻。隔离墙犹如二元对立结构中的斜线，代表的是二元对立思维模式。二元对立的政治修辞是美国在外交战略中为保证自己的经济利益和地缘政治利益而惯常采用的话

语模式。怀特黑德将他对"9·11"事件后美国所奉行的单边主义外交政策的批判有机地融入故事情节和主要人物的思考中。

在《第一区》灾难后的末日世界里，对于幸存的少数人类来说，他们共同的敌人是僵尸。马克讽刺性地指出，"现在只有一个共同的我们，在斥责着一个共同的他们"（p. 288）。"我们"和"他们"的对立（我们/他们）是美国外交政策常用的二元对立的叙事模式和话语传统，马克的思考明显影射了"9·11"事件后布什 2002 年国情咨文提出的"邪恶轴心"概念以及美国政府随之采取的相关外交政策。"美国政府通过二元对立的政治文化框架和政治用语框架，把自己与目标受众置于意识形态共识和文化共同体之中，使美国民众甚至其他各国民众认同其政治主张和政治行动。"（刘文科，2010，p. 176）。"共同的我们"所昭示的"团结"是排他性和非正义的，而"共同的他们"则揭示了美国在外交政策中为了自己的利益对他国进行的集体妖魔化。植根于美国政治历史的"他者"想象在"9·11"事件后再次复燃，主导了美国的外交策略。如安德鲁·霍贝雷克所言，"9·11"事件后，"传统的黑白二元关系部分地淹没在对穆斯林、恐怖分子、移民和其他人的仇外恐惧之中"（Hoberek，2012，p. 412）。马克对美国外交话语中的二元对立思维定势进行了批判，"我们从来没有见过其他人，却把他们想象成怪物"（p. 266）。在二元对立的话语空间中塑造美国形象是美国单边主义外交政策建构的策略，在排斥、否定和妖魔化"他者"的过程中，美国获得了自我认同。大卫·霍洛威尖锐地指出，被美国妖魔化的他者包括"政治层面、文化层面、国家层面的他者，无论在美国国内还是国外"（Holloway，2019，p. 10）。《第一区》中的僵尸喻指被美国妖魔化的"他者"。当中尉对清扫队员发表看法时，马克注意到"他的助手很习惯他老板的夸夸其谈和一套辞令。'我们在里面很安全。我们拥有现代化的便利设施，这些机器位于电源条的末端，与野蛮人隔离开来'"（p. 122）。中尉对隔离墙作用的进一步阐释影射了"9·11"事件后美国单边主义的复潮。"文明"与"野蛮"是美国"反恐"话语建构的二分体系。美国政府采取的对外政策是建立在二元对立叙事模式基础上的单极世界霸权模式。

《第一区》中的隔离墙也明显是对 2006 年开始修建的美墨边境隔离墙以及相关移民政策的指涉。"9·11"事件后，布什政府为了防止大量非法移民的涌入和减少恐怖主义的威胁，计划在美墨边境修建更多的隔离墙。尽管这项计划遭到美国和墨西哥民众以及环保人士的抗议，2006 年 10 月布什仍签署了修建美墨边境隔离墙的法案。隔离墙修建的目的是保障美国自己的利益和价值观，是美国例外论和霸权模式的体现。小说中潮水般涌入第一区的骷髅僵尸无不令人联想到在美墨边境翻越隔离墙或挖地洞进入美国的非法移民。看到大量的僵尸聚集在隔离墙周围，马克不禁感叹道："城市容纳了这些人——每个奋斗着的移民，不论他们的种族和身份是什么，无论他们口袋里有多少硬币。"（p. 303）怀特黑德通过主人公马克的联想肯定了来自各国的移民为美国的繁荣和发展做出的巨大贡献，批判了美国政府修建隔离墙的做法和相关反移民政策。

小说中的隔离墙折射出美国排斥外来移民和外国文化的孤立主义意识形态。学者莉丝·琼斯对外交意义上的隔离墙的作用进行了讽刺性的评论："我们生活在一个有边界和围墙的世界。除了位于美墨边境这个巨大而昂贵的屏障之外……从安全的角度来看，这些壁垒总是合理的——国家必须受到保护，不受潜伏在另一边的恐怖分子、贩毒集团、叛乱分子或自杀式爆炸者的袭击。"（Jones，2012，p. 70）怀特黑德运用隔离墙这个重要隐喻对美国外交政策进行历史性观照，烛照出美国由来已久的单边主义外交思想，揭示了其二元对立的思维定式，对美国单边主义外交政策裹挟反共同体和反移民等狭隘的理念进行了深刻分析和冷静思考。

三、隔离墙的倒塌：对二元对立思维模式的批判

《第一区》的结尾与理查德·马特森的《我是传奇》有异曲同工之处，在人与僵尸大战中，僵尸取胜，阻隔僵尸的隔离墙倒塌。作为后启示录类型小说，《第一区》有着该类型小说的诗学特征，"是一种前瞻性的想象，既是一种警告，也是一种乌托邦冲动"（Curtis，2010，p. 4）。尽管小说的末日世界是反乌托邦的图景，具有强烈的现实批判性，但怀特黑德精心设计了隔离墙的倒塌这一结局，对隔离墙所象征的二元对立思维模式进行了深刻批判，向读者展示了"黑暗中的希望"（Levitas，2003，p. 26），寄寓了他希望实现阶级、种族、文化跨越的共同体的乌托邦愿景。

怀特黑德不仅在小说结尾部分精心设计隔离墙的倒塌情节，还有意加入了哲理性的评论。他在最后一章开头如此描述隔离墙的倒塌："当这堵墙倒塌时，它倒塌得很快，仿佛它一直在等待这一时刻，仿佛它注定是为这一倒塌的瞬间而建。"（p. 276）他还借马克的思考指出了隔离墙的致命缺陷，对二元对立思维模式进行了抨击："像钉在窗框上的胶合板一样脆弱，这是隔离墙的基本形象。"（p. 305）隔离墙代表的是二元对立思维模式，犹如"西方/东方""自我/他者"等二元对立结构中的斜线，是人为的建构，其思想基础是

不堪一击的。马克的问句"隔离墙能撑到明天早上吗?"揭示了他对美国政治话语中二元对立思维模式的质疑和批驳。隔离墙的倒塌象征二元对立的坍塌和边界的消弭。

小说结尾，随着隔离墙的倒塌，城市变成了真正的"大熔炉"，僵尸啃噬幸存者，将他们同质化。当僵尸最后占领纽约运河街时，作者揭示了其喻指意义:"每一个种族、每一种肤色、每一种信仰都在聚集于此条大街上的僵尸中得到体现。就像以前一样，根据这个熔炉之城的神话……他们中有年轻的，也有年老的，有本地人，也有新来的。不管他们的肤色是深还是浅，不管他们信奉的神是什么名字，也不管他们不赞成什么，他们都曾以他们人类特有的渺小方式奋斗过、挣扎过和热爱过。"（p. 303）这些僵尸代表在城市挣扎求生的普通人。马克成为这个多元化群体的一员的唯一方法就是变成僵尸。如小说结尾所示，马克放弃跳到河里求生，相反，"他打开门，走进了僵尸的海洋"（p. 322）。隔离墙倒塌的结尾设计凸显了怀特黑德希望建立相互依存和互惠互利的人类共同体空间的乌托邦构想和憧憬。

结 语

虽然《第一区》是一部僵尸题材的后启示录类型小说，但它超越以情节驱动为主的通俗僵尸小说类型，成为类似《1984》的政治讽喻性小说，对美国社会的诸多问题进行了敏锐的批判。"隔离墙"隐喻的运用赋予了作品独特的艺术风格，影射了美国国内政治、社会文化和外交各个领域中无处不在的显性和隐性隔离墙。小说中的隔离墙已超越字面意义，具有多重隐喻意义，折射出美国社会的特定文化形态和情感结构，深化了小说的主题思想，引发人们对美国历史、现状与未来的思考。怀特黑德通过末日想象测绘和反思当下的社会政治现实，对美国二元对立思维的霸权模式进行了批判和解构，对当代美国国内极端民族主义和种族主义思想抬头这一现象进行批判并提出了警示，寄托了他希望建立跨越阶级、种族、国界壁垒的共同体的乌托邦愿景。总之，"隔离墙"这个重要的隐喻是理解《第一区》主题思想的关键切入点之一。

引用文献:

贾德，R. (2017). 美国的城市政治（于杰，译）. 上海:上海社会科学出版社.

刘文科. (2010). 权力运作中的政治修辞——美国"反恐战争"（2001—2008）. 北京:人民出版社.

Curtis C. (2010) *Postapocalyptic Fiction and the Social Contract: "We'll Not Go Home Again"*. Maryland: Lexington Books.

Hoberek, A. (2012). Living with PASD. *Contemporary Literature*, 53 (2), 406—413.

Holloway, D. (2019). Mapping McCarthy in the Age of Neoconservatism, or the Politics of Affect in *The Road*. *The Cormac McCarthy Journal*, 17 (1), 4—26.

Jones, R. (2012). "Why Build a Border Wall?". *NACLA Report on the Americas*, 45 (3), 70—72.

Levitas, R. & L. Sargisson. (2003). "Utopia in Dark Times: Optimism/Pessimism and Utopia/Dystopia". In Baccolini R. & T. Moyland (Eds). *Dark Horizons: Science Fiction and the Dystopian Imagination*. New York: Routledge, 13—28.

Sollazzo, E. (2017). " 'The Dead City': Corporate Anxiety and the Post-Apocalyptic Vision in Colson Whitehead's *Zone One*". *Law & Literature*, 29 (3), 457—483.

Swanson, J. (2014). " 'The Only Metaphor Left': Colson Whitehead's *Zone One* and Zombie Narrative Form". *Genre: Forms of Discourse and Culture*, 47 (3), 379—405.

Whitehead, C. (2011). *Zone One*. New York: Anchor.

作者简介:

陈爱华,华中科技大学外国语学院教授,主要研究方向为当代英美后启示录小说。

李越,华中科技大学外国语学院硕士研究生。

Author:

Chen Aihua, professor of School of Foreign Languages, Huazhong University of Science and Technology. Her research focus is contemporary American literature, especially post-apocalyptic fiction.

E-mail: chenaihua@hust.edu.cn

Li Yue, M. A. candidate of School of Foreign Languages, Huazhong University of Science and Technology. Her research focus is contemporary American literature.

赛珍珠中国题材小说中的建筑书写

肖庆华　刘章彦

摘　要：文学与建筑有着天然的联系。文学作品中的建筑具有重要的文学功能，它们不仅确定了特定的文学基调，也参与了人物塑造，推动了叙事发展，升华了审美诉求与民族精神。1938 年诺贝尔文学奖获得者、美国著名女作家赛珍珠创作了一系列的中国题材小说，这些作品中包含大量的中国建筑的描写。其中，建筑构建了不同的空间：日常伦理的空间、消费时尚的空间和区隔性别的空间。这些空间不仅在塑造和传承中国传统伦理观念中扮演着重要的角色，也记录着时代的转换、断裂和沟通。文学文本与建筑文本的并置研究，可以实现文本意义阐释的开放性和多样性，为赛珍珠的研究提供一个新的维度。

关键词：赛珍珠　中国题材小说　建筑书写

On The Architectural Writing in Pearl S. Buck's Novels about China

Xiao Qinghua　Liu Zhangyan

Abstract: There is a natural connection between literature and architecture. Architecture in literary works has important literary functions. It not only sets a specific literary tone for the text, but also participates in shaping character, promoting the development of narrative, and sublimating the aesthetic appeal and national spirit. Pearl S. Buck, the famous American woman writer who won the Nobel Prize for literature in 1938, writes a series of novels about China, which contains a lot of descriptions of Chinese architectures. These architectures construct different spaces: a space for daily ethics, a space for fashion consumption, and a space for gender division. These spaces not only play an important role in shaping and inheriting Chinese traditional ethics, but also record the change, break, and connection of the times. The juxtaposition of literary texts and architectural texts can realize the openness and diversity of the interpretation of text meaning, thus providing a new dimension for the study of Pearl S. Buck.

Keywords: Pearl S. Buck; novels about China; architectural writing

前　言

在中国五千多年的漫长历史长河中，有太多的重要事件、思想光芒以及华夏民族精神探索的样式。其中，中国建筑无疑是一个值得述说和不断审视的重要样本。这个样本不仅记录着社会构架的肌理和变化的物质性经验模式，而且渗透着某一时段的伦理意识和世俗观念。每个时期的建筑风格，都是当时政治、经济、文化及美学思想的体现。正如梁思成在《中国建筑史》一书中所言："建筑是文化的记录，研究建筑史的人，要能敏锐地区别时代的艺术特点，能感到历史的步伐。……中国建筑即是延续了两千余年的一种工程技术，本身已造成一个艺术系统，许多建筑物便是我们文化的表现，艺术的大宗遗产。"（梁思成，2016，pp. 5-7）

建筑形式与社会文化之间这种互为逻辑的关联，即外部确定条件与内在思想的表现之间存在着某种对应的关系，不是个别现象。在一种特定社会文化变迁的影响下，包括文学在内的艺术亦会出现与传统相异的形式或表现手法。事实上，中国建筑与中国题材的小说有着天然的联系。建筑上的中国风格与小说中的中国建筑受同一思潮与审美观念的影响，体现了相同的审美诉求与时代精神。

较之于音乐、绘画、雕塑等艺术形式，中国建筑与中国文学存在着更大的相关性。在中国文学中，中国建筑作为主要的、不可或缺的元素而存在，具有不容忽视的重要性。因为文学与建筑都表现了人类的时空体验、审美感知，与人的情感、精神相关联。它们同样受特定历史时代、社会风尚、思想观念的影响，也同样接受艺术普遍规律的指导和约束，二者都是形式与内容的统一（刘怡，2011，pp. 8-9）。因此，中国建筑是中国小说的有机组成部分和显性标志，小说往往以建筑命名，譬如，美国著名女作家赛珍珠（Pearl

S. Buck）的《群芳亭》（*Pavilion of Woman*，1946），就将一座家庭庭院的名字作为小说的名字，因而建筑本身也取代人物成为作家和读者关注的焦点。小说中的建筑是小说家极具想象力的虚构之物，但与现实之中的中国建筑密切相关。

这些虚构的建筑将中国建筑本身承载的历史文化信息以极为夸张的方式表现出来，并通过改造、变形使之成为表征历史当下的有效工具。因此，文学作品中的建筑具有重要的文学功能，它们不仅确定了特定的文学基调，也参与了人物塑造，推动了叙事发展，升华了审美诉求与民族精神。中国题材的小说与中国建筑相互渗透、相互影响，进行了充分的互动。考察建筑文本与文学文本的相同性，剖析中国建筑的美学特征与中国小说的文本特征，挖掘其共性，从而实现小说与建筑在精神层面的对话，这一思路为我们研究赛珍珠中国题材小说提供了一个新视角。

赛珍珠是美国著名女作家，1938年诺贝尔文学奖获得者。她的小说均用英文写作，她在充满传奇色彩的81年的生命旅程中共创作107部作品，其中先后出版了76部以中国题材为主的小说（包括小说集）。赛珍珠还用戴维·巴恩斯（David Barnes）这一男性假名创作了5部美国本土题材的小说。除小说外，赛珍珠还发表了大量其他作品，包括评论、演讲、回忆录等，现结集成册的非小说作品达39部。此外，赛珍珠还创作了9部舞台剧本，2部电影剧本，但其作品中最引人瞩目的还是关于中国的小说。

赛珍珠创作的中国题材小说几乎都用英文写作而成。1970年联合国教科文组织的一份调查结果表明：赛珍珠的作品被译成145种不同的语言与方言出版，她是作品被译为外文最多的一位美国作家。诺贝尔文学奖的获奖作品中，只有《大地》（*The Good Earth*，1931）是外籍作家描写中国农民和中国社会生活的，这对于中国文学界有独特的价值。

赛珍珠的前半生经历了中国最动荡的时期，从义和团运动、辛亥革命、北伐战争到后来的抗日战争，她成为近代中国社会形成和发展的特殊见证人，也是中国近代文化风俗及其变化的一位重要观察者和记录者。1954年，赛珍珠的自传《我的几个世界》（*My Several Worlds*，1954）出版，显示了她对中国发自内心的挚爱。正因如此，她以异邦人的视角对中国传统文化的再描写和欣赏在中外文学界和学术界引起了特殊的关注和研究，尤其是20世纪80年代以来，中国学者对之从不同的角度加以解读。随着国内赛珍珠研究机构和纪念馆的建立，国内外的赛珍珠研究学术交流也有了更多的沟通和合作。但在众多研究中，跨学科的探讨还较少，从文学及建筑的角度展开的讨论更为鲜见。

在文化传统悠长的中国，家庭是全部伦理的基础，伦理观念的变迁突出表现在家庭形态和家庭关系等方面，因而考察承载这种家庭伦理观的物质形式——房屋建筑空间，就显得尤为重要。在赛珍珠的中国题材作品中，譬如《大地》《群芳亭》《东风·西风》（*East Wind：West Wind*，1930）和《龙子》（*Dragon Seed*，1942）等包含着大量对中国传统房屋建筑的描写，有些是大户人家的，有些是贫穷佃农的。无论简陋还是精致典雅，这些房屋作为家庭生活的物质外壳有着特殊意义，房屋建筑与家庭空间的复杂构成在微观层面上体现了社会秩序的等级层次、性别区隔及代际承接，进而将所有的居住者都纳入政治无意识的世界中。

建筑空间是一个不可忽视的丰富文本，它作为一种空间文本，交织着实际的和想象的建筑，体现着精英的和大众的见解，连接着一个社会架构的纹理和变化模式。房屋空间内的物质实践与经验的体系呼应着形而上的伦理教义，伦理教义又与世俗信念相互渗透。因此，建筑作为传统的一部分，发挥着中国社会空间的释义作用。赛珍珠的作品鲜有对帝王宫殿及官方建筑的描写，更多的是对民宅的关注和书写。因此，她对建筑的描写没有夸张和华丽，而多的是平静和隐忍，并将自己对中华文化的感受和观点，静静地渗透于建筑细节的描写之中。这种与众不同的写作方式，来自她自身的生活体验，更来自她对中国文化的敬意和热爱。

在赛珍珠的中国题材作品中，文本中的建筑传达着不同的道德信息：房屋是中国日常伦理凝聚的地方，也是家庭关系冲突的容器；房屋中的庭院和园林不仅是时尚与消费的空间，也是社会阶层及身份流动的通道；家居空间不仅区隔了性别差异，也是女性施展才华的舞台。本文通过对作品中晚清房屋组成的建筑文本的研究，探讨房屋空间在塑造和传承中国传统伦理观念中扮演的角色，试图发现它所记录的转换、断裂和沟通。本文将文学文本与建筑文本并置研究，以实现文本意义阐释的开放性和多样性，进而为赛珍珠研究提供一个新的维度。

一、房屋：一个日常伦理的空间

作为家庭生活的物质外壳，房屋是复杂的家庭空间的体现，是一个日常伦理的空间，是一种儒学价值观的物质化。在儒学的正统观念中，区域之分隔是社会秩序的基石。人们对于儒家基本伦理五伦中的三伦——父子、夫妇、兄弟关系都在家院构成的空间中反复习得并且内化。治理国家和治理家庭的伦理规范与原则是一致的。家庭住房不是一个私人性世界，更不是逃避国家的庇护所，而是国家的微缩空间。房屋庇护的是一个家族系统，将生者和死者都纳入父系血缘关系的复杂网络之中，忠诚、尊敬和服从是其强调的中心。

家庭人伦等级明确地寓于房屋空间的分配之中。长辈和上级有着不容置疑的权威，但也有以仁慈、体谅和理解的职责，即使是最仁慈的家长也会在日常的家庭管理中感受到信任与强制之间的张力。然而，以"仁"为核心的儒家文化，又非常注重人与人之间的感情，所以在强调等级观念的同时，又表现出重关爱、重同情的一面，两者相辅相成，相得益彰。房屋，作为一个物质性的结构，具有两方面的功能，既是一套实施控制的具体界限，又是一个给予教育、关爱的空间。

《大地》的开头如此描述王龙的家："他（王龙）父亲的房间在堂屋的另一头，与他的房间对着""他匆匆走到堂屋……他走进倚着住屋的一间耳房，这是他们的厨房""厨房和住房一样用土坯盖成——土坯是用从他们自己田里挖的土做成的，房顶上盖着自家生产的麦秸。他祖父年轻时用自己田里的泥土垒了一个灶，由于多年做饭使用，现在已烧得又硬又黑。在这个灶的上面，放着一口又深又圆的铁锅"（赛珍珠，1998a，pp. 1—2）。在这里，即使是最穷的佃农家，也有着不同的分区。

另外，家也是婚礼的举行地，这与西方婚礼在教堂举行完全不同。在《大地》中，像王龙这样贫穷的农民，哪怕只办一桌简单的酒席，也要在他们家简陋的堂屋里进行。"出于礼貌，客人们为座次让来让去，等他们在堂屋里坐定之后，王龙走进厨房，叫女人上菜。那时他很高兴，因为她对他说：'最好我把碗递给你，你把它们放在桌上。我不愿在男人们跟前抛头露面。'"（赛珍珠，1998a，p.19）当孩子出生或老人去世，人们也会按照家族中的等级地位改变他们在家居空间中的位置。当一个大家族分家时，家族会再一次分配房间。建筑的楼层和屋顶的高度也有不同的意义。一般而言，高层是房屋尊贵的部分，在规划与设计上与底层有很大不同。

中国传统伦理思想深厚，世世代代相沿，伦理价值通过精神生活和物质生活的双重作用积淀到民族文化心理的深处，成为一种集体无意识。中国建筑就是这样一个文化空间，凸显了关于人的观念。房屋是一个与宇宙有关的、充满了能量的空间。中国的房子被设想成一个避开邪气的庇护所，一种有利于居住者的场所。传统的相关论述多以阴阳风水为主流，如："在中国有一种虚构的、想象中的建筑存在，它叠加于实际的建筑之上，是房主首要关心之所在，对风水师和木匠也是一样的。"（白馥兰，2006，p. 45）

　　赛珍珠作为传教士的女儿，受父母潜移默化的影响。父母开明的宗教态度，她在中国的所见所闻，以及从小受到的中国传统儒家思想的教育，使她对中国文化中的风水问题很感兴趣，这种兴趣体现在她对中国家庭建筑超自然空间的描写中。宇宙能量按照季节和星象周期而不断变换，所以，时间是一个必须考虑的因素：宅第既是空间中的也是时间中的居所，在某一天是不吉利的安排，在另一天却可能是吉利的。建房的地点由会看风水的人选择，埋葬家庭成员也需择日择地而行。《大地》中的阿兰和王龙的父亲死后，王龙就从城里请人按风俗将棺材封好，还请来了风水先生，让他挑个黄道吉日举行葬礼。葬礼那天，王龙还从道教寺院里请来了道士和僧人为这两个死者彻夜敲鼓念经。

　　一旦一个家庭建立了适合的祭祖祠堂，成员就能够遵行正确的日常礼仪，从而牢牢地置于一套正统信仰的网络之中，并以"礼"的方式规训身体。形式上它是一座家庙，以祖宗的牌位为仪式的中心，内核则是儒家伦理对家庭成员的训诫。《群芳亭》中的吴老爷在妻子四十岁生日后，开始到妓院寻欢作乐，却不敢将青楼女子带回家，因为他不能说服自己把一个青楼女子加入他的祖庙——他父亲的灵魂不会允许。

　　门沟通家庭和外面的世界，它首先是一个有形的开端，其次是一个布告板，尤其在新年临近时，人们在家门上贴红纸对联，上面写些吉祥的话。所以，修建房屋不再是一个用最适当的材料和样式提供一个住所这么简单的问题了。门将外面的世界隔开，门内，家成为一个法律单位，弥漫着父子有亲、夫妇有别、长幼有序等家庭意识。数代同堂成为家庭兴旺的表征，然后由家庭而汇聚为家族，再由家族组合成宗族，构成人际链条盘根错节的文化景观。在《大地》中，王龙结婚后很快有了儿子，形成三世同堂之家；父亲死后，王龙又有了孙子，依旧是三世同堂。

　　赛珍珠对中国式大家庭体制的欣赏和羡慕在不经意间流露于笔端。《母亲》（*The Mother*，1934）中的婆婆及年老的母亲和堂兄、《大地》中的王父及年老的王龙等不仅得到赡养，而且受到尊重。这些家庭尽管也有贫穷、灾难和坎坷，却充满了田园牧歌式的宁静和天伦之乐。虽然作品中的家庭经历过多次革命或解体，但根深蒂固的伦理观念很难在短期内消散，同时，这些伦理观念中也有超越时代的普遍价值，穿越时间障碍，获得永久的生命，这也是赛珍珠的独特视角和书写价值。

　　总之，赛珍珠从这些中国传统伦理中发现了中国之美——伦理的美、和谐的美，并通过建筑空间的描写去呈现和强化这样的美。尽管在社会转型期，这些伦理中有一部分可能被视为现代化进程的障碍而遭淘汰，但是赛珍珠认识到它的独特魅力。这种发现不仅体现了一个在中国长期生活的外籍女作家的视角和体验，还包含了一种西方人对中国人的态度和价值观认同。在赛珍珠的这类作品中，中国农夫勤劳勇敢的形象一改过去西方文学作品中刻板的华人形象。中国农民诚实、勤劳的高贵品质及他们凭借辛勤耕耘而成功致富的故事也让美国读者产生了共鸣，这些故事的内核——一个民族心理最深层的伦理观念自然也被欣然接受了。

二、庭院：一个消费时尚的空间

庭院在中国传统建筑中有着举足轻重的作用，是传统生活艺术的总体凝练。一般而言，庭院是物质载体（楼台亭阁、花木泉石等）和精神载体（美学和哲学等）的总和。但从社会学的角度来看，庭院也是士人社交的场所。庭院主人借由其中的建筑布局、字画文物的收藏等，彰显自己的文化身份。庭院成为证明主人社会地位和经济能力的媒介。所以自晚明以来，不少文人开始关注园林建筑所体现出来的商业性、消费性和时尚性。例如，明代画家计成在《园冶》中探讨园林"空间使用者"的感官需求，即在讲求"顺乎天然"之外，也强调要"应乎人性"。当中国文人开始思考建立群体身份认同时，园林不仅是他们安顿身心的处所，建立彼此社会关系的场域，也成为他们建立象征所属群体的文化符码的空间（康格温，2018，pp. 270−271）。

传统是一个不断流变的过程，明清时期以消费文化为特征的艺术在建筑方面引人注目，它集中地反映在明清叠山建园的造园艺术上。建筑风格所包含的文化格调在音乐、绘画和文学中获得了延伸和隐含的意义。庭院是人际网络交换的场域，更是其主人品位、地位展演的舞台。《群芳亭》这部小说的名字就来源于吴家大院的一座院庭。群芳亭是该大院主人及其他六十多人日常活动的露天凉亭。吴家庭院在炫耀性和可观性增强的同时，仍然保持着儒家文化耕读自养的传统，兼具观赏性和生产性。在吴家追求庭院的风雅、精致过程中，文人耕读传统的自给经济功能依然可见，而生产价值只是庭院情趣附带的效益。

在一些地方志的记载中，文人们为了展示自己的雅致，在庭院中以强调功名、书香门第的文化传承以及文会宴的闲赏活动，建立起群体身份认同的途径。因此，园林中书房尤其重要。书房或是一间屋子，或是一座单独的建筑，一般位于大厅后，这里是更加私人性的区域。理想的书房，窗外便是一个花园。沉思自然、观看草木以及聆听风穿过竹子的飒飒之声，带来了心灵的安宁和文学创作的灵感。书房是士大夫地位的象征，也是教养和优雅男性气质的象征。《群芳亭》中的吴家书房就是这样一个地方，书桌及椅子都是用红木做的，"书房的墙壁用石灰水刷过，时间一长，微微泛黄。屋顶的横梁没有封闭在天花板里面。门窗桌椅结实平滑，是用简单光洁的木料做的，外面涂了深色的宁波桐油。这种油漆经过几代人都不会变。地上铺着大块大块的青砖，年代已久，床跟前和书斋门口处都隐了下去"（赛珍珠，1998b，p. 39）。

晚明开始，士人就喜欢在庭院里修塘观鱼，尤其喜欢蓄养名鱼，特别是金鱼。这种风尚得益于人们喜游的风气，无论是上层社会的士大夫抑或是平民百姓。同时，这也是商品经济发达、货物运输发展以及地区间相互交流增多的结果。庭院中的水池和鱼塘不仅使庭院的格局多元美观，也增加了庭院的游玩功能。有数百年历史的吴府曾有二十代人住在这里、死在这里。吴府庭院成为家族成员调剂生活、修身养性的一个好去处，"老太太停下来观看庭院里的变化。她一只手靠在丫鬟胳膊上，另一只手拄了一根龙头拐杖。太阳照射在原来阴暗的庭院，院子中间水塘里的鱼儿因为阳光刺眼，都钻到泥里去了，水里面空空的。但是有一对蜻蜓在睡莲上飞舞，沐浴着新鲜的阳光"（赛珍珠，1998b，p. 40）。

另外，庭院居室中所藏的山水画满足了士人玩赏书画的精神需要，更是强调日常生活哲学思想的一种有效媒介。庭院中有山水画，画中有山水，观者心中也有山水。这样的山水画，往往为不能游历其间者提供神游的寄托。这里，一座庭院不再是"物"的存在，而是"文"的象征。当然，这种确立和维系文人身份与生活方式的消费空间，常常受到商人及庶人的挑战。当士人处心积虑建立一种代表身份、群体的文化品位时，商人及庶人紧随其后。商人及庶人不断地模仿，使得士人不停地在消费模式和行为上创新，这就构成了士商阶层的文化流动和沟通。

《大地》中的王龙虽是农民出身，富足之后也大兴土木，建庭院修池塘。"他（王龙）把雇工叫来，吩咐他们正在堂屋后面，另外再造一个院子。新院子是一个有三面房的庭院……他还买来一张新方桌和两把雕花的椅子，椅子摆在桌子的两边。桌子后面则挂起了两幅山水画。……他想到，在庭院中应该建一个小水池。他叫来一个雇工，挖了一个三尺见方的水池，四边用砖砌好。王龙到城里买了五条漂亮的小金鱼放到里面。"（赛珍珠，1998a，pp. 154－155）房屋里的庭院是展示经济成功与品位修养的舞台，是社会身份的标识。

在这不期而至的消费和时尚竞赛中，来自商人及平民在生活方式上的模仿行为也给士人带来了焦虑。在这一压力下，他们意识到：让自己的庭院与其他庭院区别开来最有力的方式就是强调庭院主人的知识和文化背景。士人庭院中书香与知识的传承是商人及庶人庭院所缺乏的。吴府园林居住过二十代主人，整个家族数百年来为维系其社会地位所做的努力不言而喻。但无论如何，庭院的建造提供了一个社会阶层流动的通道。这里，园林不再仅有审美观赏的作用，还兼具社会身份生产的功能。庭院主人只有同时具有经济实力与审美品位，才能维持这样的社会地位和身份。

三、家居：一个区隔性别的空间

在中国，房屋还发挥着一个关键作用，就是用空间标示家庭内的差别，包括对女性的隔离。居于其间的人不仅学习家庭生活，而且学习他/她在社会中的位置，包括性别与社会等级之间的差异。因此，要理解中国的性别关系是如何被构建的，我们便不能只理解限制妇女身体活动的物理界限，还得考虑妇女不得不跨越的社会的、道德的界限。

在中国，男性与女性和家居空间有着不同的关联，相应地也有着关于认同与私人关系的不同体验。一个男性在同一院内出生、成长、死去，周围是相同的男性亲族，他从不会离开父母和从小长大的家，从懂事起他就知道自己属于哪个家族，拥有哪种前途。他的房屋是他生活的家，他能随时在院落外活动。他生活在一种共同分享祖产的社区中。而一个女性则似乎在虚构的空间里长大，出嫁时不得不离开出生的家，离开她所热爱和依赖的母亲、姐妹，住到一个陌生人家，和一群原本不认识的女性亲族生活在一起。

传统意义上，建造房屋是男性的事，是砖瓦匠和木匠的工作。女性虽然不是用砖和泥来建造她们的房屋，但她们在家庭空间的建筑上与男性伙伴一样扮演了积极的角色，也即房屋文化空间的构建离不开女性的参与。一所房屋，在女性日常事务的参与下，才成为一个真正的家。在《大地》中，阿兰来到王龙家后，王龙家有了生机。阿兰成为家庭空间制造的实质参与者，阿兰的烹饪、纺织、抚养孩子及参与祭祀等活动，使得家名副其实。在这里，她和丈夫一起更新联结世系家族的社会纽带。

《群芳亭》中的女主人公吴夫人掌管着一个大家庭，原先为了家族牺牲自我，却顿悟于不惑之年，开始了自我的修身养性。当她的精神追求走上正轨时，家庭开始有了裂痕，家中没有她似乎无法运转。吴夫人意识到自己的责任，决心在为他人着想中寻找心智满足。她重新找到了在家中的位置，妥善解决了种种问题。这部 1946 年的小说后来在美国环球公司的资本支持下，由华裔制片人罗燕改编为《庭院里的女人》（*Pavolion of Women*，2001）。电影中，导演突出了江南水乡的地域特色及其深邃的文化底蕴。影片通过精美的视觉语言，重新解读了赛珍珠笔下的中国家庭文化，反映了个人主义和女性主义思想，展示了现代年轻人追求个性独立和个体自由的愿望。另外，电影对当今的妇女解放运动也有所思考，原著所描写的时代和改编电影的时代之间形成一种张力，不同时代的历史与文化在其间展开对话。

在陈旧的封建文化中，书房成为男性的一个绅士空间。在这里，他能从公共事务中隐退，安静地消磨时光，邀请亲密朋友，表达他个人的喜好。书房中的所有物品都被界定为男性的而非女性的，因为一般不允许女性到书房去，更不会允许她们阅读书房中的书籍。但在赛珍珠的作品中，精英女性获得进入书房的资格。

《群芳亭》中的吴夫人出身名门，祖父是省城里的总督，父亲是李鸿章的随员，而丈夫是地主兼资本家、当地首富；她本人则知书达礼，聪慧柔和。她公公在世时，她就获得了特许，可以在书房与公公交流。公公去世后，她更是可以独自享有书房并自由阅读。"随后，她很快地点了点头，便穿过房间，朝书斋走去。她的脚踩在门前雕空的石板上正合适。许多已经谢世的人在她以前踩在这块石板上也合脚。她感到一种一生从未有过的自由和勇气。没有一个人能看到她在干什么。这个时刻，她完全属于自己。好，她要去读以前不让读的书的时间到了。"（赛珍珠，1998b，p. 63）

在精英家庭中，女性的优越地位经常是与无形的品质——"文"的特性联系在一起的：自我控制力、道德纯洁度、为人处世之道。在家庭经济的管理中，她们的德行和智慧远比身体力行更重要。"吴太太既管家又管地。多年以后，吴老爷一年当中只是在年底以前查看一下账。但是吴太太对家庭开支的账的收成如何，对鸡蛋、蔬菜、燃料的行情，了解得一清二楚。有任何变化或灾害，负责土地的管家会向她报告。有时她和吴老爷商量解决，有时她不对他说，这样看她累不累。如果累，就自己解决。"（赛珍珠，1998b，p. 44）除此之外，吴太太在引领全家的精神生活、选择儿媳等一系列家庭重要事务上，都起着举足轻重的作用。

赛珍珠从女性视角发现了中国房屋建筑空间中的性别差异和功能，她崇尚中国传统家庭制度，认同中国传统家族伦理中的"家本位"和家庭伦理秩序，并在自我完善与为家庭尽责之间寻求和谐与统一，将之视为女性实现自我的理想之路（李青霜，2011，p. 49）。在赛珍珠的房屋性别空间书写中，不难发现她中西合璧的女性观，注重女性的家庭地位，既承认男性与女性的差异，又展示出各自遵守差别的必要性。2010 年 3 月，希拉里·斯波林（Hilary Spurling）的《埋骨：赛珍珠在中国生活》（*Burying the Bones：Pearl Buck's Life in China*，2010）在英国出版，该书在回顾赛珍珠前四十年的生活和创作时，呈现了一个女性主义作家的鲜明形象（姚君伟，2010，pp. 20－22）。

结　语

赛珍珠在作品中勾勒出了 20 世纪初中国农村家庭空间的演变，这些家庭空间文本既是男性的也是女性的，既是大众的也是精英的，日常生活的空间中渗入了伦理价值，展示了稳定传承传统的机制。衣食住行在传统文化中不仅仅是生存、享受的消费品，也是非文本的传统思想教本。正因如此，中国人日常生活的细节在中国文化中具有深刻的内涵，甚至成为一种具有象征意义的符号、潜在的价值观念，潜移默化地影响和塑造着民族文化心理。在这些作品中，房屋构成的空间不再是建筑，而成为一种文化传统。赛珍珠在文本世界中阐释着中国社会空间的伦理意义，房屋不再只是一个简单的住所，它对于中国传统的生产与再生产来说，对于支撑社会的层级和性别关系来说，与其他习俗一样重要。

毫无疑问，对赛珍珠作品中的建筑的解读，增加了文本分析的开放性和多元性，探讨了文学与建筑之间存在的张力。文本之间的相互渗透、相互引证，构成了具有无限潜力的文本网络。这种开放性使文本向各种阅读和解释敞开。将建筑与小说并置在相互交织的文本网络中予以考察，分析文学文本对建筑文本的吸收与改造、建筑文本对文学文本施以的影响，以及两种文本之间的共性与差异，表明随着互文性研究视野的展开，文本之间一成不变的历史关系被取代，作品中对话流动性的联系考察在增加。

综上所述，遵循中国的民情和传统文化特征，可以观照赛珍珠文学创作的意义。正如陈敬在《赛珍珠与中国——中西文化冲突与共融》中所写到的："长期在中国生活、谙晓汉语的赛珍珠有得天独厚的优势和条件，她对中国文化传播的突出特点和贡献是对民间中国的发现，是从观念文化向生活文化的推进。"（陈敬，2006，p. 87）这里，我们将她文本中的建筑看作表达与塑造中国传统文化和形态的物质力量，由此从房屋、庭院和家居三个方面，分析了建筑如何强有力地传播和塑造了中国的家庭伦理、消费及性别角色。与此同时，从文学文本中建筑空间的角度考察生活与社会的变迁，不仅为解读赛

珍珠闻名于世的中国书写增添了一种深层次途径，也为我们把握赛珍珠作品
的思想脉络提供了一条新的思路。

引用文献：

白馥兰（2006）. 技术与性别（江湄，等译）. 南京：江苏人民出版社.

陈敬（2006）. 赛珍珠与中国——中西文化冲突与共融. 天津：南开大学出版社.

康格温（2018）.《园冶》与时尚——明代文人的园林消费与文化活动. 桂林：广西大学出
  版社.

李青霜（2011）. 银幕上的赛珍珠. 当代外国文学，1，45—51.

梁思成（2016）. 中国建筑史. 北京：生活·读书·新知三联书店.

刘怡（2011）. 哥特建筑与英国哥特小说互文性研究. 成都：四川大学出版社.

赛珍珠（1998a）. 大地三部曲（王逢振，等译）. 桂林：漓江出版社.

赛珍珠（1998b）. 群芳亭（刘海平，等译）. 桂林：漓江出版社.

姚君伟（2010）. 为弃儿寻找归宿. 外国文学动态，6，20—22.

作者简介：

　　肖庆华，博士，西南财经大学经贸外语学院副教授，硕士生导师，主要研究方向为
英美文学、比较文学。

　　刘章彦，成都工业职业技术学院通识教育学院副教授，研究方向为英美文学。

Author:

　　Xiao Qinghua, Ph. D., associate professor at the School of Foreign Languages in
Economics and Trade, Southwestern University of Finance and Economics. Her academic
interests cover the fields of British and American literature, and comparative literary studies.

　　E-mail：xqh@swufe. edu. cn

　　Liu Zhangyan, associate professor at the School of General Education, Chengdu
Vocational &. Technical College of Industry. Her interest covers the field of British and
American literature.

　　E-mail：1303387961@qq.com

伍尔夫日记与自我塑造①

何亦可

摘　要：英国现代主义作家弗吉尼亚·伍尔夫除了小说写作，还创作了
大量的日记。伍尔夫日记是她人生的真实写照，见证了她从一
个稚嫩敏感的少女成长为一名现代主义作家的艰难历程。日记
自我书写的私密性让她可以充分表达自我，表现内心情感和思
想的变化。日记承担了伍尔夫认识自我、构建自我的功能。她
在日记中通过不断地反躬自省，确认自己历史的、连续的生命
本质，从而逐步建立自我意识，形成了主体多样性。伍尔夫日
记对她的精神疾病有十分显著的治疗功能，伍尔夫生前患有间
歇性精神躁郁症，有规律的日记写作可以平复和缓解精神上的
压力，进而有效地排除疾病和其他负面因素的干扰。同时她以
身体和疾病为自我书写的对象，来进行自我诊断和自我修复。

关键词：弗吉尼亚·伍尔夫　日记　自我塑造　自我书写

The Diary of Virginia Woolf and Self-fashioning

He Yike

Abstract: Virginia Woolf, English modernist writer, wrote a lot of diaries besides
novels. Woolf's diary is a true portrayal of her life, witnessing her
difficult journey from a young and sensitive girl to a modernist writer.
The privacy of her diary allows her to fully express herself and express
her inner feelings and thoughts. The diary bears the function of self-

① 本文为 2018 年教育部人文社会科学研究青年基金"弗吉尼亚·伍尔夫日记研究"（项目批准
号：18YJC752009）阶段性成果。

recognition and self-construction. In her diary, through constant introspection, she confirmed her historical and continuous nature of life, thus gradually establishing her self-consciousness and forming the diversity of subjects. Woolf's diary has a very significant therapeutic effect on her mental illness. Woolf suffered from intermittent bipolar disorder before she died. Regular diary writing can calm and relieve the mental pressure, and then effectively eliminate the interference of disease and other negative factors. At the same time, she took the body and disease as the object of self-writing to carry out self-diagnosis and self-repair.

Keywords: Virginia Woolf; diary; self-fashioning; self-writing

弗吉尼亚·伍尔夫（Virginia Woolf，1882－1941）是英国 20 世纪杰出的现代主义作家，著有 9 部长篇小说、45 部短篇小说、350 余篇散文以及 2100 多篇日记等。她不仅是一位成就卓著的意识流小说家，还是独树一帜的日记作家。自伍尔夫的日记、书信等私人资料于 20 世纪 50 年代陆续面世之后，日记才开始成为学者们研究伍尔夫及其小说的辅助材料，但日记本身的文学价值和研究意义仍然没有引起学者重视。日记是伍尔夫所有著作中"篇幅最长、涵盖面最广的作品"（Lounsberry，2014，p. 1），她很早就将日记视为严肃文学，毕生致力实践并改革这种文学形式。著名的文学评论家昆汀·贝尔在《伍尔夫日记》的序言中，将她的日记视为与其现代主义小说具有同等重要价值的杰作，认为日记是奠定她整个文学事业的基石。

日记是私人空间的自言自语，在这个私密的话语空间中，对于女性而言，男性的暂时缺席让她们拥有了话语权，也使女性的自我书写成为可能。日记中第一人称的叙述者使作者的经历具有真实感，女性的自我意识在这里得到显现，压抑已久的情感得以宣泄。在日记中进行自我书写意味着女性由"沉默"走向了"独白"，她们将独特的内心感受、自我强烈的生命意识、主体体验和心理的变化过程写在日记中，体现了女性自我生命的形态与意义。女性通过描写最熟悉、最易直接感受的身体经验，展示自身本真的存在，进行自我塑造。"自我塑造"（self-fashioning）是由新历史主义学家斯蒂芬·格林布拉特（Stephen Greenblatt）在其著作《文艺复兴时期的自我塑造：从莫尔到莎士比亚》（*Renaissance Self Fashioning：From More to Shakespeare*，1980）中提出的，他认为自我通过与社会的互动完成了自我塑造的过程。"自我是有关个人存在的感受，是个人借此向世界言说的独特方式，是个人欲望被加以约束的一种结构，是对个性形成与塑造发挥作用的因素。"（王岳川，1999，p. 162）自我是能够塑造成型的，自我意识的塑造过程是自我形成"内在造型力"的过程。日记对于伍尔夫而言，具有自我塑造的功能，日记参与伍尔夫自我意识的觉醒与表达，使她形成主体多样性。日记写作则帮助伍尔夫缓解精神压力、对抗精神疾病，从而有利于身心健康。日记的日常叙事看似枯燥乏味，但如果拉开一重重帷幔，我们就能发现其中所蕴藏的深刻意蕴。

一、日记：伍尔夫的自我真实写照

日记具有很强的私密性，叙事指向是内向而非外向，是进行自我书写最合适的文学体裁。随着时间的绵延，作者利用日记的持续性和碎片性来记录成长过程中的点点滴滴，同时在面对自己的心路历程中发现自我，进行主体建构。正如小说家乔伊斯·卡洛尔·欧茨（Joyce Carol Oates）在日记里所坦言："我书写，所以我存在"（Oates，1988，p. 332），即用文字来构建现在的自己。日记的时间性、私密性、日常性等自我书写的特点让伍尔夫可以记录下成长过程和内心情感，与自我对话，从而发现自我和建构自我。日记是伍尔夫的一面镜子和忠实伴侣，它承载了伍尔夫生命的整个历程，重现了她的生活、情感和思想的成长过程，记载了她的成功与失落、欢乐与痛苦。透过日记我们可以看出，伍尔夫如何从一个不谙世事的懵懂少女，在残酷的现实生活中经过不屈不挠的斗争，建构自我，逐渐认识到人生的意义和生命的本质，经过长期坚持不懈的努力，终于成长为一位女性作家。

就写作动机而言，日记是作者的自我倾诉。伍尔夫曾亲切地称自己的日记为贴身知己和终身伴侣，"是呼吸着的生命体"（Lounsberry，2018，p. 1）。伍尔夫的一生是孤独的，虽然有亲朋好友陪伴，但她父母的过早离世已在她心中埋下了孤独的种子。失去父母的关爱而过早独立的伍尔夫，在面对生活的压力和对未来人生道路的选择时，总有一种孤立无援的感觉。在独自忍受精神疾病的折磨时，在革新现代小说、探索新的写作手法时，在体会创作的艰辛时，在面对他人的质疑和批评时，她更加感到无助和寂寞。于是日记成了她排遣孤独和倾诉苦闷的途径，以及表达自己真情实感和缓解精神压力的理想之地。她把日记拟人化："你好！我亲爱的老姐妹。"（Woolf，1978，p. 24）1921 年 4 月她把日记叫作"空白面孔的老闺蜜"（Woolf，1978，p. 106），这说明她与日记已经形成了形影不离的亲密伙伴关系。在日记写作的早期阶段，伍尔夫一直认为日记只属于她个人并希望对他人保密，日记是她可以不受外界干扰的能够自由倾诉的空间。于是她将生活比作"深渊边的一条羊肠小道，我往下看，一阵眩晕，不知怎样才能走到尽头"（伍尔芙，1997，p. 23），会抱怨说："我在这就像普罗米修斯一样，被绑在大石块上，什么也不能干，只得听任各种焦虑、烦躁、怨恨与苦恼咬啮着我的心，没有片刻的安宁。"（伍尔芙，1997，p. 32）当她把这种无能、无助的感觉向这位"老姐妹"倾诉后，心情便能轻松许多。

伍尔夫会在日记中随感而发，焦虑、抑郁、失望、感伤等情绪经常会弥漫纸上，兴奋、欣喜、希望之情也会跃然笔端，日记是她本真状态的表露，是她一生的心路历程。后来她在 1937 年 2 月 14 日写给薇塔·萨克维尔·韦斯特的信中表达了对日记的喜爱和依赖之情："它是最隐秘的藏身之所，是生命中最甜美的声音，若没有它，生命将变得索然无味。……它的存在无比真实，它的缺点也变得十分可爱，因此失去它简直等于自己进了坟墓。"（Woolf，1980，p. 86）伍尔夫不仅把日记看成是折射自己内心世界的一面镜子，还认为它是认识自我的工具和缓解精神疾病的良药，因此她的日记具有自我建构和自我治疗的功能。

二、伍尔夫日记的主体建构功能

日记为作者提供一个单独面对自己、与自我对话的空间，它如同一面镜子，把作为认识主体的自我与生存状态的自我分开。"日记把行动的自我（the acting self）投射到可视的舞台——词语上，因此行动的自我（the acting self）可以受到观察的自我（the observing self）的考查、评论和整理"（韩加明，2005，p. 114）。通常作者在写作日记之初对自我的认识并不明朗清晰，而是在写作过程中不断进行自我审视和剖析，才可以逐渐认识到真实的自我，发现自我的价值所在。通过不断重读日记，她反观自己的人生，发现历史的、连续的生命本质，从而逐步建立了自我意识和主体性，日记发挥了她认识自我、构建自我的功能。18、19 世纪的女性日记只记录生活琐事而很少涉及自我，而 20 世纪现代女性的日记便开始彰显自我意识，伍尔夫的日记恰巧体现了一个现代女性的自我觉醒和自我建构的心路历程。纵观伍尔夫的日记，可以发现她自我意识的变化过程，与大多数男性日记作家早期暴露真性情、后期深沉内敛不同，伍尔夫日记中的自我意识由"无我之境"转向"有我之境"，从含蓄缄默到直抒胸臆，从早期日记弱化自我意识到后期主动表达自我，最后实现从单一到多元的自我身份建构。

　　相对男性而言，女性在进行自我叙事时面对的障碍和困难更多，因为自传中的自我主体一开始就是虚构的、饱受压抑和不可自由表达的。罗伯特·罗兰·史密斯（Robert Rowland Smith）认为父权社会下的语言文字无法让女性充分地表达自我，叙述自己的人生故事。女性始终处于失语的状态，无法发出真实的声音，也无法表露自己的情感。琳达·安德森在《自我的开始：女性与自传》中这样写道："女性形象在以往的公共领域里永远是缺席者，她是被动的、被忽视的或隐藏的，传统男权社会的观念认为女人的任务就是整理家务和相夫教子。如果现代女性试图用文字塑造自我，就必须打破对女性固有的偏见，重写自己的故事。在日记里，她同样要摘除社会给她的面具。"（Anderson，1986，p. 59）如果一位现代女性作家写日记或为自己写传记，那就意味着她要与过去的形象告别，与传统观念决裂来重建女性形象，这不仅需要智慧，更需要勇气。年轻时期的伍尔夫最初在日记里的自我主体同样是虚构的、饱受压抑和不可自由表达的。随着年龄的增长和阅历的增加，自我意识逐渐增强。她最终抛弃那个旧的自我，借助日记重新建构一个真实的自我。

　　1897 年 1 月 3 日，弗吉尼亚·斯蒂芬[①]在 15 岁生日前夕，避开身边的家人，独自坐在海德公园门大宅子[②]的一个僻静角落里，写下了她人生中的第一篇日记，这成为她文学事业的起点，她从此开始了长达 40 多年的日记写作。弗吉尼亚在这篇日记里记载了自己第一次骑自行车的经历，她虚构了一个不存在的"简小姐"（Miss Jan）来指代自己。[③] 在这一年的日记中，"简小姐"成为弗吉尼亚的代言人，当她遇到难以启齿的事情，需要表达情感，或头脑中产生某些离经叛道的想法时，弗吉尼亚都借"简小姐"之口委婉地说出，"简小姐"成为她压抑的自我主体的表现。弗吉尼亚之所以这样做，一是担心自己的日记被别人发现，害怕内心的隐秘情感和想法被披露，但又无法抑制自己表达的欲望，因此制造了一个替身来保护自己；二是她的自我意识还未觉醒，最初在建构自我和与传统规范决裂的过程中，不得不采取隐蔽和迂回的办法。早期日记暗示了 19 世纪末到 20 世纪初，一个维多利亚传统女性自我成长的过程和内心的矛盾。弗吉尼亚为了适应父权社会所要求的淑女礼仪规范，不得不将一些隐秘的情感加以掩盖，将世俗的自我和真实的自我

---

　　① 伍尔夫婚前的闺名。

　　② 伍尔夫儿时的家。

　　③ 大概是因为英文中"Jan"是一月"January"的简称，而伍尔夫正好在一月份出生，因此日记里但凡出现虚构的"简小姐"便是暗指她自己。

分开。例如 1897 年 2 月，弗吉尼亚和姐姐斯特拉（Stella）及杰克·希尔斯（Jack Hills）① 一起到博格诺②旅游。在成行之初，弗吉尼亚虽然极不愿意参加，但出于礼貌和顺从，她不敢向他们吐露自己的真实想法，于是便利用简小姐之口发泄心中的不满，在日记里这样写道："简小姐说：'我是多么想待在家里，坐在我那把舒服的椅子里！'"（Woolf，1990，p. 32）弗吉尼亚把本应该是她的苦闷转移到这个虚构的"简小姐"身上，将自己抽离于真实感情之外，也许这是她当时认为表达自我最妥帖的处理方式。

尽管弗吉尼亚将第一个日记本上了锁并藏在最为隐秘的地方，她仍不敢在日记中自由地表达自我，可见维多利亚时期社会和家庭对女性的管束之严苛。这种隐讳表达自我的做法令弗吉尼亚很不适应，更加深了她对父权社会的不满；而且"简小姐"这个名称的使用虽然能保护弗吉尼亚的隐私，但导致日记里出现了"写作者的我""被写的我"和"简小姐"，三个自我之间的矛盾反而让自我分裂更加明显。最终，弗吉尼亚只好放弃简小姐，也不用第一人称"我"。在一段时间里，日记里主语"我"的缺失让读者感到困惑，例如："很晚才起床——大概十点吧——和父亲一起读了会书——然后开始读心爱的洛克哈特——读了整个上午。"（Woolf，1990，p. 25）主语的缺失使这段文字中的主体变得模糊不清。

弗吉尼亚在早期日记中的失语更体现了她无法表达自我的无奈。1897年，心情低落的她在 11 月 29 日到 12 月 31 日之间甚至放弃了日记的写作。对语言、文字和写作感到无能为力，意味着她无法表达自我；无法说出"我"，意味着丧失自我认识的能力，更遑论自我的建构了。在此之后弗吉尼亚沉默了一年，1898 年她没有写过一篇日记。

下一卷日记开始于 1899 年 8 月，弗吉尼亚去掉了以前那层遮遮掩掩的面纱，开始采用第一人称来写日记。从此以后"简小姐"彻底消失了，她试图在日记里塑造一个坚定勇敢的形象，她的自我意识逐渐增强。该年的旅行日记说明弗吉尼亚不仅通过旅行丰富了阅历，增长了知识，更重要的是她不再将自己拘束在琐碎家务的叙事中，开始对外部事件和人物产生浓厚的兴趣，有意识地培养和锻炼自己分析问题和观察事物的能力。日记见证了她充实的生活和愉快紧张的工作，开始呈现出一个完整的"被写的我"。例如她在

---

① 斯特拉是弗吉尼亚同母异父的姐姐，母亲去世后，斯特拉照料她的生活，杰克·希尔斯是斯特拉的未婚夫。

② 博格诺（Bognor）是英国西萨塞克斯郡阿朗的一个民政教区和海边度假地，处于英格兰南岸。

1905 年 3 月 18 日的日记中这样写道：

> 上午的时光总是慵懒无比，我写完一篇评论文章后，脑袋有点昏沉沉的，所以就没有继续写，而是拿起一本小说读起来，看完后我还要给《泰晤士报》写评论。不过这种小说不会耗费我过多的精力，除非是亨利·詹姆斯的小说。中午我找姑姑米娜一起吃午饭。下午我拜访了玛尔丽丝，她们一家人都非常友好，我们一起到金士顿花园散步。当时的场景让我回忆起过往的时光，然后我们一起吃了晚饭。(Woolf，1990，p. 253)

从这段日记中可以发现，弗吉尼亚的生活充实紧张，有条不紊，她的自我意识逐渐凸显，原来那个敏感焦虑的少女开始在日记中发出自己的声音，表达自己真实的内心感受："我厌恶那些对我作品的评论；都是垃圾，我从来不会把它们当真的。"(Woolf，1990，p. 232) 弗吉尼亚能够直抒胸臆，打消各种妨碍自己独立思考和写作的顾虑。当她的作品得到外界评论者的夸赞时，她就会感到心情舒畅，甚至有点沾沾自喜；受到批评或指责时，便情绪低落，甚至抱怨或愤愤不平。但经过时间的推移和磨砺，弗吉尼亚慢慢学会了平心静气地对待外界的评论，并且逐渐开始在日记中进行自我反省，日记写作成为她历练自己和构建自我不可或缺的重要见证者和监督者。自此，弗吉尼亚能够在日记中坦然面对自我，不再像之前那样掩饰自己的情感和想法，日记见证了她自我意识的形成和增强，促进了其自我的认知和塑造。

后结构主义文学批评家凯瑟琳·贝尔西（Catherine Belsey）在其著作《批评实践》中指出，拉康式主体是"多个主体的合体，这些主体之间可以不一致，甚至彼此矛盾"(Belsey，1990，p. 61)。而日记是伍尔夫拉康式主体多元发展的真实写照，1905 年 5 月伍尔夫这样评价日记："日记像是面镜子，映照出我这 6 个月的生活风貌，应该能够打动人的吧。"(Woolf，1990，p. 273) 伍尔夫视这些日记为自我的一面面镜子，将"被写的我"与"写作者的我"进行分离，能够更直观地发现自我的多面性。在日记中完成自我意识的觉醒之后，伍尔夫在自我构建的过程中进一步认识到自我的多样性。

自我意识成熟之后的伍尔夫意识到人的多变性、复杂性和开放性，1935 年她写道："最有意思的就属面对不同的自我，有的自我享受外部世界，有的自我探索内心世界，是的，我的确享受。但拥有这么多自我真奇怪——太神奇了！"(Woolf，1978，p. 329) 日记中的主体"我"不再是固定不变的，而始终处于流动的状态。她继续写道："我们是由一块块各种图案的碎片拼凑起来的镶嵌图像，从不同角度看去，呈现不同的面貌。"(Woolf，1978，p. 314)

因此她认为自我主体的构建永远不会结束，总有某些部分是缺失的。但伍尔夫关注的不是其完整性，而是多样性，她认为互补和矛盾构建了一个人真实的主体。她在日记中接着写道："我看到了四维？一切都是建构起来的，人类生活更加丰富多元：我的意思是：我和非我；外界和内在——我太累了说不出来，但我能看到。"（Woolf，1978，p. 353）伍尔夫认为人的个性都是立体多面的，他们在不同的时刻、不同的场合和不同的人面前的表现并不尽相同。在小说里，伍尔夫让所有的人物都享有性格多样性的自由。而在日记里，她同样给予自己这样的自由。

通过对伍尔夫日记的剖析，我们可以清晰地认识到一个真实鲜活的弗吉尼亚·伍尔夫，了解到她如何从一个天真懵懂的少女，经历各种磨难，终于成长为一个有独立人格、有理想、有追求的成功作家。日记见证并帮助伍尔夫建构自我意识，使她敢于在日记中发出自己的声音，最后实现自我的多样性。伍尔夫的日记虽然着眼于"我"，终极目标却是指向大写的"人"，充分表现出她对生命整体的热爱和尊重。

三、伍尔夫日记的自我治疗功能

伍尔夫患有间歇性精神躁郁症，发病前会出现疲惫失眠、心情郁闷、烦躁不安、消沉绝望的状态；发病时会交替出现躁狂和抑郁两种状态，失去理智，时而抑郁绝望，沉默不语，拒绝进食，矢口否认自己有病，时而会出现极度亢奋和暴躁情绪，口若悬河。在最严重时会语无伦次，甚至出现幻觉或自残行为。昆汀·贝尔指出，伍尔夫的"生活从一开始就受到了疯病、死亡和灾难的恐吓"（贝尔，2005，p. 38），而且这个病魔如影随形地伴随和折磨了伍尔夫的一生。马克·斯皮尔卡（Mark Spilka）认为："伍尔夫精神失常的根源在于自幼接连失去多位亲人的打击给她造成了难以弥合的心理创伤，这使她深感生命的脆弱与短暂，因而试图在断裂的瞬间中发现和把握永恒。"（王家湘，1999，p. 62）

根据心理学理论，精神抑郁是心理负能量长期淤积的结果，这本身就是一种致病的过程。要治愈精神抑郁就必须及时释放淤积在心里的负能量，精神压力才能得到缓解和消融，身心才能恢复健康。文学、艺术等精神创造活动是心理负能量释放的重要途径，而利用日记倾诉内心就是最好最直接的方式。这犹如处于痛苦中的人向好友倾诉自己的不幸，倾吐之后心里的负能量得以释放会感到轻松一样。如伍尔夫自己所言："精神分析学家要是能够研究写日记的问题就好了。因为生活中有的事情本来像天空那样清澈，如拂晓那般明白，却会变得神秘难测。"（伍尔夫，2001，p. 834）伍尔夫的日记正表明了她想要在内心深处和无意识中寻找到一种解决办法。日记的自我治疗功能主要体现在三个方面：疾病书写、自我诊断和自我修复。

伍尔夫自 1895 年到 1915 年期间共发生了三次严重的精神崩溃，之后到 1941 年自杀之前①没有再发作过较大的精神疾病，这与其日记的疾病书写和自我调节有很大的关系。伍尔夫在早期日记中否认自己患有精神疾病，并极力避免对疾病的描述，这种隐忍反而使她更加敏感多疑，加重了她的精神负担，更容易导致精神疾病复发。而她在后期日记里却大胆改变之前对待疾病的态度，经常描写身体病痛的折磨，因此这一时期发病的频率非常低。

伍尔夫早年发生的精神崩溃直接导致日记的多次中断，而当精神恢复正常状态后，她都规避了自己患病发狂的事实，甚至否定自己患有精神疾病。早年的伍尔夫无法用日记书写自我、疏解病痛，因此病情加重，精神状态时好时坏，如此恶性循环往复。伍尔夫之所以对自己的精神疾病讳莫如深，是因为精神疾病在当时，尤其是对于女性患者而言，是一种从生理到心理的全面否定。苏珊·桑塔格在论文集《疾病的隐喻》中提出，疾病不只是生理现象，更承载着文化与道德含义。桑塔格说："疾病是生命的阴面，是一种更麻烦的公民身份。"（桑塔格，2003，p. 5）患者从一种正常的公民身份转化为一种特殊的被轻视的病人，这意味着他无法像健康人一样承担家庭和社会责任，甚至被视为另类而无法融入社会。不健康的身体意味着个体的虚弱与死亡，疾病引发对恐惧的所有幻想。患者身份让个体产生羞耻感和自卑心理，而某些特殊的疾病尤其是精神疾病更被视为邪恶的化身，被世人视为异类。在父权社会文化的语境之下，女性的疾病更被妖魔化。年轻的伍尔夫深深地认识到这一点，因此即便在最私密的个人写作空间中，也从没有关于她精神疾病发作的具体描述，这说明她无法向外人甚至自己陈述患病的事实，也无法面对病人这一社会身份，不得不压抑真实的自我表达。

伍尔夫 1915 年之后的日记不再像青少年时期那样规避对疾病的描述，独立意识的增强和对传统的反叛使她有了面对现实和外部世界的勇气，"敢于直面患病的自我"（Sims，2007，p. 86）。伍尔夫主体日记中的身体书写体现了她自我意识的觉醒，因为疾病本身就是自我的组成部分。她把日记当作审视自我的一面镜子，身体的病痛成为写作的对象，被用来进行自我分析和自我

---

① 虽然伍尔夫在最后写给丈夫的绝笔信中，只说自己担心精神病爆发会给伦纳德的生活带来负担，但她自杀的真正原因绝非如此简单。长期的精神紧张、焦虑和第二次世界大战爆发给自己带来的痛苦和绝望，无疑是她决定自杀的重要原因。

治疗。伍尔夫在日记中能够描述自己的身体状况，这说明她已经能够接受病人这个特殊的社会身份，接受这个自我属性并通过身体书写挑战社会偏见。日记中伍尔夫对自己身体和精神状态的描写比比皆是："只是心中烦躁难忍，想乱写一气。只得听从各种焦虑、烦躁、怨恨和苦恼咬啮着我的心，没有片刻的安宁。"（伍尔芙，1997，p. 32）

日记作为一种实用性非常强的写作形式，记录作者每日的身体状况，分析病情，帮助作者通过写作有效地克服疾病的困扰，有效地控制负面情绪的滋长，并在此过程中实现自我恢复。日记成为作者一种自我分析和自我休整的手段，伍尔夫通过在日记中书写身体疾病进行自我分析和自我治疗。事实证明，利用这种方法医治精神上的不适确实效果显著，从而也批判了传统治疗方式对病人的残酷。伍尔夫早期在接受传统精神治疗时非常痛苦，她被迫与外界隔绝，禁止写作，只能卧床静养，完全失去了自由。这种强制性的暴力治疗手段容易夸大病症，丑化病人，引起他人的好奇甚至歧视嘲讽，使病人总是摆脱不掉精神失常、疯狂、抑郁和脆弱等标签。伍尔夫认为，这种近乎野蛮的治疗方式和对待病人的态度是非人性化的，所以她坚决反对在精神病院接受治疗。伍尔夫在日记中对病痛的书写无疑也是对父权专制的有力控诉，是女性作家对社会权威的反抗。

20 世纪上半叶，撰写个案病例和临床诊疗等治疗方法已经在众多精神分析师和医生之中得到推广，用来辅助完善医学知识和证明治疗方法的正确性。例如弗洛伊德为了实践自己的精神分析理论而撰写了《多拉：一个歇斯底里病例分析》（*Dora：An Analysis of A Case of Hysteria*）。弗洛伊德的精神分析学派还未在英国引起注意时，是伍尔夫经营的霍加斯出版社首先出版了他的部分书稿，才使得英国民众接触了弗洛伊德和他的理论。1939 年 1 月 29日，伍尔夫夫妇在弗洛伊德位于伦敦的寓所里与这位因逃避纳粹迫害而客居英国的精神分析学家见了面。伍尔夫事后回忆曾这样描述弗洛伊德："干瘪的糟老头儿，有一双像猴子一样发亮的眼睛，走路颤颤巍巍，说话口齿不清，但人很机敏。"（Woolf，1984，p. 202）那次会面中他们的话题主要是战争，弗洛伊德还献给了伍尔夫一支水仙花——此举似乎暗藏深意，因为水仙花（narcissus）正是自恋（narcissism）的象征。伍尔夫承认曾受到弗洛伊德精神分析心理学、潜意识研究和自我分析的影响，认为"普通人也可以运用精神分析理论"（Szasz，2006，p. 60），像医生写病历那样，把日记当作撰写个案分析与自我治疗的工具。

与之前不自觉地进行身体书写的功能不同，日记的治疗功能说明伍尔夫已经对疾病有了自觉认识，能够辨别病因。在日记中，伍尔夫把疾病症状作为分析对象进行个案研究。她在 1919 年 9 月 14 日的日记里写道："令人感到好奇的是，一个人可以毫无征兆地开始颤抖，症状又不明原因地消失。这不禁令人思索身体发抖的病因，在精神正常、耳聪目明的情况下出现这种症状，往往让人困惑和郁闷。当他开始分析病因时，却又回到原点。"（Woolf，1977，p. 298）伍尔夫在这则日记中提到自己身体颤抖的症状，日记里用的是他（one），而非伍尔夫本人"我"（I），这说明她开始将身体视为分析的客体和对象，其中包括身体机能的状态和大脑的运行情况，并且试图通过分析找到引起颤抖的根源。伍尔夫所患的是躁狂抑郁症，除了受到诱因刺激后会间歇性发作，还经常受到幻视和幻听的折磨，会看到逝去亲人的幻象，如自己的父亲和母亲，甚至会听到窗外花园里的小鸟用希腊语在唱歌，这使她陷入精神上极度痛苦和孤立无助的状态。1921 年，伍尔夫在日记里写道："我必须记下这次生病的症状，以便为下次复发时提供依据。现在已经度过剧痛时期，目前感到抑郁和麻木。"（Woolf，1978，p. 108）伍尔夫非常重视日记作为案例研究的实用性，这有助于她预知下次发病的情况。

在日记写作中，伍尔夫能够分析自己的疾病，查出病因并找到解决办法，使病情得以缓解或消失。在 1925 年的日记中，伍尔夫记录下她接受精神医生治疗时的身体和精神状态："极度抑郁：我不得不承认从 9 月 6 日起（这则日记写于 9 月 28 日）多次陷入抑郁的沼泽……很困惑的是我不知道这种情绪从何而来，我也无法解决。当然，我对此非常好奇，并且首次发现这么多年来，我将无所事事当成了生病。这是一次警告，我不能停止用脑。"（Woolf，1980，p. 111）伍尔夫在日记中描述自己的精神状态时发现了导致抑郁的原因之一：无所事事。当时伍尔夫所接受的治疗是停止任何的脑力活动，卧床静养并与外界隔绝。由于医生禁止她进行创作，伍尔夫无事可做且找不到倾诉的出口，因此陷入严重的抑郁状态。直到 28 日在记录病情时，她才发现了症结所在，意识到之前的治疗方案是错误的。"令我清醒的唯一办法是工作。……只要一停止工作，我就感觉到自己好像在下坠。"（伍尔芙，1997，p. 119）她认为克服抑郁的方法是从无所事事的状态之中摆脱出来，去思考、去写作。伍尔夫进一步认识到，只有保持大脑的正常运转才有可能恢复正常，写作是她战胜疾病的最有效的方法。

结　语

私密性是日记的普遍特征，可以让作者在一个相对安全的空间里倾诉自己的内心情感，而作为一名长期被精神疾病困扰的作家，日记写作的私密特征能够让伍尔夫自觉进行自我塑造、增强自我意识、形成多样的主体性，并通过书写疾病达到改善身体和精神状况的目的。弗吉尼亚·伍尔夫从少年时代起就历经不幸和磨难，饱受失去父母、亲人和朋友的痛苦。这些人生变故给伍尔夫带来极大的精神打击，严重影响了她的身心健康。但生性坚强的伍尔夫并没有被疾病和困难击倒，反而由此磨炼得更加坚强，敢于面对残酷的现实，不屈不挠地与疾病作斗争。伍尔夫的日记常常起到稳定情绪、缓解病痛的作用，帮助伍尔夫通过书写疾病、分析病症来进行自我治疗，具有他人日记中所没有的自我建构和自我治疗的功能。

引用文献：

贝尔，昆汀 (2005). 伍尔夫传（萧易，译). 南京：江苏教育出版社.

韩加明 (2005). 鲍斯威尔和他的《伦敦日记》. 欧美文学论丛，0，89－120.

桑塔格，苏珊 (2003). 疾病的隐喻（程巍，译). 上海：上海译文出版社.

王家湘 (1999). 二十世纪的吴尔夫评论. 外国文学，5，61－65.

王岳川 (1999). 后殖民主义与新历史主义文论. 济南：山东教育出版社.

伍尔芙，弗吉尼亚 (2001). 伍尔芙随笔全集 II（张学军，等译). 北京：中国社会科学出版社.

伍尔芙，弗吉尼亚 (1997). 伍尔芙日记选（戴红珍，宋炳辉，译). 天津：百花文艺出版社.

Anderson, Linda (1986). "At the Threshold of the Self: Women and Autobiography". In Moira Monteith (ed.), *Women's Writing: A Challenge to Theory*. New York: St. Martin's.

Belsey, Catherine (1980). *Critical Practice* $^{2\,ed}$. Terence Hawkes (ed.). New York: Routledge.

Lounsberry, Barbara (2014). *Becoming Virginia Woolf: Her Early Diaries and the Diaries She Read*. Gainesville: University Press of Florida.

Lounsberry, Barbara (2018). *Virginia Woolf, the War Without, the War Within: Her Final Diaries and the Diaries She Read*. Gainesville: University Press of Florida.

Oates, Joyce Carol (1988). *Selections from A Journal January 1985 — January 1988*. Daniel Halpern (ed.). New York: Antaeus.

Sims, Kimberly A. (2007). *Modernism's Nervous Genre: The Diaries of Woolf, James, and Sassoon*. Diss. University of Rhode Island.

Szasz, Thomas (2006). *"My Madness Saved Me": the Madness and Marriage of Virginia Woolf*. New Brunswick: Transaction Publishers.

Woolf，Virginia（1990）. *A Passionate Apprentice：The Early Journals，1897 — 1909*. Mitchell A. Leaska（ed.）. New York：Harcourt Brace Jovanovich.

Woolf，Virginia（1978）. *The Diary of Virginia Woolf，vol. 2*. Anne Olivier Bell（ed.）. New York：Harcourt Brace.

Woolf，Virginia（1980）. *The Diary of Virginia Woolf，vol. 3*. Anne Olivier Bell（ed.）. New York：Harcourt Brace.

Woolf，Virginia（1980）. *The Letters of Virginia Woolf vol. 6*.（Nigel Nicolson and Joanne Trautmann，eds.）. New York：Harcourt Brace Jovanovich.

作者简介：

何亦可，英语语言文学博士，硕士生导师，现就职于山东师范大学外国语学院，主要研究方向为英美文学、文学理论与文类研究。

Author:

He Yike, Ph.D. of English language and literature, lecturing in English Department, School of Foreign Languages, Shandong Normal University. She mainly focuses on the study of British and American literature, literary theories and genres.

E-mail：heyike8638@163. com

文学跨学科研究 ● ● ● ● ●

作为唯美主义者的克里斯托弗·诺兰：论《致命魔术》与《盗梦空间》中的"魔术"与"梦"①

杨明强

摘要： 克里斯托弗·诺兰的电影不仅技法高超，也体现出对现代社会的深刻伦理关怀。本文讨论诺兰电影《致命魔术》和《盗梦空间》中作为艺术创造的"魔术"和"梦"，以及背后体现的唯美主义观念及价值关怀。在两部作品中，魔术和梦分别成为剧中主人公体验世界的方式，也正是在魔术和梦中，主人公找到了存在价值。魔术和梦成为值得追求之物，在于它们能够实现丰富完满的人性和丰盈的存在。两部电影体现的价值和唯美主义的观念相一致，诺兰因此可称为唯美主义者。

关键词： 克里斯托弗·诺兰 唯美主义 《致命魔术》 《盗梦空间》

---

① 本文为教育部人文社会科学研究项目"影像媒介的时间性及其在话语建构中的价值研究"（项目编号：20YJC760099）的中期成果。

Christopher Nolan as an Aestheticist: On "Magic" and "Dream" in *The Prestige* and *Inception*

Yang Mingqiang

Abstract: Christopher Nolan cares not only about the way to tell a story in the film but also the ethics of modern society. This paper aims to analyze the "magic" and "dream" as forms of art in Nolan's films *The Prestige* and *Inception*, and to discuss the aesthetic ideas implied by them. In these two films, magic and dream become the way the protagonists feel and experience the world, and it is in them that they find the value of being. The reason why magic and dream are pursued is that they help fulfil the existence of human being. The values cherished by the two films are in line with those of aestheticism, therefore, Nolan can be called an aestheticist.

Keywords: Christopher Nolan; Aestheticism; *The Prestige*; *Inception*

克里斯托弗·诺兰的电影向来以"烧脑"著称，电影《致命魔术》（*The Prestige*，2006）和《盗梦空间》（*Inception*，2010）也在此列。技法上，两部电影都采用了将情景的回闪与线性叙事相交错的叙述风格。将来发生的事情与行动中人物构成一果一因的关系，引导情节向前发展，影片在这种张力关系中最终把悬念揭开，使情节变得扑朔迷离。《致命魔术》以一个圆形结构展开，从故事尘埃落定之后机械师向魔术师波顿之女解释魔术的层次开始，也以此剧终，中间线性时间的叙事主要以安吉尔和丹顿阅读与解密对方日记展开，并把日记中的情景不断插入主情节，构成一个现实、过去与将来三个时空的对话结构。《盗梦空间》一开始进入的梦境是科布去寻找斋藤的游离域，再闪回故事的最初，其中还不断穿插科布和梅尔的记忆，再加上第一层梦境中从桥下坠落的汽车，串联起几层梦境中人物的命运，几层梦境的交叉叙述产生了让人眼花缭乱的时空交错之感。

不过，本文的焦点不在于诺兰电影的叙事技法，而在于这两部电影中被炫目技法遮蔽的现代伦理和价值问题。简单说来，在世界观层面上，诺兰无疑是个虚无主义者，而正是出于对世界虚无的承认，他让电影的主人公们转向艺术（游戏、梦、魔术等）来寻求意义。例如，《记忆碎片》（*Memento*，2001）中患上失忆症的莱纳，在早已完成报仇之后，却仍然选择忘记，继续踏上复仇的道路。于是，复仇成了一个无止境的游戏和生存的意义支柱，也只有在这个"复仇游戏"的不断重复中，主人公莱纳的行为才不会成为琐碎的一地鸡毛。在蝙蝠侠三部曲中，诺兰对"恶"的呈现也蕴含着他对"艺术"价值的追求。《蝙蝠侠：侠影之谜》（*Batman Begins*，2005）中的稻草人和忍者大师，《蝙蝠侠：黑暗骑士》（*The Dark Knight*，2008）中的小丑以及《蝙蝠侠：黑暗骑士崛起》（*The Dark Knight Rises*，2012）的恐怖分子，这些反派人物的作恶与自身利害无关，并不计较自身得失。《蝙蝠侠：黑暗骑士》中的小丑对此有个精彩的比喻，他把自己比作一条追逐汽车的狗，即使追上了汽车，也不知道该拿汽车怎么办。本来毫无意义，却要以游戏的心态不断玩下去。在游戏中，反派人物乖张跋扈，毫无规则可言，但是有着蓬勃的生命力。相比之下，代表"善"的蝙蝠侠和警察面对对手的所为却一筹莫展，察觉不到对方行事的踪迹，只能墨守成规，规行矩步，显得刻板而毫无生气。这种明显的对比显然是诺兰有意为之，借此他展开的是对现代高度理性化的市民生活的反思。在《致命魔术》和《盗梦空间》中，诺兰以"魔术"和"梦"作为对现代生活反思的镜子，赋予"魔术"和"梦"深刻的价值内涵，进一步来说，这种价值内涵又与唯美主义的价值观相一致。

一、唯美主义

作为一场文艺运动的唯美主义（Aethetizismus）兴起于19世纪60年代，不过它早期的源头可以溯及18世纪初的德国早期浪漫派文学，其特征在于强调美和艺术价值的优先性。故而在文学研究中，论者通常将唯美主义理解为对艺术和审美价值的极端推崇和神化（Weimar，1997，p. 20）。在唯美主义者眼中，艺术不是现代高度分化世界中一个职业分工的门类，而是整合分裂的现代世界的价值基础。这种思想范式产生于这样一种现代性视野之中，由于自然科学对神学世界图景的祛魅、人类劳动的分工以及知识领域的分化，人与自身、他人和自然原初的亲在关系被割裂，人的存在被限制在生活之一域，从而导致人性的片面发展和人的生存状态的扁平化、单一化，人性的丰富完满不复存在。艺术之所以重要，其原因在于纯粹的理性不能刺激人的行动，而宗教又不能让人信服，唯有艺术诉诸人的感性和想象，为人性的展开提供了一个自由舒展的空间，从而开启人性达到丰富、完满的可能。

在对唯美主义的诠释中，艺术扮演了关键的角色。在唯美主义者看来，艺术的价值不在于艺术之外，而在于艺术自身，它不是伦理教化的工具，也不是空洞的政治宣传，而是自治的领域，有其自在的价值。它让人的想象和心性挣脱现实的束缚，开启无限可能的空间。正如德国作家席勒（Friedrich Schiller）所说："艺术跟科学一样，与一切积极的存在和一切人的习俗都没有瓜葛，两者都享有绝对的豁免权，不受人的专断。"（2003，p. 69）进一步，在艺术与生活的关系上，唯美主义强调艺术不是对生活的模仿或反映，而是生活应当艺术化、诗化和浪漫化，从而摆脱机械、琐碎的日常，通达自在的存在之域。英国唯美主义作家瓦尔特·佩特（Walter Pater）认为，构成人的元素在自然界中都能找到，人的存在不过是自然界偶然机缘的结果，所以在最高存在者缺席的世界中，人的生活的终极意义便被悬置（1986，p. 186）。在这种虚无主义的背景之下，既然意义的超越向度已然丧失，那么人的存在意义只有在此岸世界寻找。由此，佩特进一步强调，生活的目的不在于其长度，而在于在被判死刑的期限中取得更多的生命脉动。这种生命脉动的极致只能在艺术中找到，因为艺术所带来的激情和欲望最为纯粹，"当艺术降临在你面前，它会向你坦言：除了在那稍纵即逝的瞬间所得到的极度狂喜之外，其余什么也没有"（1986，p. 190）。

唯美主义者崇尚艺术，他们的作品常以艺术家为主人公，以文学、绘画、音乐、梦、黑夜等广义的艺术为主题。对唯美主义者来说，艺术家是艺术价值的载体，他的价值体现在艺术创作中，因为艺术创作面对的是未分化的整全世界。在这个世界中，艺术家具有绝对的主动性和创造力，因为混沌的世界要他来赋形和命名，艺术作品由此才得以诞生。正是对处于艺术创造状态具有自由人格的艺术家的强调，使得体裁意义上的艺术变成了生命之艺术。相对于人在现实世界中的不自由，艺术的世界拒绝工具理性对人的生活条分缕析的宰制，它建构起人的本性可以在其中自在展开的诗意世界，使得想象与现实、将来与过去、时间和空间的维度都可以跨越和打破，从而把人从平庸的日常世界带出，唤起神秘的感知和想象，进而与无限的自由世界相连。在这个意义上，克里斯托弗·诺兰的《致命魔术》和《盗梦空间》也是两部唯美主义的电影，它们以有着自由创造力的艺术家（魔术师和造梦师）为主人公，讲述主人公为艺术而着魔沉醉，并为艺术而牺牲一切的故事，为观众提供了一场唯美主义的视觉盛宴。

二、作为生存体验的魔术与梦

《致命魔术》和《盗梦空间》主人公都是唯美主义意义上的艺术家，他们虽然没有像艺术家那样创作艺术作品，但影片中的"魔术"和"梦"都是人的创造力自由展开的领域，与艺术创造无异。魔术师在舞台上追求让观众惊若创世的表演，造梦师把理想幻化为可以真切体验的梦境，目的在于追求个体生命的极致体验，这都与唯美主义的价值追求相契合。为了对电影导演的价值追求有清晰的认识，本文从电影的情节入手，首先分析在两部电影中，魔术和梦如何成为电影中主要人物体验世界的方式。

唯美主义有句"为艺术而艺术"的经典口号，其内涵在于，艺术不服务于外在的道德和实际的功用目的，它的目的在于艺术自身（戈蒂耶，2008，pp. 21—22）。在《致命魔术》和《盗梦空间》中，魔术和梦成为主人公体验世界的方式，所有的一切都服务于魔术和梦，以至于魔术和梦成为真实的世界本身。《致命魔术》围绕安吉尔与波顿兄弟两方在魔术舞台上下的竞争展开。为了舞台上的荣誉，他们下三滥地给对方的现场表演搅局，但更重要的是，他们不断激发对手去琢磨新的技艺，创造更卓越的魔术作品，给自己和观众创造更新奇的体验。安吉尔的妻子因波顿的失误而殒命，为妻子复仇无疑是安吉尔和波顿在魔术舞台上互相竞赛的动机之一，不过这一动机却在电影情节的展开中逐渐淡去。安吉尔富有个人魅力，在舞台上善于调动观众的情绪，把波顿手里不甚出彩的魔术以耀眼夺目的方式重新表现出来，自然天成，有如神授，令观众癫狂。他追逐荣誉，不满足自己在舞台上辛劳一场，却只能躲在舞台下面，让替身获取观众的掌声。为了参透波顿移形遁影魔术的秘密，他焦灼、不安、不择手段，让自己的女助手去当间谍，还远渡重洋寻找能打造巧妙复制机器的科学家特斯拉。得到复制机器后，安吉尔也可以表演从波顿处学来的移形遁影魔术，不过他一方面享受观众空前的崇拜和欢呼，另一方面却不停地在深渊边上徘徊，因为他的每次表演都必须付出沉重的代价——每次表演，机器都会复制出一个新的自己，为了魔术不会穿帮，他必须在每次表演魔术的时候杀死前一个自己。这便把安吉尔推向了无定的命运，没人知道旧我在下一次死后，新我的生成是否为确定无疑的事实。这一情景可以视作诺兰对艺术创作的一种极端的隐喻，为了创造新的作品，艺术家必须与旧的自我决裂。

安吉尔的对手是波顿（法隆）兄弟，他们也同样为艺术付出一切，为魔术做出了"彻底的自我牺牲"（波顿语）。他们不是为糊口而登上舞台的江湖艺人，魔术是他们的生活方式，现实生活的其他维度，如婚姻、家庭、交际等皆为魔术所吞噬。电影中，波顿兄弟为了将魔术技艺表演得天衣无缝，只有让魔术表演和现实融合，以便达到让舞台上和现实中的波顿始终如一的目的。由此，本是双胞胎兄弟的两人却只能过一个人的生活。他们各有所爱，却因为每次只能出现一个人而必须对最亲密的爱人保守秘密，两人性格的差异让他们的妻子和情人妒忌、猜疑，最终导致波顿的妻子自杀和法隆的情人离去。法隆被安吉尔设计进监狱后，波顿前往探监，法隆说早该听波顿的话，不去招惹安吉尔。但法隆真的可以克服这种诱惑吗？答案显然是不能，魔术是他们生活的绝对主宰，生活的其余部分都是他们魔术事业的附庸。为了让魔术变得更让人叹为观止，他们都必须变得偏执，做出触底的牺牲是必然的代价。在美国的科罗拉多，安吉尔拜访科学家特斯拉，后者劝安吉尔打道回府，放弃复制机器的念头，因为他看到安吉尔着了魔。在安吉尔的反问之下，特斯拉承认自己也着魔太深，已经成了所执着事业的奴隶，仿佛可以看到可怕的后果。无疑，"着魔"是对电影中主要人物生存状态的贴切描述，"可怕的后果"作为谶语适用于电影中的每一个主要人物，并预示着他们最终的命运。

俗语说人生如梦，这自然是清醒之言，但正如庄周梦蝶的那个疑问，从绝对的意义上来讲，谁又能断定自己的生存决然不是处于梦中呢？借助庄子抛出的论题，我们可以对电影《盗梦空间》中人物对梦的态度有更深刻的认识。梦是电影中人物极端生存体验的中心，在电影主要人物那里，梦甚至代替了现实本身，从而使得梦中生活成了他们生存的现实。影片的中心情节虽然围绕科布团队在费舍尔梦中植入意念展开，但笔者更愿意把《盗梦空间》的故事核心还原成科布如何对待已经死去的妻子梅尔。是让亡妻在梦中的幻影主宰自己的生活，每天生活在梦中，还是放手让她离去，接受妻子早已死去的残酷现实？在电影中，这是关于现实与梦两者价值重心的取舍问题。在团队行动中，为了营救被梅尔击毙而掉入深层梦境的费舍尔，科布和阿丽雅德妮来到第四层梦境，这也是科布和梅尔夫妇精心营造的梦境。它是影片中最大的梦境，在这个世界里，科布和梅尔花了几十年时间，在城市里建造了成千上万栋矗立的摩天大楼，建造过程中他们用上了自身在真实世界经历的所有元素，比如童年的记忆、新婚的房子，还有他们的一对儿女，等等。他们在其中生活了几十年，夫妻恩爱到白头偕老。这个梦境太过真实，当梦中年老的躯壳因回到现实重新变得年轻时，梅尔已经不能分清现实和梦境，故而选择忘记梦境的虚幻，并最终为了回到梦中那个现实跳楼而死。梅尔死后，科布一直不能释怀，海外逃亡对科布亦是煎熬，除了以造梦师为职业充当商业间谍，他每天所做的便是独自沉入梦中，一遍又一遍地去经历与梅尔的爱情及死别。只有在那个世界中，他才能见到一直思念的一双儿女的背影，才能永远和梅尔在一起，给难寻慰藉的流亡生活找到安顿，所以科布心甘情愿地去做梦。但是，这也导致科布如梅尔一样，常常不能分清现实和梦境，看到窗帘被风吹动，他便怀疑再次置身梅尔跳楼的情景，以为自己还在梦中。正如诺兰所说的，科布这个角色"一直深陷自己主观的现实之中"①。在给阿丽雅德妮的忠告中，科布说造梦只能运用生活中分散的细节，不能把生活场景整块地搬进梦境，因为这会导致造梦师混淆现实和梦境。虽然如此，对此有清醒认识的科布却不断违反自己对他人的忠告。最后他在梦中向梅尔坦陈，梅尔怀疑现实真实性的意念是由他植入的，这才是他罪恶感的根源，也正是这里的忏悔才代表他的内心和现实达成了和解。此外，在电影中做梦的人还不止这几个。药剂师的店里，斋藤看到很多人在那里摄入镇静剂，然后沉入梦中，他不解地问药剂师："这些人每天都来做梦？"药剂师的回答却正相反："不，他们是来被唤醒。"

电影《致命魔术》讲述的不仅仅是关于制作和表演魔术的故事，同样，《盗梦空间》所触及的也不仅仅是在宿主的梦中植入一个意念那么简单，进一步可以说，借助电影精致的故事框架和技法，诺兰通过"魔术"和"梦"这两个题目表现出了对现代生活的批判性姿态，并提供了一种审美的解决方案。现代市民生活沉闷、无聊、刻板，为高度组织化和理性化的重重规矩所笼罩。但是，在对待现代生活这一问题上，电影中的主人公表现的却不是一种得过且过的无谓姿态。他们渴望英雄气概，不满足于成为现代市民社会碌碌无为的小市民，让生活为无意义的琐碎所充斥，故而追求生命的极致体验，在艺术（"魔术""梦""游戏"等）中沉醉，体验人的创造力丰盈的瞬间，从而成全自己对终极价值的追求。

三、作为价值根源的魔术与梦

本文第二部分分析了"魔术"和"梦"这两个元素在电影《致命魔术》《盗梦空间》中扮演的角色，意即它们是剧中人物体验世界的方式，也即以幻为真的生存状态。但是，仅仅将"魔术"和"梦"视为个体体验世界的方式还远远不够，不能解释剧中人物产生疯狂举动的原因。故而，值得进一步追问的是，艺术作为个体生存体验的方式，它的价值论根据又在哪里？在唯美主义者看来，艺术之所以是唯一和终极的目的，在于它是价值的来源和依据，

---

① 参见英国《卫报》的报道：https://www.theguardian.com/film/2015/jun/05/christopher-nolan-finally-explains-inceptions-ending。

它给予个体存在以价值之光，赋予个体存在意义的完整和圆满。正如本文在解释唯美主义观念时所指出的，艺术让人着迷之处，在于它打开人性自由开启的空间，在艺术价值之光的笼罩下人与世界的分裂被弥合，分裂的生活世界得以重新整合统一，人存在的高度完满状态从而得以展现。

《致命魔术》英文原名为 *The Prestige*，直译可以解释成"名望"。从浅表的意义上来讲，名望也正是安吉尔和波顿兄弟的共同追求，他们追求成为最强的那个魔术师。但作为现代人，他们同样面对现代生活的困境，故而他们对魔术的着迷背后还有深刻的价值内涵。电影开头，魔术机械师卡特向波顿之女解释，魔术要达到惊人的程度，必须有三个层次，第一层为 The Pledge（承诺），它是对观众的邀请，让普通的事物暗藏玄机；第二层是 The Turn（转换），让平凡之物消失不见；第三层是 The Prestige，它和电影名重合，这一层的魔术师化腐朽为神奇，让消失不见之物重新回归，从而获取观众的欢呼。观众的欢呼给魔术师带来的自然是名望和对创作的认可，但他们欢呼的实质却是魔术师的创造，因为他让不可能之物变成可能。电影中的科学家特斯拉也是创造神迹的人物，不过是以另外一种激进的方式进行他的创造，如电影中他进行的光电实验都不为当时的科学界和工业界所接受，但是安吉尔理解他也是为创造而受苦，这算是一个旁证。在安吉临死之时与波顿的对话中，这一主题表现得更为明白无误。波顿说安吉尔不懂魔术，因为它需要自我牺牲；而安吉尔则回应说，他每晚都要面对恐惧，因为当复制机器开动，台上的安吉尔淹死之后另外一个可能不会出来；波顿不解，嘲笑安吉尔跑到世界的另外一端，最终却一无所获。安吉尔不以为然，他说："你永远不知道我们为何从事魔术。观众知道真相：世界单调、痛苦、残酷，永远如是。但你如果能用假象欺骗他们，哪怕只是一秒钟，你可以让他们惊奇。然后，你会看到某些特别之物……那是观众脸上的表情。"安吉尔意为他表演魔术是要用短暂的审美幻影来达到生命瞬间意义体验的高峰，这无疑是唯美主义面对虚无世界的姿态。正如佩特所说，当艺术降临的时候，哪怕只是瞬间的高峰体验就足以填补存在的空虚，给人生的意义找到安顿。这种安顿，不只台下的观众需要，台上的安吉尔也需要，而这种安顿正是魔术师（和造梦师）的创造。有人认为《致命魔术》中的技术是一种否定性的因素，因为它不断助长人性的贪婪和无度，最终导致法隆和安吉尔的毁灭（钟钰，2014，pp. 32—33）。事实上电影呈现的却是相反的图景，我们借此可以反问，剧中的人物后悔他们的选择了吗？没有。安吉尔追求名望，不断用复制机器制造新的自我并杀死另一个自我，欣赏自己为观众创造的奇妙瞬间；波顿兄弟宁愿忍受巨大的身心痛苦，为的也是魔术创造意义体验高峰的那个时刻。可以说，正是借助现代技术，安吉尔创造意义的行为才成了可能，而只有在那个时刻，他才将自己从日常的鄙俗和算计中解脱，展现出人性的高贵和神圣。

《盗梦空间》英文名为 *Inception*，在电影中意指在人头脑中植入某种意念，更具体来说，是向费舍尔头脑中植入"走自己的路，不为家族事业而活"的想法，从而让他解散父亲的商业帝国，为科布的雇主摆脱商业上的存亡危机。不过笔者认为诺兰更为看重该词的原意，它指某个行为的开创和发端。①影片的开头便提到"一个想法，它具有高度的传染性，一旦发端，便永远不可能抹去"，后来科布向梅尔忏悔时再次提到这句话，可见是有意为之。而这一发端，就如同上帝创世一般，是一种无中生有的行为。《圣经·创世记》中的上帝说"要有光"，世界便有了光。事物"光"产生的同时，便被命名为光，创造和命名同时发生。而这种高度能动的生存状态，这种把人和神并置的努力，即是对完整自由的人的诠释。电影中，科布向阿丽雅德妮解释造梦师的工作，梦中的人似乎是全能的，他可以有意识地创造事物，一座教堂、一座大楼甚至整座城市，同时造物者在创造事物每一个细节的时候也能感受这些细节，仿佛它们是自行生成的。

紧接着在另外一个梦中，阿丽雅德妮说："我原本以为梦境只是某种视觉的东西，但更重要的是那种感觉。我想问，如果我开始违反物理规律，会发生什么。"这时，电影中最让人惊叹的场景出现了：巴黎城的另一半开始折叠，一百八十度地倒扣在主人公的头顶上，而这个颠倒世界的一切竟仍然如往常一样严整有序地运行着。紧接着，梦中的阿丽雅德妮被科布潜意识投射的梅尔杀死，醒来后，她认为科布的潜意识深渊太过混乱，不愿与其共事，遂转身离去。但她没能抵挡住诱惑，很快又折返回来，因为她也为这种梦境着迷，并补充说这一工作的魅力在于它是"纯然的创造"（pure creation）。电影中一直挥之不去的当然是科布和梅尔的创造，他们在梦中用五十年去创造了一个世界，在这个世界中主体的意志和能力能够完全和无拘地展开，它细节的真实，人在其中体验的深切，让梅尔无法区别梦与现实，并愿意为这个主体创造的梦的世界赴死，这毫无疑问是对体现主体创造力和行动力的艺术的神化。

早期的尼采（Friedrich Nietsche）也是一个审美主义者，他以音乐来说

---

① 牛津英文字典对"inception"的解释为：the establishment or starting point of an institution or activity. 参见 https://en.oxforddictionaries.com/definition/inception.

明艺术的精神和以音乐为底色的唯美主义世界观。在《偶像的黄昏》
(*Götzen-Dämmerung oder Wie man mit dem Hammer philosophirt*，1889)
中，尼采有句名言，"缺少音乐的生命或许是个谬误"（2007，p. 36）。尼采的
传记作者萨弗兰斯基（Rüdiger Safranski）将其解读为："音乐是真正的世
界，是骇人之物。人们听见音乐，就属于存在。……音乐应永不止息。倘若
音乐停止，人就有了问题，当音乐已经消逝，人如何还能继续生存?"（2002，
p. 9）尼采对音乐的要求也正是瓦尔特·佩特对艺术的要求，它如同上帝向
亚当身体中吹入的那口气流，立即化腐朽为神奇，给没有生气的物质灌注生
气，并带来意义体验最充盈的时刻。在《致命魔术》和《盗梦空间》中，"魔
术"和"梦"也扮演了唯美主义观念中艺术所扮演的神圣角色，它们赋予了
主人公存在的质感和品质。两者的差异只是在于，《致命魔术》的主人公全然
陷了进去，用生命去论证了艺术的绝对价值；而《盗梦空间》的主人公在历
尽艰难之后，终于从以梦为真的境遇中摆脱出来。不过，电影《盗梦空间》
终于判别现实与梦境的陀螺还没有落下之时，按诺兰的解释，那是因为科布
已不在乎残酷的现实和神奇的梦境了。①

四、结语

由以上的分析可以看出，诺兰在《致命魔术》和《盗梦空间》两部电影
中创造了人的存在意义充盈的艺术世界。电影中主人公对艺术（魔术和梦）
的沉醉，使得主观创造的世界成了主人公行动的领域，进而完全吞噬了他们
的现实生活，成为生存的意义和价值的源泉，由此来拯救现代世界意义感的
丧失，故而从价值层面可以说诺兰是个唯美主义者。不过，诺兰对这种唯美
主义的世界观仍然有着清醒的认识，他能沉溺其中，也能出乎其外，以超越
的姿态看待这种对艺术创造的意义世界的沉醉。世界上没有《致命魔术》中
能原样复制真人的机器；对于《盗梦空间》，诺兰在访谈中也承认梦在现实生
活中的游戏性质以及盗梦设想的虚幻："从别人的脑袋中盗取想法，这是不可
能的。不过，对我来说，它只是一种对迷人科技的滥用或者误用。"
（Weintraub，2010）显然，要求梦境在现实中实现不是诺兰的诉求，他在乎
的是盗梦这一设想在电影的叙事逻辑中可以成立，同时依据这一逻辑编织一
个精巧的故事，并让所有元素在电影中形成自洽的有机整体。换言之，他在

---

① 参见英国《卫报》的报道：https://www.theguardian.com/film/2015/jun/05/christopher-nolan-finally-explains-inceptions-ending.

意的是艺术和梦境的真实。

《致命魔术》开始时，机械师卡特向小女孩讲述魔术的玄机，告诉她作为观众，"你没有在看，也不是真的想知道，你只是去寻求被欺骗"。电影最后回到卡特向小女孩讲述魔术玄机的情景，并再次以"你只是去寻求被欺骗"终结全片。借此刻意的安排，诺兰道出了《致命魔术》故事本身的游戏性质以及与佩特的唯美主义契合的虚无主义世界观，正是借助这种虚无的底色和西西弗对徒劳行为的绝望反抗，这种以幻为真（或者以艺术为真）的严肃姿态才构建起唯美主义让人沉醉和充满意义感的世界。试想当观众坐在影院里，眼前巨大的 IMAX 银屏正放映《盗梦空间》，巨大的轰响传来，巴黎的另一半开始折叠；只需动起一个意念，立即有高耸的楼层、精致的教堂、逼真的街道从平地升起和展开。视觉和听觉上无比欢畅的感官刺激，通过移情的效果，仿佛让身在银幕前的观众也有了造物的力量，神奇的想象力突破限制，没有限制地恣意展开，同时想象中的事物立即生成在眼前。这种纯粹创造的快感，如同自己拥有随物赋形的创世之力，此时，观众是不是也会像《致命魔术》中的观众一样，脸上现出惊叹的神情呢？

引用文献：

戈蒂耶，泰奥菲尔（2008）. 莫班小姐（艾珉，译）. 北京：人民文学出版社.

尼采（2007）. 偶像的黄昏（卫茂平，译）. 上海：华东师范大学出版社.

席勒（2003）. 审美教育书简（冯至，范大灿，译）. 上海：上海人民出版社.

钟钰（2014）.《致命魔术》：机械时代人类异化的隐喻. 电影文学，24，32—33.

Pater，W.（1986）. *Studies in the History of the Renaissance*. Berkeley：University of California Press.

Safranski，R.（2002）. *Nietzsche. Biographie seines denkens*. München：Hanser Verlag.

Weimar，K.（Hrsg.）（1997）. *Reallexikon der deutschen literaturwissenschaft*（Vol. 1）. Berlin：de Gruyter.

Weintraub，S.（2010）. Christopher Nolan and Emma Thomas interview INCEPTION. Retrieved from http://www. collider. com/director-christopher-nolan-and-producer-emma-thomas-interview-inception-they-talk-3d-what-kind-of-cameras-they-used-pre-viz-wb-and-a-lot-more/.

Christopher Nolan explains *Inception*'s ending："I want you to chase your reality."（2015，June）. *The Guardian*. Retrieved from https://www. theguardian. com/film/2015/jun/05/christopher-nolan-finally-explains-inceptions-ending.

作者简介：

　　杨明强，德国哥廷根大学现代德语文学系在读博士生，研究领域为现代德语文学、文学理论和文化研究。

Author:

Yang Mingqiang, Ph. D. candidate in modern German literature at University of Göttingen. His research fields include modern German literature, literary theory, and cultural studies.

　　E-mail: yangmqiang1987@qq.com

图托邦：视觉图像的崛起①

贾 佳

摘 要："图托邦"这一概念早已被学者提出，然而并没有受到学界应有的重视。随着视觉图像渗透到我们生活的方方面面，"读图时代"的到来已经成为不争的事实。在"图像风暴"中，人类已有的认知传统受到冲击，对视觉的极度依赖促使我们建构出了一个真实与虚幻共存、向往与批判融合的世界——图托邦。它是视觉图像崛起下的一种新的社会形态，这种异化的文化形态在颠覆我们对视觉传统认知的同时，也扩展了人类新的意识空间。

关键词：图托邦 视觉图像 图像时代

Pictopia: The Rise of Visual Images

Jia Jia

Abstract: "Pictopia" was put forward by scholars long ago, however, the value of the concept has been underestimated. As visual image penetrate every aspect of our lives, the arrival of the image era has become an indisputable fact. In the "storm of images", our existing cognitive traditions have been shaken. Extreme dependence on visual perception has prompted us to construct a world where the real coexists with the virtual and yearning blends with criticizing, which is called pictopia. It is a new social form that emerges with the rise of visual image. This

① 本文是成都市社科规划项目"新时代成都天府文化的视觉叙述研究"（项目批准号：QN2020210087）的阶段性成果。

kind of alienated cultural form not only subverts our traditional
cognitive pattern of visual perception, but also expands the sphere of
human consciousness.

Keywords: pictopia; visual images; the image era

从"语言转向"到"叙述转向"，再到"图像转向"，人类的认知方式几
经变更。视觉图像也从语言文字的注脚，一跃成为表意舞台上的主角，其背
后所映射的是人们看待和理解世界方式的改变。几个世纪以来，逻格斯中心
主义占据在意义建构的金字塔顶端，与抽象思想关系最为密切的语言文字则
毋庸置疑地成为最受追捧的意义载体。尽管早期的结构主义者们尝试瓦解意
义中心的逻格斯形式，但仍然无法完全抛弃语言建构的逻辑。21世纪以降，
这一趋势随着图像的崛起发生了改变，结构主义者们的诉求在视觉图像时代
得以实现。

从莫尔（St. Thomas More）的"乌托邦"（utopia），到福柯（Michel
Foucault）的"异托邦"（heterotopia），以及随着互联网而兴起的"伊托邦"
（e-topia），这些对空间意识的建构无外乎是基于视觉化呈现的一种想象。随
着21世纪技术革新和媒介多元化趋势的出现，语言文字作为表意媒介的主体
地位受到了日益崛起的图像的威胁。它将人类的一切，例如记忆、情感、身
份、文化、认同等个人化模块交织起来，从而建构一个相对稳定的认知客体。
不得不承认，视觉图像从某种程度上撼动了语言所建构的线性逻辑认知，而
重新模拟了一种新的社会模式——"图托邦"（pictopia）。

一、"图托邦"之前

香港城市大学 W. 杨（W. Yang）教授于 2004 年最早提出"图托邦"这
一概念，简而言之，它是一个智能交互系统。杨教授设想通过这样一个系统
或界面将虚拟网络与生活现实联系起来，并利用视觉图像将这一联系实践化。
通过"图托邦"我们能够将虚拟网络世界的活动与现实生活空间一一对应，
从而实现对现实的补充延伸，获得一种新的"混合现实"（a mixed reality）
（Yang，2004，p. 1001）。手机等屏显智能化媒体终端的出现，早已实现了
"图托邦"交互系统所设想的效果。尽管此时的"图托邦"还仅仅是对网络虚
拟世界的指涉，但是不可否认它通过视觉共相还原的空间环境与现实世界产
生了联系。从这一层次来看，"图托邦"也是时代赋予现实的一种可能存在的
新的社会模式。

　　本文研究的出发点源自杨教授的"图托邦"概念，却不止于网络空间对现实世界的图像化还原，而是尝试将人类符号意义的出发点锚定于当下"图像时代"现实给予人类的一种新的生存体验。"图托邦"概念的出现符合时代发展趋势，与此同时也不能忽略它身上自带的历史文化传统。"托邦"一族的伴随着人类对自我生存处境的不断反思而发现。因而，如果要深刻剖析"图托邦"，我们有必要从与其相关的诸多"托邦"入手。

　　简而言之，我们对所知世界的认识可以有三个角度：现存世界，比现存世界好的世界，以及比现存世界差的世界。这便有了对"乌托邦"和"恶托邦"（dystopia）的想象。众所周知，"乌托邦"最早是由莫尔在 16 世纪早期的一部同名著作中提出来的概念，用以描绘一个远离尘世的岛国人群的生存模式，其最大的特点是在现世中尚未实现的财产共有制度。莫尔的乌托邦传统并非无源之水，从中或多或少可以窥见古希腊先哲的影子。柏拉图的"洞穴"和"亚特兰蒂斯"作为乌托邦的原型，呈现了早期人类对现实的反思，以及对建构理想世界的渴望。莫尔之后诞生了以圣西门（Claude-Henri de Rouvroy）、欧文（Robert Owen）、傅立叶（Charles Fourier）为代表的空想社会主义者，但"乌托邦"与"空想""幻象"之间的对等关系，直到恩格斯和马克思之后才在西方世界中正式确立。

　　诚然，在现实世界中我们总要直面社会的缺陷，但并不代表理论逻辑下所期盼的世界都是美好的"乌托邦"，与此相反，"恶托邦"便是"乌托邦"在另一层面的延伸，是人类否定思维的表现。该词最早出现于 1868 年英国哲学家约翰·斯图亚特·米尔（John Stuart Mill）的一次国会演讲中（裘禾敏，2011，p. 94）。20 世纪美国技术哲学家芬伯格（Andrew Feenberg）从技术进步的角度认为，传统技术哲学的两分式主张，尤其是海德格尔（Martin Heidegger）等对技术社会丧失了信心的恶托邦式的推测，并不完全适合当下的技术时代。

　　尽管"乌托邦"和"恶托邦"并不是现实的真实在场，但二者都是基于现实世界原型所建构出的"托邦"世界。与此相对，"在一切文化或文明中，有一些真实而有效的场所却是非场所（contre-emplacements）的，或者说，是在真实场所中被有效实现了的乌托邦，福柯称之为'异托邦'"（尚杰，2005，p. 21）。20 世纪 70 年代随着"空间转向"的兴起，福柯将"异托邦"作为重要的空间理论抛出，他确信"我们处在这么一刻，其中由时间发展出来的世界经验，远少于联系着不同点与点的混乱网络所形成的世界经验"（2001，p. 18）。相比"乌托邦"和"恶托邦"对现实世界的悬置，"异托邦"

则大胆地指出真实空间中所存在的被杂糅在一起的不同空间，例如福柯作为例证的镜子、花园、舞台等。"异托邦"对既存世界并没有情感上的好恶，而是借助想象建构的空间地理事实。

从 20 世纪末以来，信息技术的革新已经渗透到人类生活的方方面面，并深刻地改变了我们已有的生活、生产方式和文化组织形式，人与人、人与环境都呈现出一种新的存在模式，米切尔（W. J. T. Mitchell）将其称为"伊托邦"。他坦言，"以网络为媒介、属于数字电子时代的新型大都市将会历久不衰"（2001，p. 1）。如果说对于"异托邦"而言真实存在的地理空间是承载其异质性的基础，那么"伊托邦"则存在于虚拟网络中，并对现实的城市空间进行映射。

从"乌托邦"到"恶托邦"，再到"异托邦"和"伊托邦"，经过对诸多"托邦"的梳理，可知"托邦"是对特定社会模式的一种统称，源自"乌托邦"一词的创造。后来者或多或少都具有"乌托邦"的影子，从情感取向而言，"恶托邦"是"乌托邦"的对立面，对未来抱有危机意识；而"异托邦"和"伊托邦"则相对中立，没有突出的情感冲突。可以说，"乌托邦"的"图托邦式的想象"是付诸文字的，通过语言赋象在意识中建构可能的美好世界，如莫尔在《乌托邦》中描绘了阿莫罗特城，"城镇四周建有又高又厚的围墙，城墙上有许多塔和堡垒，还有一条又宽又深的干渠围绕城镇的三边，渠内铺有厚厚的荆棘，在城镇的第四边上是河流而不是干渠。街道便于所有的车辆行驶，且不受风沙侵袭。……他们的门都由两叶组成，既容易被打开，又能自动合上"（2016，p. 38）。"乌托邦"的这种描述是纯粹想象性的，"异托邦"则落地于现实存在，"伊托邦"更是把现实与想象结合，通过视觉等感官在虚拟空间中创建了现实空间路径，实践了麦克卢汉（Marshall McLuhan）所谓"媒介即人的延伸"之论。

在某种程度上，"图托邦"具有"乌托邦"对可能世界的想象，同时也具有视觉图像爆炸所带来的对技术主义的反思。"图托邦"并不是凭空架构出的无根世界，而是特有的视觉媒介形式建构了不同的"异托邦"空间，例如充满童话色彩的迪士尼乐园，还原了游戏场景的真人 CS 基地，以及近年来出现的虚拟博物馆，它们作为"图托邦"的一面，也是对真实的人所经验的空间环境的描摹。至于"伊托邦"，它从理论和实践上为"图托邦"的实现打开了可能性基础。

从上述分析可见，"图托邦"不完全是当下的产物，而是蕴含了人们对社会模式的诸多历史性想象。它将想象的可能世界合理化实现，却没有脱离现实空间，而是延伸视觉的感知渠道，这其中，信息技术成为主要前提。简而言之，在"图托邦"中我们可以看到"乌托邦""恶托邦"想象世界的影子，然而它必然根植于"异托邦"式的现实，并通过"伊托邦"的信息技术作用于视觉实践，建构出一个实在而非虚幻的世界。

二、"图托邦"从何而来

"图托邦"是图像时代发展的一种新趋势，多元化媒介以及无所不在的网络空间为丰富物质世界以及开拓人类虚拟空间提供了可能。但"图托邦"的产生并不仅仅是科学技术进步所赋予的可能性，同时也具有特有的哲学基础和文化经济基础。

（一）"图托邦"时代

"图托邦"，从字面意义而言，是以图像进行表意的一种社会模式，这似乎应当是人类没有语言文字时就已存在的表意方式，但前文明时期的图像表意并没有深刻地改变人类的认知模式，仅为语言文字出现之前的一种替代性选择，一旦语言文字承担了表意的主要功能，由于文字的符号表意较为准确，图像自然退居为次要的注脚。然而，随着媒介技术对视觉文本的多元化呈现形式的革新，曾为文字附庸的图像的表意地位得到了提升，成为当下表意的重要渠道。

在当下的"图托邦"时代，视觉感知并不仅仅停留于意义交流本身，也不从属于某种特定人群的执念，而是广泛的感知主体的生存体验，是从形式和内在意义上都进入社会关系的一种手段。正如费斯克（John Fiske）对大众文化的评价，它是"一种将自己嵌入总的社会秩序的手段，一种控制个人的眼下的个别社会关系的手段"（2001，p. 38）。前文明时期对图像表意的运用并不是一种嵌入社群意识的手段，很大程度上是一种不自觉的表意交流选择。20世纪60年代以来，随着影视技术的发展以及21世纪网络等电子大众传媒的出现，图像叙述不止于个人化的书写，而是渗透到政治、经济、文化、日常娱乐之中。从某种程度上说，不再是我们创造视觉图像，而是视觉图像创造了我们。

（二）技术支持

第二次工业革命后，电力的解放为现代科技产品的出现提供了动力，社会对视觉化表现的诉求催生了诸多视觉商品。对此，弗莱博格（Anne

Friberg）进行了细致的描写："19 世纪，各种各样的器械拓展了'视觉的领域'，并将视觉经验变成商品。由于印刷物的广泛传播，新的报刊形式出现了；由于平版印刷术的引进，道密尔和戈兰德维尔等人的漫画开始萌芽；由于摄影术的推广，公共和家庭的记录方式都被改变。电报、电话和电力加速了交流和沟通，铁路和蒸汽机车改变了距离的概念，而新的视觉文化——摄影术、广告和橱窗——重塑着人们的记忆与经验。不管是'视觉的狂热'还是'景象的堆积'，日常生活已经被'社会的影像增殖'改变了。"（2003，pp. 327-328）

媒介技术和信息网络解放了视觉叙述对物理媒介的依托，空间和时间也不再是束缚视觉体验的物质载体，信息在任何时间、任何场所都可以以视觉图像的感知形式存在。例如，像日本歌姬初音未来这类二维世界中的动漫人物，通过全息投影技术，一跃成为生活世界中的舞台偶像，掀起的演唱会热潮不亚于任何一个流量明星。VR 博物馆真正实现了历史与空间的融合，参观者可以足不出户而进入时间的长河，沉浸式地感知历史遗迹。无所不在的互联网与移动客户端的结合，消除了社交中时间距离和空间距离建构的阻隔。与此同时，虚拟线上社交也呈现出替代传统社交的趋势。米切尔意识到人类社交场所的场合更迭是逐渐从"水井"到管道供水出现后的"市场"，再到新时代兴起的数字网络，这一过程打破了原有的城市组织结构，公共社交也在其中被逐渐边缘化（2001，pp. 2-3）。当然，米切尔对人类社交生活的论断是基于空间场所的存在，他忽略了数字时代事实上并没有消除人们的公共社交，反而开拓出了一种新的社交模式——线上社交。线上社交和传统的线下社交相比，没有了时空的束缚，交流更为灵活，然而它同样需要建立在一种被感知的空间状态之中，这种感知状态很大程度上离不开视觉图像的建构。线上社交场所并不是凭空而生，它需要依附于一个虚拟的"房间"，在这个"房间"中交流主体可以对"房间"进行装饰，还可以对自己的虚拟身份进行装扮，例如社交软件中的头像选择。社交主体的虚拟身份在数字化视觉呈现中被塑造出来，参与到社交网络之中。因此，与其说我们生活在一个"伊托邦"的世界之中，不如说是生活在一个"图托邦"的世界之中更为具体。

（三）视觉消费的推动

在技术的推动下，视觉感官似乎找到了最为契合的宣泄渠道，视觉消费也逐渐成为人们建构"图托邦"最为直接的方式。这种消费模式已经成为一种消费意识形态，通过生活中目之所及的屏幕重复植入人们的意识之中，强化出一种新的社会符码。依照鲍德里亚（Jean Baudrillard）在《消费社会》中的逻辑，"我们生活在物的时代：我是说，我们根据它们的节奏和不断替代的现实而生活着。在以往的所有文明中，能够在一代一代人之后存在下来的是物，是经久不衰的工具或建筑物，而今天，看到物的产生、完善与消亡的却是我们自己"（2014，p. 2）。在这个时代，物的更迭已经消耗了它的"光晕"，人作为"官能性"的存在已经不再完全是创造物的主体，反而被生产出的客体包围，人在物欲丛林中已经迷失，所见的也仅仅是商品的"华丽外观和展示性景观存在"（张一兵，2018，p. 23）。

对此，德波（Guy Debord）则进一步明确了现代消费的主要渠道是视觉宴享。他犀利地指出，"这就是商品的拜物教原理，即通过'可感觉而又超感觉的物'而进行的社会统治。这种统治绝对只能在景观中实现，在景观中，感性世界已经被人们选择的凌驾于世界之上的图像所代替，与此同时，这些图像又迫使人们承认它们是极佳的感性"（2017，p. 19）。视觉图像用它具有"热度"的呈现方式，满足了人们日益增长的视觉欲望，感性上升的同时，理性本有的空间被压缩，反过来进一步推动我们将视觉消费发挥到极致。

（四）"视觉转向"的哲学理论支撑

如果说技术主义的崛起为"图托邦"的建构提供了物质框架，视觉消费的兴盛则从社会转型的角度解释了"图托邦"的兴起，"图托邦"形成的深层次思想根源则需要追溯到 20 世纪开始的"视觉转向"哲学。

对时间线性逻辑的关注是西方哲学的传统，这与崇尚理性和整一性的学术研究氛围不无关系。即便是对倾向于空间诉求的视觉化研究而言，时间概念也是学术界讨论的重点。在此，我们并不否认时间线索在人类理解和考察社会问题时所起到的重要作用，以及它在建构理性认知和把握人类意识规律中的效力。然而，理论也需要跟随时代变化，当"空间转向""视觉转向"逐渐成为当下文化表意的大趋势时，"去时间化"便成为 20 世纪学术界的一股新的热潮。

语言由于具有对时间的完美的驾驭能力，自然而然被筛选为理解和分析表意研究的理想工具。然而，20 世纪初从"语言学转向"溢出的"形式论研究"却开启了人们对符号表意的重新发现。从语言意识形态模式到图像意识形态模式的转变，从根本上看即为人们思维方式的变化——从语言主导的线性思维方式转换为图像主导的空间化的思维方式。

"视觉转向"理论最早可追溯到 20 世纪 30 年代海德格尔的《世界图像的

时代》（"The Era of World Image"，1938）一文。他在其中明确提到"从本质上看来，世界图像并非意指一幅关于世界的图像，而是指世界被把握为图像了"（2018，p. 98）。海德格尔这里所强调的是，只有被人把握到存在者的"表象状态"（Vorgestelltheit），才能证明存在者的存在。"存在者在被表象状态中成为存在着的，这一事实使存在者进入其中的时代，成为与前面的时代相区别的一个新时代"（2018，p. 98）。依照他的标准，这种"被表象的状态"并不属于古希腊，"希腊人作为存在者的觉知者而存在，因为在希腊，世界不可能成为图像"（2018，pp. 99－100）。"知觉"也并不是对象性的认知，而是一种抽象的"思"（denken）。海德格尔看到的新时代是"存在者被表象"，是一种通过图像化被感知到的直观世界，而不是被"知觉"到的。从这个维度来看，海德格尔对柏拉图的观点又进行了绝对的肯定，认为"在柏拉图那里，存在者之存在状态被规定为外观，这乃是世界必然成为图像的前提条件，这个前提条件远远地预先呈报出来，早已间接地在遮蔽领域中起着决定作用"（2018，p. 100）。在海德格尔所处的时期，人们已经认识到了"表象"（vor-stellen）的力量，"当且仅当真理已然转变为表象的确定性之际，我们才达到了作为研究的科学"（2018，p. 95）。虽然海德格尔意识到了"图像表象"对科学研究的重要性，但真正从技术主义的科学立场考量视觉图像的崛起还要等到 21 世纪。

20 世纪末，视觉文化语境使得米切尔开始重新考量人类的表意模式，米切尔提出"图像转向"理论后进一步掀起了学术界对视觉图像研究的热情。至此，我们可以看到"视觉转向"作为人文学科研究的新趋势进入高潮阶段；21 世纪随着网络和新媒体的出现，研究者提出了各种跨学科尝试，其中奥利弗·格劳（Oliver Grau）将虚拟现实看作人类与图像之间的一种核心关系；杰森·杰拉德（Jason Jerald）提出了以人为中心的沉浸式交互设计，进一步展现了视觉图像对拓展人类未来生活空间所产生的深刻影响。

此处讨论的"图托邦"并不源于人们对视觉图像的偏执，它的出现具有历史和时代因素。如上所论，尽管图像在符号表意中的功用早已被人们察觉，但理性主义的传统以及落后的媒介技术让语言文字被长久奉为圭臬，进入 20 世纪以后，人们才开始从哲学和实践上重新发现图像的魅力。从 20 世纪末到现在，随着互联网、媒介多元化、数字化、虚拟现实等新技术的革新，建构"图托邦"世界的基石也越发稳固，加之人们物质消费和精神消费双重诉求的激增，被视觉化感知的图像意识以指数级增长充斥我们的生活。从某种程度上可以说，我们也成为图像世界的一部分，当图像不再是被创造、被观看的客体时，"图托邦"来临了。

三、"图托邦"的表现特征

我们生活在一个"图托邦"的世界。它不是"乌托邦"的绝对空想，也不完全是"异托邦"的空间区隔，更不是"恶托邦"的悲观推想，抑或"伊托邦"的虚拟现实。"图托邦"已经根植于现实，而现实很大程度上也是以视觉图像的形式被把握的，人本来是建构图像的主体，却也开始沦为被审视的客体，"看"与"被看"的界限在"图托邦"世界中模糊了。不得不承认，意义边界的丧失给我们理解自己和认知世界造成了一定困难，只有认识"图托邦"，我们才能更好地生活在"图托邦"世界中。

简而言之，所谓的"图托邦"就是一种执着于视觉图像表意的新的社会模式。它的主要表现特征有：1) 视觉叙述取代语言叙述，成为当下主要的叙述方式；2) 从主动看到被动看，"看"与"被看"界限消解；3) 具有"异化性"。

（一）视觉叙述为主导叙述模式

语—图关系的争论由来已久，在媒介技术、数字化网络大行其道的今日，语言和图像这对孪生兄弟呈现出了不一样的表现特征，也为我们重新思考二者的对话，重新考量符号表意提出了新问题。

不可否认，语言在符号表意中的突出地位是毋庸置疑的，它相比图像表意更加具体且清晰，然而当下通过刺激视觉感官来实践表意的视觉文本越来越多，视觉叙述的流行就足以证明视觉图像相比语言具有更加强大的功能。"因为视觉信息与视觉愉快乃是人的内在需求，对图像的视觉感受与外在世界的直觉感受在本质上是一致的，虽然语言较为高级也无法代替。"（邹广胜，2013，p. 182）

但是，人类的感知能力还有很多种类，为什么不是"声托邦"或是"感托邦"，而是"图托邦"？相比对声音和触觉的感知，对视觉图像的感知有怎样的优越性？从心理和生理角度而言，人们青睐视觉符号具有天然的合理性。根据科学实验，"人体中超过 70% 的感觉接收器集中在眼睛上"（莱斯特，2003，p. 18），视觉相比其他感觉渠道更为灵敏。

亚里士多德在《形而上学》（*Metaphysics*）开篇中，明确指出视觉作为最主要的感官在人类知识获取中的重大作用："求知是人类的本性。我们乐于使用我们的感觉就是一个说明；即使并无实用，人们总爱好感觉，而在诸感觉中，尤重视觉。无论我们将有所作为，或者是无所作为，较之其他感觉，我们都特爱观看。理由是：能使我们认知事物，并显明事物之间的许多差别，此于五官之中，以得于视觉者为多。"（1959，p. 1）然而长期以来，哲学家们囿于视觉作为感官因而不值得理论关注的倾向，认为它与肉体之间的距离远远小于抽象理念与后者的距离，因此低估了视觉应有的地位。

我们对符号表意的了解总是执着于表意过程和表意结果，而对于接收者对符号渠道的感知与表意之间的关系稍有忽略。事实上，即使对外延意义一致的符号，人们在不同感知状态下的理解也有不同。其中，我们更倾向于将表意注意力放置于视觉感知之上，而不是置于语言文字或声音等。这就像在河面上行驶的船只，前方分出几条水道，船只自然会驶入更加宽阔平坦的那条水道，而曲折、闭塞的水道则很少有船只驶入。这只船就是意义之船，而不同的水道则为符号表意的渠道，意义之船更容易进入视觉图像的水道中，一旦进入该水道，其他表意渠道则很难对表意产生影响。"视觉之所以优于所有其他感官，就因为单独运用它时，它也能为我们认识视觉提供最大量的信息"（考斯梅尔，2001，p. 14），尤其是在视觉图景泛滥的"图托邦"世界，意义渠道被视觉叙述占领，挤压了其他表意模式。

（二）"看"与"被看"界限消解

意义的获得和表意符号被解释的过程，就是意义流动的过程。中国符号学者赵毅衡将这个意义流动的过程称为"认知差"（cognition gap），即主体在面对被认识的事物时，自身感觉处于"认知低位"或"认知高位"时，而主动采取获取意义或传送意义的行为（赵毅衡，2017，p. 189）。认知差的存在使我们长期生活于一个意义获取和意义表达的世界中，这似乎很好理解，但对于"图托邦"的视觉受众而言，意义的主动获取却增添了被动观看的意味；意识主体的意义表达倾向也在"图托邦"语境中被模糊，视觉图景的交互体验让表达认知差中主体"看"与"被看"之间的界限消失。

符号文本的视觉化呈现形式，是迎合当下视觉图像表意的重要体现，作为获义主体，理论上我们的意识对意义的捕捉应当是主动的。然而，在"图托邦"中，世界图式化的叙述方式让意识在处理目之所及的视觉文本时，陷入一种无所适从的境地，意义的锚定点被图景幻象淹没了。作为普通人，我们很难不被这个浪潮影响，因此，"看"这一动作本有的主动获义性在"图托邦"世界转变为一种被动行为，我们每日所"看"的，不再是我们本心所想"看到"的。大数据环境下，自己早已不再完全属于本身，任何个人化的选择都会被"监控"：如果一个人喜欢浏览体育短视频，网页就会自动推送类似链接，不自觉中人从主动看转变为了被动看。

传统的视觉叙述文本，如绘画、雕塑、建筑、电影等，其符号的建构者都可以对自己的创造拥有绝对的话语权。"图托邦"中的视觉表现形式则弱化了视觉文本构建者的话语权，主体同时也可以作为图像世界的客体，即使只有一部手机，我们也可以成为自媒体平台的佼佼者，人人在观看他人的"节目"时，也都可以成为被人观看的"主播"。传统的视觉叙述文本的神圣性和严肃性在"图托邦"中被消解了。

（三）"图托邦"的视觉异化

如果只是将"图托邦"社会看作视觉图像在质和量上的增多则未免太过简单。一方面，我们承认"图托邦"带来了更加丰富的生活图景，将现实生活的范畴扩展到虚拟世界之中，并将二者完美地融合起来。另一方面，我们的剖析并非始于先在的批判立场，但不能否认"图托邦"的某些表现，以异化的形态颠覆了我们对视觉的传统认知。

首先，视觉文本作为表意符号，应当对符号的对象或解释项有所指示，但是生活在"图托邦"世界的我们面对视觉图像时，专注的不再是所见图像背后的符号意义，而是流连于"看"这一行为本身。电视、网络等媒体将海量的视频、图片等视觉文本抛给受众，受众则如养殖场中的动物一样，只要有食物投放就会将其吃掉，他们将绝大多数的时间消耗在浏览视频、图片等视觉文本上。这种被动看的结果就是，看什么不再重要，重要的是"看"这个行为。时间被视觉幻象占据着，看似充实的一天，除了"看"，却并没有产生什么实质性的意义交流。也正因如此，有的学者对图像时代的到来持怀疑和批判的态度。

其次，"图托邦"解放了诸感官之间的隔阂，肉体的欲望得到极大的释放。柏拉图在《论灵魂》（*On the Soul*）中分析了人类的五种外部感官，他认为相比听觉、嗅觉、味觉和触觉而言，视觉接受的信息在性质上更具优越性，因为它能够直接指向具有对象决定意义的"形式"，而不是"质料"，而且在产生感官经验上的幻觉的同时，视觉不会受那些折磨身体性感官的欲望的牵制（考斯梅尔，2001，p. 11）。这是传统西方哲学家对视觉优越性的认知。然而，在"图托邦"中，这个看似经典的论断却受到了冲击。视觉经验中，知觉对象与认知器官之间应有的距离被完全消除了，甚至可以通过视觉幻象跳过听觉、味觉、嗅觉、触觉等感官体验，直接进入感知本身。通过观看"吃播"的吃饭场景，个体的视觉经验被极大地激发，催生了对味觉和食物的欲望，"吃播"的一度兴盛让我们认识到了视觉欲望对感官认知所产生的巨大影响。

再者，"图托邦"弱化了我们对指示的理解程度。莱斯特在著作《视觉传播：形象载动信息》（*Visual Communication：Images with Messages*，1997）中将视觉传播过程比作"圆圈舞"，即"了解的越多，感觉到的就越多；感觉到的越多，选择的就越多；选择的越多，理解的就越多；理解的越多，记住的就越多；记住的越多，学到的就越多；学到的越多，了解的就越多"（2003，p. 5）。在莱斯特看来，这个由赫胥黎（Aldous Huxley）开创的视觉理论符合人类的基本认知，然而，他这个理论是建立在信息较为闭塞，必须要我们主动去获取信息的时代。当我们不需要努力就被信息淹没的时候，选择的越多，反而理解的越少，因为绝大多数以图像形式呈现出的信息根本无法走进理解的范畴，更不必说能够记住的有多少了。

最后，可以说，"图托邦"所呈现的视觉图像的扩张、侵略和变动表现为类似詹姆逊（Fredric Jameson）的"超空间"（hyperspace）。所谓的"超空间"是詹姆逊通过分析建筑、绘画、电影等视觉表现发现的一种空间形式，它对空间距离的消解使人们丧失了应有的理解图像表意的能力。正如现代都市中举目可见的玻璃幕墙、墙壁上用以装饰的镜面、随处可见的屏幕等，视觉空间在不断的交叉重复中消磨掉了我们感官功能中对图式的把握能力。这样的视觉图景在让你"完全丧失了距离感知的同时，使你不再具有透视和感受事物的能力，由此便进入一种'超空间'之中"（Jameson，1991，p. 227）。视觉图像的包裹让我们失去了划分自身与周遭界限的能力，我们便也成为视觉图景的一部分。生活在其中，"超空间颠覆了传统的时空观，摒弃方位、距离、界限、时间等约束，人们无法辨识其中的差异，从而陷入迷茫和混乱之中"（郑佰青，2016，p. 94）。因而，视觉幻象通过利用人们的价值情感，改变了"眼见为实"的传统认知，在图托邦世界中与其说是了解"真相"，不如说是感知"后真相"（post-truth）。

结　语

存在的即是合理的。"图托邦"世界中的视觉图像以一种更加复杂的姿态重新定义着我们认识和理解世界的方式。这也赋予了"图托邦"在空间感知和视觉形式上不同于"乌托邦""恶托邦"和"异托邦"的特质。短视频、直播、VR技术、网络游戏、H5[①]等视觉叙述形式的出现，真正让我们体会到了"读图时代"的来临。当视觉图像成为塑造人类生活的主导叙述手段时，生活在"图托邦"的我们更有必要转变思维，重新认识视觉图像。然而，我们在享受"图托邦"带来的视觉盛宴时，也需要运用批判的眼光，重新考量我们所处的时代。当视觉媒介逐渐成为人类意义获得渠道的主要方式时，人们对自我和世界的理解便进入一种非理性的极端状态。我们可能需要跳出"视觉轰炸"带来的形式上的满足，当"所见"已不再是认知"所是"时，"真相"在图托邦中则需要另类的解读。这或许可以成为视觉研究下个阶段的热点。

引用文献：

鲍德里亚，让（2014）. 消费社会（刘成富，等译）. 南京：南京大学出版社.

德波，居伊（2017）. 景观社会（张新木，译）. 南京：南京大学出版社.

费斯克，约翰（2001）. 解读大众文化（杨全强，译）. 南京：南京大学出版社.

弗莱伯格，安妮（2003）. 移动和虚拟的现代性凝视：流浪汉、流浪女. 载于罗岗，顾铮（主编）. 视觉文化读本. 桂林：广西师范大学出版社.

福柯，米切尔（2001）. 不同空间的正文与上下文. 载于包亚明（主编）. 后现代性与地理学的政治. 上海：上海教育出版社.

海德格尔，马丁（2018）. 世界图像的时代. 载于林中路（孙周兴，译）. 上海：上海译文出版社.

考斯梅尔，卡罗琳（2001）. 味觉：食物与哲学（吴琼，等译）. 北京：中国友谊出版公司.

莱斯特，保罗（2003）. 视觉传播：形象载动信息（霍文利，等译）. 北京：中国传媒大学出版社.

米切尔（2001）. 伊托邦：数字时代的城市生活（吴启迪，等译）. 上海：上海世纪出版集团.

莫尔，托马斯（2016）. 乌托邦（李灵燕，译）. 西安：西北大学出版社.

裘禾敏（2011）. "乌托邦"及其衍生词汉译述评. 山东外语教学，4，93－96.

尚杰（2005）. 空间的哲学：福柯的"异托邦"概念. 同济大学学报（社会科学版），3，18－24.

亚里士多德（1959）. 形而上学（吴寿彭，译）. 北京：商务印书馆.

张一兵（2018）. 消费意识形态：符码操控中的真实之死——鲍德里亚的《消费社会》解读. 江汉论坛，09，23－29.

赵毅衡（2017）. 哲学符号学：意义世界的形成. 成都：四川大学出版社.

---

① H5是HTML5的简称，是HTML的第五代版本，HTML即"超文本标记语言"。

郑佰青（2016）. 西方文论关键词：空间. 外国文学，1，89—97.

邹广胜（2013）. 插图本中的图像叙事与语言叙事. 江海学刊，1，181—187＋239.

Feenberg, A.（1995）. *Alternative Modernity: The Technical Turn in Philosophy and Social Theory*. Berkeley：University of California Press.

Jameson, F.（1991）. *Postmodernism, or, the Cultural Logic of Late Capitalism*. Durham：Duke University Press.

Yang, W.（2004）. Pictopia. *Proceedings of the 12th ACM International Conference on Multimedia*, *USA*, 2004 ACM, 1001—1002.

作者简介：

贾佳，成都体育学院新闻与传播学院助教，四川大学文学与新闻学院在读博士生，四川大学符号学－传媒学研究所成员，主要研究方向为符号学、视觉叙述。

Author:

Jia Jia, teaching assistant at School of Journalism and Communication, Chengdu Sport University, Ph. D. candidate of College of Literature and Journalism, Sichuan University, member of the ISMS research team. Her research fields mainly cover semiotics and narrative theory.

E-mail：jiajiamail0318@163.com

书 评　● ● ● ● ●

欧洲声音与中国回响：评张碧、唐小林编《欧洲马克思主义符号学派》

陈文斌

编者：张碧、唐小林

译者：周劲松等

书名：《欧洲马克思主义符号学派》

出版社：四川大学出版社

出版时间：2016 年

ISBN：9787569000177

马克思主义符号学，这一称谓并非新创，它既是马克思主义在当代发展的一条路径，也是符号学在直面文化、政治、经济问题时必然形成的向度。之所以强调必然性，是因为马克思主义本身就具有了符号学式的思维。托马斯·A. 西比奥克直呼卡尔·马克思为"隐藏身份的符号学家"（胡易容，陈文斌，2016，p. 26），这是因为马克思在分析商品生产、交换、消费时，都将商品视为符号，并考察其中的意义。

马克思在《资本论》第一卷第一篇"商品与货币"中也直接挑明了"商品即符号"的观点。马克思说："每个商品都是一个符号，因为它作为价值只是耗费在它上面的人类劳动的物质外壳。"（马克思，2004，p. 110）商品作为符号，再现了劳动价值。"货币作为价格的转瞬即逝的客观反映，只是当做它自己的符号来执行职能，因此也能够由符号来代替。"（马克思，2004，p. 152）货币作为一种元符号，则从诸多商品中抽离出来，成为价值的表征。从商品到货币，马克思主义政治经济学的起点就是商品，符号学式的思考从最开始就已经展露在马克思主义中，并贯穿了其对社会再生产、意识形态、异化等诸多问题的思考。由此可见，"马克思与符号学之间相互补充、相互支撑"（p. 227），从而紧密地联系在了一起。

马克思主义与符号学的结合，离不开马克思主义者和符号学者的共同努力，甚至有的时候，这两种身份是不可分割的。欧洲学派以团体的力量，已然做出了努力，并形成了卓越的成果。中国马克思主义符号学的推进，离不开欧洲学派已有成绩的参照，也正是在相互观照和学习中，才能够立足中国视角，形成国际性的响应与合作。

一、马克思主义符号学的两种向度

作为人的本质的社会关系，同样也是符号关系，当然，也可以说人本身就是符号动物。同时，在马克思主义符号学中，符号成为分析文化、政治、经济领域问题的重要切入点。"人与符号"关系的讨论，是马克思主义符号学直面现实的首要工作。人如何制造并运用符号，符号如何反过来影响人及其生活的意义世界，都是马克思主义符号学绕不开的话题。马克思主义符号学不是要一味拔高符号，也不是去宣扬符号中心论，而是力图以形式分析切入意义层面，给予现实问题以理性解读，并强调人本身的地位，坚守马克思主义的人本主义思想。

马克思主义符号学主要由两种向度构成，即马克思主义的符号学思想，以及符号学家的马克思主义思想。两者立足于马克思主义与符号学的紧密关联，都离不对经典马克思主义的追溯，也离不开符号学的方法论指导。欧洲学派的成绩都可以纳入这两种向度之中，并形成欧洲特色。

其一，就马克思主义的符号学思想而言，欧洲学派不断地开掘经典马克思主义以及其他马克思主义者的符号学思想，这方面的工作主要依靠翻译、引述、阐释与改造。奥古斯托·庞奇奥"把马克思的数学手稿由德语翻译成意大利语"（p. 202），这一艰辛的工作不仅是回归符号的实用层面，更是对马克思深邃思想的全面了解。

同时，奥古斯托·庞奇奥用符号学发展了《德意志意识形态》中关于"语言"的讨论，突出语言交流并不是简单的意义传递，更需要我们考虑符号"背后的规约性、自觉性和意识性"（p. 226），即交流过程中的社会背景和主体身份。这一点其实后来被福柯捕捉到，即重要的不是说什么，而是谁在说。不仅是庞奇奥本人在其作品中频频引述马克思的观点，欧洲学派的其他成员，如亚当·沙夫、杰夫·伯纳德、苏珊·佩特丽莉等，都在自己的研究中不断回到马克思和恩格斯的原话，或印证自己的观点，或从符号学角度加以推进。

当然，在翻译和引述的过程中，免不了对某些特定概念的重新厘定。沙夫在《马克思主义和人类个体》一书中，就如何翻译马克思的《关于费尔巴哈的提纲》中"Wesen"这个德语概念进行讨论，且这一讨论卷入了英语、法语、意大利语、俄语等多个版本。这一讨论证明了翻译本身与意识形态有着密切的关联。可以说，对于马克思主义原典的概念厘定，牵扯出了发送者－符号文本－阐释者之间的复杂关联，当意图意义不可证实时，恰恰是阐释者在垄断符号意义的最终解读。

概念的讨论和阐释，不仅仅有文本层面的操作，还有研究文本之外马克思本人的真实意图。例如对"意识形态"概念的不同解读，可以导向不同的评价体系。马克思所说的"意识形态是虚假的意识"，将意识形态归为了贬义的、需要警惕的范畴。而沙夫则指出，"马克思和恩格斯是在一个狭窄的意义上使用'意识形态'这个词的，即，指向资产阶级'意识形态'"。这样就把无产阶级意识形态排除在虚假意识之外，点亮了社会主义未来朝向的希望。

除了直接引述，欧洲学派的成员有意识地借鉴和改造马克思主义的概念和观点，以符号学思想加以契合，对当代的社会文化问题进行解读。例如亚当·沙夫所提出的"符号拜物教"，就是借用了马克思在《资本论》中提出的"商品拜物教"。按照沙夫的说法，"符号拜物教将语言和情境的关系简化为符号之间的关系，或者说，简化为符号与对象之间、符号与思想之间、符号与对象和思想之间的关系"（p. 14）。沙夫推进了马克思对商品的分析，将研究对象从经济关系延展到符号关系，将意义的解读拉回到了社会－历史维度，突出了语言的生产，而不局限于语言的使用。换言之，我们所熟悉的符号意义并非生来如此，它们是人类制造的产物，我们不能执迷于语言的表象，而应该探究语言之所以如此的历史进程和社会语境。我们对于物的崇拜，也就是对人类生产对象的崇拜，形成了各种拜物教，而这正是马克思主义者所要批判的。对符号的崇拜颠倒了人与符号的关系，明确符号拜物教的现实，才有可能摆脱符号控制。

其二，就符号学家的马克思主义思想而言，一方面，欧洲学派论证了其内部成员的马克思主义思想。有些人有明确的马克思主义者身份，例如亚当·沙夫"从 1931 年起直到 1989 年解散为止，他一直是波兰共产党党员，而且从 1955 年到 1968 年，他一直是波兰共产党中央委员会成员"（p. 25）。其中也有后来被验证有马克思主义思想的，如奥古斯托·庞奇奥在《对等价交换符号学的批判》一文中，对罗西·兰迪《关于唯物主义符号学宣言的若干想法》一文的核心论点进行逐条分析，论证："他（罗西·兰迪）的符号观是建立在马克思主义政治经济批判基础之上的。"（p. 217）通过明确内部思想的构成，欧洲学派的成员都被纳入了马克思主义的阵营。

另一方面，他们也不断发掘欧洲学派之外的符号学家，揭示其中潜藏的马克思主义思想，主要有沃罗希洛夫、巴赫金、维特根斯坦、克里斯蒂娃等人。作为欧洲学派的中心人物，奥古斯托·庞奇奥在这两方面都发挥了重要作用，他联系学派中的其他成员，通过学术会议、出版刊物等合作方式强化了学派的整体性。另外，对于过世的符号学家，他致力通过翻译去回溯他们的工作和成绩，强调欧洲学派成员的理论贡献和学术价值，将欧洲马克思主义符号学研究不断向前推进，并向深度拓展。

正是在第二个向度中，这一批符号学家有"隐藏身份"的，也有明确表露马克思主义立场的，后者就是我们当前所说的马克思主义符号学家，他们能够在两个向度中同时展开工作，既有能力回溯马克思主义的思想，也掌握着符号学的方法论，在实际的问题分析中，可以依托于两者的融合与互助，将社会问题的分析带向新的高度。他们既能够超越马克思、恩格斯所处的资本主义初期阶段，且不失马克思主义的精神内核，又能够直面当代的文化、政治、经济现实，继续保持马克思主义的批判性和实践性，从而致力发展建设性的马克思主义符号学。

二、欧洲学派的批判与建构

建设性的马克思主义符号学意味着批判本身并不是简单地指摘问题，而是将建设性维度内含在批判之中，能够在直陈问题的同时，对下一步的发展提出自己的见解和建议。与一味地批判不同，建设性意味着一种迈向实践的尝试。马克思主义符号学的欧洲学派正是在从事着建设性的工作。

建设有着破与立的两面性，破意味着批判，只有揭露出问题，才能让人们认识到事物的本质，继而在立的过程中，改善现状，从而带动社会的进步以及人类智识的增长。欧洲学派重新回到了马克思主义的经典命题，触及商品、社会再生产、意识形态、异化等问题，并将这一系列问题的分析纳入符号学方法论的框架，激活对传统政治经济学的再反思。

以商品而论，罗西·兰迪将"商品解释为信息，将信息解释为商品"（p. 84）。商品从经济领域挣脱出来，奥古斯托·庞奇奥接续这个论点继续生发："商品之所以为商品，不是在产品被生产和在其使用价值中被消费之时，而是在其被生产和作为交换价值，即当作为信息被消费之时。所有这一切使得经济学变成了符号学的一个分支。"（p. 215）在马克思那里，商品还是凝结着劳动的产物，到了马克思主义符号学这里，经济学被纳入符号学视域，商品的价值在于可以被消费的意义。也正是从这种角度，商品的物性和符号性得到彰显，居伊·德波、让·鲍德里亚等也正是从商品符号性这个角度展开了对资本主义消费社会的批判。但他们过度地强调了符号性，而忽视了商品本身的物性，这是有失偏颇的，马克思主义符号学同时看到两者，将物性和符号性同时纳入商品的本质中。

因此，需要我们注意的是，欧洲马克思主义符号学派在强调商品作为符号时，并没有站在单维的批判层面，而是客观理性地陈述其符号价值，并将符号价值确立在物质生产的基石上。欧洲马克思主义符号学派还是坚守在马克思主义的立场上，鲍德里亚则借由符号批判脱离了马克思主义，甚至走向反马克思主义。

商品并不是静止的，它存在于生产、交换与消费的过程中。马克思注意到商品的再生产扩大了市场的规模，增加了资本家所获取的利润。同时，资本也需要流通，只有在流通中才能有生命力，最终实现资本的积累。整个社会的发展都离不开再生产，这种纯经济领域的探讨揭露了资本主义社会内在的动力机制。马克思主义符号学在此基础上拓宽了再生产的范围，"社会再生产也必然是所有符号系统的再生产"（p. 217）。语言文字可以再生产，流水线上的产品也可以再生产，人类创造的一切符号都可以再生产，这就是意义世界运转的动力根源。在经济基础和上层建筑之间，还有着符号系统这个"第三项"，符号系统的引入不仅是三分法的理论操作，更可以丰富原有的二元结构，将内部的神秘因素赋予结构性的解读，最终实现意识形态的去魅功能。

意识形态更离不开符号。巴赫金说："一切意识形态的东西都有意义：它代表、表现、替代着在它存在着的某个东西，也就是说，它是一个符号。哪里没有符号，哪里就没有意识形态。"（1998，p. 341）罗西·兰迪则认为："意识形态是一个合成产物"（p. 172），这就将问题深化了。奥古斯托·庞奇奥说："意识形态符号本身是矛盾的，它是含混的，是多声部的。"（p. 230）也就是说，符号中承载的意识形态并不是某一个阶级的。的确，巴赫金的论点并没有错，但是将问题笼统化了。欧洲学派的学者们试图将意识形态问题更加明晰化，剥离出其中的复杂构成，最终验证杰夫·伯纳德所总结的："符号不能被简化为意识形态，意识形态也不能被简化为符号。"（p. 172）正是通过对符号意义的多样化分析，我们才能够看清意识形态的复杂构成，而不止步于单一结论。

在意识形态问题上，亚当·沙夫从生成、结构、功能三个方面对其进行定义，并指明三者之间不可混淆，也正是因为之前的马克思主义者在不同方面谈论同一对象，整个争论趋于复杂。因此，马克思所说的"虚假的意识形态"并不是对意识形态的定义，而只是一种功能描述，并且这种功能是资本主义社会中存在的。就本质而言，意识形态可以生成于不同的社会，无产阶级的意识形态并不是虚假的。这种逻辑划分，更清晰地解读了马克思关于意识形态的论述。

马克思用"颠倒"这一概念描述了异化的情景。明明是人类创造的物却反过来成为人的主宰，不论是商品拜物教，还是符号拜物教，都是人的地位被颠倒。回到当代语境，媒体制造的新闻主导了我们对世界的认知，货币不过是价值的表征却让所有人匍匐在它的脚下，人的主体性被弱化，对异化的批判之声从未断绝，但是异化的现实却并未扭转。

苏珊·佩特丽莉提出："我们要想克服社会和语言异化，摆脱非人化过程，就要建立一个符号、语言和意识形态的批判理论。"（p. 91）这样一种批判理论的建构是困难的，从欧洲学派已有的成果来看，最先发挥作用的是对现实的理性审思。这种理性的启迪不再将意识形态妖魔化，而是将异化的状况放置在具体语境中，放置在特定历史发展过程中。比如亚当·沙夫提出的话语套路，所想要表达的意思就是语言中必然有意识形态，但是我们无法逃遁，因为没有语言，也就没有了意义。但需要清醒对待的是，我们所接受的语言必然是特定历史阶段和特定社会环境的产物，我们身处其中，不得不"接受了携带特定倾向、行为模式和反应的话语套路"（p. 46）。也正是立足于这样的理性省思，我们能够站在元语言的层次去面对当前的现实，从中看出符号中的意识形态性，再进行自由选择。对现实的批判最终成为每一个个体的事情，反控制和反压迫的力量也不仅仅是某一个团体或者国家的使命，实际上，所有人都在接受着这个时代给予我们的意义，传承着这个语境教会我们的话语套路，但是主体性并非始终被动，我们应该通过理智审思后的自由选择，决定我们社会的未来朝向。

当然，立足于现实，我们已经可以模糊地看到未来。人工智能的发展削弱了劳动力对人口数量的依赖，机械化水平的提高减少了工作岗位，社会进步的同时酝酿了新的社会矛盾。亚当·沙夫指出："实际上，我们正在经历一场新的工业革命。由于自动化和机器人化，工作（在这个词的传统意义上）将会终结，进一步的后果是，不仅工人阶级会消失，资本家也会消失。"（p. 30）一旦预言成真，劳动对人的异化也应该消灭，资本的发展最终促成资本主义社会的消亡，这似乎验证了马克思在《共产党宣言》中的观点："资产阶级用来推翻封建制度的武器，现在却对准资产阶级自己了。"（马克思，恩格斯，1997，pp. 33-34）这可以算是欧洲学派对马克思主义预言的当代回应。

欧洲学派的成员在理论建构的同时始终有着现实的责任担当。"如何改革，不能基于抽象理论来选择，而是取决于一个国家特定的历史和社会条件。"（p. 37）但如果只是推诿为变革，就无法体现建设性马克思主义的理论价值。马克思主义符号学离不开经典马克思主义的理论支持，也需要我们回到当下语境。资本主义自身也在不断调整，社会问题的爆发与解决形成了新的模式，随着条件的改变，未来朝向的可能性也更趋复杂，"沙夫拒绝承认暴力是社会主义革命的道路：他坚持认为，马克思的'社会革命'概念是一件事，如何实现它则是另一回事"（p. 37）。欧洲学派的理论构建，就是在勾勒揭露并改善现状进而塑造未来的可能性。基于以上现实，赵毅衡也指出建设性的马克思主义符号学需要回到经济基础，回到商品分析，回到社会关系，回到未来朝向，这"四个回到"是对马克思主义符号学所面对的根本问题的回应。

三、欧洲声音与中国回响

马克思主义符号学的欧洲学派并不是一个固定的组织或者团体，按照苏珊·佩特丽莉的说法，其是"以观念的名义形成的学派"（p. 3），成员们居住和生活在不同的地方，却经由观念的交流和触碰结下了深厚的友谊。包括亚当·沙夫、罗西·兰迪、杰夫·伯纳德、奥古斯托·庞奇奥、苏珊·佩特丽莉在内的学派成员，共享了同一个圈子，在这个圈子中协作参与各种项目和会议，并且能够在自己的学术观点中融入他人的见解，而马克思主义符号学则是这个圈子的核心阵地。

当年的法兰克福学派凭借着几个人的声音，在世界范围内吹响了批判资本主义文化工业的号角。如今，马克思主义符号学的欧洲学派则通过马克思主义与符号学的结合，展开了对文化、政治、经济各领域问题的批判。这股声音不仅在欧洲传播，更重要的是，经由中国学界的努力已然传播至中国土。《欧洲马克思主义符号派》收录了欧洲学派代表人物的重要篇章，并囊括彼此之间的互相阐释。从这本书中，我们了解了欧洲学派的构成及内部关系，体会到欧洲学派发展的艰辛与不易，在他们共同的努力下，欧洲学派有了自己的理论阵地，书写了具备广泛影响力的著作，各自的观点也经由学派成员努力得以系统地传播。

欧洲学派的声音需要其他国家的回应，作为符号学研究的大国，中国学界理应直面这个紧迫的需求，将马克思主义符号学推至新的台阶。这既是中国符号学研究开辟新向度的紧迫要求，更是中国马克思主义发展的必然需要。马克思主义作为一个开放的系统，不仅需要面对各种声音的挑战，同样也需要支持的呐喊和回应。"马克思主义符号学丛书"以一种世界性的眼光去借鉴和学习国外经验，我们需要批判性地汲取其中的思想。这些观点的引入不仅为我们打开了观察欧洲的眼睛，更重要的目的是希冀中国的符号学者能够对此作出回应。

文章的翻译只是工作的开始，以《欧洲马克思主义符号学派》为代表的文选，勾勒了一部更为宏阔的符号学研究蓝图。中外观点的交融与碰撞才能激发新的感悟，对于资本主义社会的批判不应该局限于内部的反思，中国的符号学者同样需要让欧洲听到中国的声音。因此，这一系列书籍的出版，首先传递了外面的声音，我们自己的马克思主义符号学分析必然需要汇入这股声浪中，并在其中找到自己的位置。马克思主义在中国当代的发展，既需要立足于中国的国情，指导中国的发展，也需要在坚守马克思主义的立场下重视符号学思想，最终形成马克思主义符号学的中国回响。

引用文献：

胡易容，陈文斌（编）（2016）. 当代马克思主义符号学思潮文选. 成都：四川大学出版社.

张碧，唐小林（编）（2016）. 欧洲马克思主义符号学派（周劲松，等译）. 成都：四川大学出版社.

巴赫金（1998）. 巴赫金全集（第二卷）（钱中文，等译）. 石家庄：河北教育出版社.

马克思，卡尔（2004）. 资本论（第一卷）（中共中央马克思恩格斯列宁斯大林著作编译局，译）. 北京：人民出版社.

马克思，恩格斯（1997）. 共产党宣言（中共中央马克思恩格斯列宁斯大林著作编译局，译）. 北京：人民出版社.

作者简介：

陈文斌，浙江大学传媒与国际文化学院博士后，研究方向为马克思主义符号学。

Author:

Chen Wenbin, post-doctoral research fellow at College of Media and International Culture, Zhejiang University. His main research field is Marxist Semiotics.

E-mail: dgsycwb@163.com

叙事与历史共生：评王欣、张恒良、郝富强《叙事、见证和历史：美国奴隶叙事研究》

曹韵竹

作者：王欣、张恒良、郝富强

书名：《叙事、见证和历史：美国奴隶叙事研究》

出版社：科学出版社

出版时间：2020 年

ISBN：9787030663856

奴隶叙事是美国文学传统中举足轻重的文类之一，其起源与发展和美国蓄奴制、废奴运动、南北战争等历史进程一脉相承。早期奴隶叙事以第一人称口述的形式奠定了该文类的传统叙事语式，这一极具表现力的形式承载着前奴隶逃离蓄奴地后对奴隶制的控诉，是美国奴隶制度的间接产物。奴隶叙事逐渐形成其特有的自传形式，成为前奴隶书写个体存在和建构集体身份的媒介，同时也是美国 18 至 19 世纪重要的历史见证。查尔斯·T. 戴维斯（Charles T. Davis）和亨利·路易斯·盖茨（Henry Louis Gates）曾说："书面或口头有关蓄奴的叙述，即'非裔美国奴隶叙事'，是西方传统中最具见证功能的文学。"（Davis & Gates，1985，p. 35）

王欣教授团队所著的《叙事、见证和历史：美国奴隶叙事研究》（以下简称《奴隶叙事研究》）一书聚焦 19 世纪美国南北战争前的奴隶叙事，从叙事学视角切入，全面观照奴隶叙事经典文本中的叙述层次、修辞策略、叙述者干预和叙述视角等特点，探究该文类的文本特征及其见证模式，深度挖掘奴隶叙事"作为一门社会话语在政治、经济、种族、意识形态、文学等领域"（王欣，张恒良，郝富强，2020，p. 11）的功能。全书共分为七章，绪言和第一章铺陈奴隶叙事研究的历史背景和社会语境，对研究对象做出概念界定并梳理该文类的研究历史。第二章至第四章聚焦奴隶叙事中的叙述分层、叙事修辞、身体书写和叙述声音，关注前奴隶的自我书写和反抗策略，以叙事文本透视 19 世纪美国的黑白话语竞争。第五章至第七章探究奴隶叙事中的社会合力、伦理困境、见证模式与记忆政治，揭示废奴语境对奴隶叙事的塑造。该书从叙事内部外化到历史语境，再由历史维度回观叙事，其从内至外再到内的逻辑揭示出叙事和历史的共生关系，阐明了奴隶叙事的见证模式和文化参与功能。

一、美国奴隶叙事及其历史语境

作者在开篇追溯了奴隶叙事的历史背景，揭示出奴隶制与美国人权概念的矛盾，点明自由和奴役两种话语根植于美国的意识形态中。在美国建国之初，奴隶贸易是其经济发展的保障之一，但奴隶制对人权的侵犯与美国《独立宣言》中强调的"人人生而平等"形成天然矛盾。随着美国经济在 18 世纪末腾飞，奴隶制逐渐扩张，与此同时，自由运动对废奴的呼声也日渐高涨。蓄奴拥护者将奴隶制视为南方经济发展的基础和美国有机社会构成的前提，但废奴主义者认为非裔美国人也应享有天赋人权。白人从人种论和宗教教义两方面建构白人至上的权威，在贬低黑人智性的同时将南方种植园美化为"一种'伊甸园'式家庭式家长式理想"（p. 23），而废奴主义者则主张奴隶和奴隶主在上帝面前平等。作者回溯了 19 世纪美国蓄奴和废奴话语竞争的重要历史节点，如妥协法案和逃奴法案的颁布、斯科特诉桑福德案、布朗起义及林肯当选，揭示出南北战争前两种话语的针锋相对。

随着废奴运动兴起，前奴隶的口述和演讲成为揭露奴隶制罪恶的有力武器，继而形成具有特定文本特征的叙事文类。《奴隶叙事研究》第一章还原了奴隶叙事的社会语境，阐明废奴运动和奴隶叙事的互构关系。作者从纵向的历时维度再现了废奴组织的形成和发展，并指出奴隶叙事已从个体自传横向演变为具有见证功能的集体证言。废奴组织发端于信仰人人平等的宗教组织。1775 年，全美第一个反奴隶制团体在费城成立；1831 年，威廉·加里森（William L. Garrison）创立激进的反奴隶制杂志《解放者》（*Liberator*），并联合其他废奴组织成员于 1833 年成立了美国反奴隶制协会；1840 年，美国第一个废奴主义政党"自由党"成立，并推举詹姆斯·伯尼（James Bernie）参加当年的美国大选。废奴组织从早期的宗教团体逐渐演变为高举自由旗帜的政治党派，正式登上政治舞台。在这样的社会语境下，"前奴隶作为见证人，奴隶叙事作为证言（testimony）的再现方式很快成为废奴主义者提倡的修辞模式"（p. 32）。奴隶叙事起源于个人自述，旨在揭露奴隶制度和奴隶主的残暴，而后形成相似的文本内容和叙事模式，成为非裔美国人构建集体身份和记忆的媒介。废奴主义者将前奴隶自传内化为其政治话语的一部分，奴隶叙事被赋予极强的社会参与性，对奴隶制和废奴运动的见证成为奴隶叙事重要的文本功能之一。

奴隶叙事虽起源于英美文学中的自传传统，但其在特定社会语境下形成了独有的文本特征。作者概括了奴隶叙事区别于传统自传而作为独立文类的三种特质。首先，奴隶叙事作为自传是私密的，但其又是面向公众的对蓄奴制罪行的揭露和反抗。"黑人奴隶叙事的前奴隶身份注定了这一文类不仅是个人生平的记录，还是个体追求自由的方式，其书写本身即黑人前奴隶对蓄奴制的控诉"（p. 40）。其次，奴隶叙事不同于美国自传范式，前者更强调黑人奴隶向自由民的"自我转变"过程。美国传统自传重在将个人经历与宗教传统相结合，以杰出人物证明新英格兰人民与上帝的特殊联系（洛温斯，1994，p. 55），而奴隶叙事则注重书写经验主体和叙述主体之间的蜕变，是前奴隶自我存在和自由民新身份的证明。最后，奴隶叙事尤其强调作为纪实型叙述的真实性。由于奴隶叙事具有鲜明的政治参与功能、见证模式和宣传特性，其读者注重文本的现实指涉性，要求自传作者对所述之事负责。作者认为美国传统自传和奴隶叙事的文类差异是一种话语差异，后者具有"明显的作者意图，并构造了自觉的写作模式"（王欣，张恒良，郝富强，2020，p. 46）。

作者继而对奴隶叙事的概念做出界定，指出奴隶叙事有广义和狭义之分：前者指 18 至 20 世纪非裔美国人口述或书面的文学，后者仅指 19 世纪美国内战前由前奴隶书写的自传性叙事（王欣，张恒良，郝富强，2020，p. 6）。作者对奴隶叙事研究中的关键问题进行了概括，可以总结为以下三点：历史性、真实性和文学性。奴隶叙事是见证美国 19 世纪历史的重要文献资料，是再现内战前政治、经济、文化生活的载体，同时也是前奴隶建构身份、揭露罪恶和呼吁废奴的途径。但由于奴隶叙事作为废奴主义者的政治工具，叙事过程受制于主流的白人话语权威，其真实性时常受到质疑。有关奴隶叙事文学性的研究往往聚焦于其自传特征和反抗策略，也有学者从精神分析、伦理批评、女性主义等多元视角进行文本分析。作者指出，当前的研究重点在于将奴隶叙事作为一种独立文类进行整体研究，关注其特定文本形式和叙事策略，同时应注意区别不同历史时期相应的叙述模式。

奴隶叙事是前奴隶个体与集体记忆的载体，见证了 19 世纪美国蓄奴与废奴两种意识形态之争，同时彰显出美国精神中自由与奴役的话语矛盾。在阐明奴隶叙事的历史语境和文类特征后，该书第二章至第七章聚焦多个奴隶叙事经典文本，再现多层次文本空间中的话语交流，揭示了叙事和历史的共生关系。

二、奴隶叙事中的历史隐喻

奴隶叙事作为废奴话语的一部分，通过重复生产来强化其真实性和权威性，相似的文本内容和叙事方式逐渐形成程式化的叙述策略。《奴隶叙事研究》第二章至第四章聚焦奴隶叙事文本中的典型叙述策略，以叙事透视 19 世纪黑人前奴隶所经历的压迫、反抗和发声，揭示出奴隶叙事中的历史隐喻及文本见证功能。

作者首先引入和扩展了约翰·塞克拉（John Sekora）针对奴隶叙事提出的"黑信息/白信封"隐喻，在叙事层次和话语交流层面挖掘该隐喻的内涵，揭示了"白夹黑"模式对奴隶所受压迫的见证。由于黑人在以白人为主流的文化中并不具备叙事可信度，自 1789 年发行的第一部奴隶叙事《有趣叙述》伊始，前奴隶自传的正文前后通常附有白人编辑或废奴主义者提供的证言和信件，以此确保叙述的真实性，形成了奴隶叙事"白夹黑"的叙事层次。白人利用其证言位于叙述一度区隔的优势，争夺黑人叙述者的文本表意，紧握建构真实的主导权。在话语交流层面，奴隶叙事中白人编辑—黑人传记者—白人读者的对话模式也符合"白夹黑"的经典隐喻，展现出叙述交流各主体之间动态的三角关系，由黑人前奴隶写就的叙事受制于白人的叙事常规。作者对《非洲土著生平和历险记》一书的分析揭示出"白夹黑"叙事模式的历史意涵，即"白人对黑人在身体上的规训，在空间上的定域"（p. 77）。奴隶叙事的"白夹黑"隐喻不仅是对叙事模式的指称，更象征着白人对黑人实施的身体暴力、物理空间压迫和社会话语权的剥夺，是历史事实的见证。

由于黑人前奴隶的叙事权威仍被白人钳制，叙事成为黑白话语竞争的场域，"奴隶叙事充满话语对抗的历史规定了其文本的流动性和异质性"（Sinanan，2007，p. 62）。作者通过分析三个经典文本中的魔法隐喻、低调陈述和叙述者干预，揭露出叙事修辞策略中的黑白权力之争。黑人自传者通常兼具前奴隶和废奴主义者的双重身份（王欣，张恒良，郝富强，2020，p. 55），这意味着叙述者需要在实现叙事目的同时遵循白人读者的阅读常规。《比布叙事》中的叙述者利用非洲黑人魔法中草根和粉末的含混语义对白人奴隶主权威进行降格，用隐喻讽刺、颠覆和置换白人的话语逻辑，并用叙事引导读者做出伦理判断，实现叙述交流和权威建构。《布朗叙事》则遵循维多利亚时期的"得体"原则，运用间接叙述、少叙、视角越界和感伤笔调等手法，回避了对奴隶主暴力的直接陈述。叙述者的委婉策略与文本暗含的残忍事实形成叙事张力，使其在优化白人读者阅读感受的同时书写奴隶制的残酷。《安德森自述》中的叙述者干预具有解释经验主体过往经历、做出道德伦理判断、概括叙事意图和建构叙事可靠性四种功能。叙述者干预"对事件加以评述或转述，避免了对奴隶制丧失人伦行为的直书"（p. 112），在话语层面实现与白人读者的交流。奴隶叙事中的诸多修辞策略都展现出黑人前奴隶试图从白人话语结构的内部消解白人权威的尝试。

每个奴隶的身体都是一部具身的历史，"黑人奴隶们将身体作为一种象形文字再现过去的经历和记忆，身体成为重要的记载物和记忆场域"（p. 131）。作者在第四章关注奴隶叙事中的身体书写和声音力量，前奴隶从沉默的身体到有力的发声暗合了废奴运动的历史轨迹。起初，不管是奴隶主对奴隶身体的降格、物化、规训或惩罚，还是在废奴讲台上的身体展示，黑人的身体都是无言的。伊琳娜·斯凯瑞（Elaine Scarry）曾说"身体的疼痛不仅抵抗语言，并且摧毁了语言"（Scarry, 1985, p. 4），面对曾经遭受的暴力，前奴隶的身体沦为无声的能指。但在《道格拉斯自述》中，主人公习得读写能力，学会用叙事再现肉体的痛苦，从而唤起读者的具身感受与同情，实现了从无声到有声的突破。前奴隶对读写能力的掌握摧毁了白人主流文化试图通过管控书写来巩固其意识形态的机制，构筑了由身体经验到文本再现再到读者共情的见证链条。作者分析了道格拉斯的叙述声音，指出其通过宣言式独白形成演讲效果，进而形成凸显"我"的叙事，完成了自我身份的建构。"沉默意味着顺从，声音意味着反抗"（王欣，张恒良，郝富强，2020，p. 141），虽然前奴隶的身体同语言一样具有言说性，但通过叙述声音实现的反抗帮助黑人摆脱了白人话语赋予其身体的客体性和他者性。

作者将奴隶叙事放置于叙事学视野下，揭示出叙事话语和历史话语的同构性。马克·柯里（Mark Currie）指出，"叙事是制造身份和意识形态主体的方法之一，是一个重复而非单一的过程"（柯里，2003，p. 37）。奴隶叙事中典型的叙事模式和策略正是黑人前奴隶控诉压迫、建构身份和宣扬自由的途径，是19世纪黑白话语竞争的见证。奴隶叙事的文本内容与形式充满了对历史的隐喻，与此同时，奴隶叙事孕育自蓄奴和废奴的矛盾语境，是文本外部各种力量塑造的结果。

三、废奴历史下的叙事危机

奴隶叙事与其历史语境处于动态的共生关系中，历史并非被动地依附于叙事之上，而是叙事话语生成的动力之一。19世纪主流的白人意识形态和废奴主义话语都在不同程度上制约着奴隶叙事的文本模式，前奴隶叙述者不得不采取相应的妥协或反抗策略。《奴隶叙事研究》第五章至第七章探究叙事文本中体现的社会合力、伦理困境、见证危机和记忆政治，揭示了充满对话和对抗的文化语境对奴隶叙事的规训和创造。

作者首先讨论了奴隶叙事作为纪实型叙述的"失真"问题。在政治、经济、意识形态等社会合力的效用下，《亨森自传》的主人公亨森脱离真实人物形象，逐渐被塑造成斯托夫人（Harriet Beecher Stowe）小说《汤姆叔叔的小屋》中"汤姆叔叔"的原型，可谓"真实模拟了虚构"（王欣，张恒良，郝富强，2020，p. 153）。首先，该自传并非由亨森本人撰写，而是由三位白人代笔，他们在无法保证真实性的情况下更改文本内容，逐渐内化"汤姆叔叔"的形象。其次，白人编辑约翰·洛布（John Lobb）在多次再版该书时增添了斯托夫人的简述、画像、访问等类文本，并在标题中将亨森与汤姆叔叔并列等同，以此借用"汤姆叔叔"的形象包装亨森。最后，编辑还利用英国女王的信件为亨森的社会权威背书，提高亨森的社会影响力和权威性。由此可见，奴隶叙事虽基于前奴隶的真实经历，但同为资本主义和废奴政治话语的产物，在外部力量的撕扯下不得不与社会语境协商，甚至让渡真实性。与之相反，理查德·希尔德瑞斯（Richard Hildreth）于1836年创作的小说《白人奴隶阿尔奇·摩尔，或逃犯回忆录》则虚构了白人编辑的证言，试图模仿纪实性的奴隶叙事。纪实型奴隶叙事不仅要警惕本文类的真假倒错，还需提防虚构类叙述的模仿，其真实性不断受到质疑。

伦理道德维度是奴隶叙事的核心特点之一，作者在第六章揭示了前奴隶书写时面对的种族伦理压迫和家庭伦理困境，探究其如何利用省略和证言插入等手法摆脱白人种族观的桎梏。《千里逃亡》讲述了一对黑人奴隶夫妇通过假扮成奴隶主及其奴隶逃亡至北方的故事，其中黑白混血的女主人公假扮为男性奴隶主，男主人公则装扮为奴隶。在倡导"一滴血决定论"的社会背景下，凡是有黑人血统的人就会遭受歧视，黑人的肤色深浅决定了其所受歧视的程度。在《千里逃亡》中，叙述者为了防止引起白人读者反感而省略了男主人公也是黑白混血这一信息，表面上通过严格区分黑白血统来维护白人尊严，实则证明了白人种族观的虚伪和不堪一击。此外，叙述者插入大量其他奴隶的经历，以揭示种族伦理下黑人所受的集体压迫，证明了"建立在种族身份之上的美国自由观，也不是真正的真理"（p. 175）。然而，在面对家庭伦理时，前奴隶的生活和叙述都陷入困境。作者对《艾奥拉·勒罗伊，或阴影退去》的分析阐明了前奴隶解放后所面临的虚假自由、装饰性教育和禁锢的婚姻，再现了前奴隶重塑家庭伦理的困境，揭示出奴隶制阴影下前奴隶对白人价值观的内化。

奴隶叙事是一种见证叙事，其基本条件是叙述者必须为事件亲历者且对叙事真实性负责，这一文类的"出发点在于真实"（p. 175），但真实的建构特质往往给见证叙事带来危机。作者首先分析了经典文本《为奴十二载》中的法庭证言的叙事竞争，指出作为法庭证词的叙述者陈述虽然未取得法官信任，但通过逻辑严密的叙事铺陈，读者不顾法庭的悬置而选择站在叙述者立场，奴隶叙事被打造为见证证言。然而叙述者对事实的选择性叙述破坏了真相的完整性，让读者对其叙述真实性产生怀疑，造成见证叙事的危机。此外，作者创造性地运用赵毅衡在《广义叙述学》中提出的区隔理论，分析比较两版中译本对序言的取舍造成的文本类型改变：舍弃序言的版本为仅有一度区隔的纪实型叙述，保留序言的版本使文本变为二度区隔后的虚构型叙述，但由于叙事充满逼真的细节，其对读者产生的"浸没"效果会使虚构让位于真实。在黑白意识形态冲突的语境下，叙事变为真实与虚构的博弈，"真实与否，成为奴隶叙事作为见证叙事的危机"（p. 219）。

记忆是有关过去的主观真实，黑白任意一方掌握了对记忆的阐释权即垄断了对历史事实的裁定。作者在全书最后一章分析了奴隶叙事中的记忆政治，揭示出黑白话语的权力操演对叙事实践的干预。《自白书》记述了一位黑人暴力起义领导者的自白，但文本中的白人采访者托马斯·格雷（Thomas R. Gray）不断僭越黑人叙述主体，他以全知视角压制第一人称视角的叙述者，甚至直接以第一人称干预叙事，全盘操控主人公特纳的叙述走向。此外，格雷试图通过复数人称、建构黑人施暴者原型等手法来泛化白人身份，试图构建白人受害者的集体记忆。《楚丝叙述》则展现了黑人前奴隶和奴隶主有关记忆表述的争夺，奴隶主将事实的裁定上升至叙述主体社会身份的判别，还通过阉割楚丝孩子的记忆实现对奴隶的记忆操控。而主人公楚丝则引用圣经批判奴隶主，用白人集体的文化文本证实奴隶主的罪恶，否定其与白人集体记忆中的身份和信仰认同，切断奴隶主与白人集体记忆的联系。"作为和白人官方的历史记忆表述相抗衡的文本，奴隶叙事的产生和发展都致力于创造自己的个人记忆和奴隶群体的集体记忆"（p. 216）。在面临白人的权力操演时，奴隶叙事彰显出建构黑人集体记忆和身份的效力。

奴隶叙事具有多种"双重性"，它源自美国意识形态中自由与奴役的双重话语之争，其叙述者兼具前奴隶和废奴主义者的双重身份，奴隶叙事同为前奴隶个人身份和集体记忆的双重见证。奴隶叙事的双重性使其作为意识形态对话和抗争的场域，邀请读者成为黑人前奴隶经历的见证，成为历史的见证。《奴隶叙事研究》一书从叙事学视角聚焦经典奴隶叙事文本中的话语竞争、历史隐喻、叙事危机和见证功能，将奴隶叙事还原至 19 世纪的历史语境，深度挖掘叙事和历史的共生关系，以极具开创性的研究拓宽了我国奴隶叙事研究的话语空间。

引用文献：

Davis，Charles T. & Henry Louis Gates，Jr.（eds.）（1985）. *The Slave's Narrative*. Oxford：Oxford University Press.

Scarry，Elaine（1985）. *The Body in Pain：The Making and Unmaking of the World*. New York：Oxford University Press.

Sinanan，Kerry（2007）. "The Slave Narrative and the Literature of Abolition". In Audrey A. Fisch（ed.）. *The Cambridge Companion to The African American Slave Narrative*. Cambridge：Cambridge University Press.

柯里，马克（2003）. 后现代叙事理论（宁一中，译）. 北京：北京大学出版社.

洛温斯，小梅森（1994）. 传记与自传（朱通伯，等译）. 载于埃默里·埃利奥特（编）. 哥伦比亚美国文学史. 成都：四川辞书出版社.

王欣，张恒良，郝富强（2020）. 叙事、见证和历史：美国奴隶叙事研究. 北京：科学出版社.

作者简介：

曹韵竹，四川大学外国语学院博士研究生，主要研究方向为美国文学和文学理论。

Author:

Cao Yunzhu, Ph. D. candidate of College of Foreign Languages and Cultures, Sichuan University. Her research fields are American literature and literary theories.

E-mail: arielcao1995@163.com

致 谢

本书在编辑过程中，得到了四川大学中央高校基本科研业务费期刊资助项目与四川大学外国语学院的支持，特此感谢！

著作权使用声明

　　本书已许可中国知网、维普期刊网以数字化方式复制、汇编、发行、信息网络传播全文。著作权使用费与审稿费相抵，所有署名作者向本书提交文章发表之行为视为同意上述声明。如有异议，请在投稿时说明，本书将按作者说明处理。